青少年阅读丛书

# 一定要知道的红色故事

张 彬 编著

吉林人民出版社

**图书在版编目(CIP)数据**

一定要知道的红色故事 / 张彬编著 . -- 长春 : 吉林人民出版社, 2012.4

(青少年阅读丛书)

ISBN 978-7-206-08762-2

Ⅰ . ①一… Ⅱ . ①张… Ⅲ . ①革命故事 – 作品集 – 中国 Ⅳ . ①I247.8

中国版本图书馆 CIP 数据核字(2012)第 071352 号

# 一定要知道的红色故事

YIDING YAO ZHIDAO DE HONGSE GUSHI

编　　著:张　彬

责任编辑:李　爽　　　　　　封面设计:七　洱

吉林人民出版社出版 发行(长春市人民大街7548号　邮政编码:130022)

印　　刷:北京市一鑫印务有限公司

开　　本:670mm×950mm　　1/16

印　　张:12.5　　　　　　字　　数:150千字

标准书号:ISBN 978-7-206-08762-2

版　　次:2012年7月第1版　　印　　次:2023年6月第3次印刷

定　　价:45.00元

# 目录 CONTENT 1

# 目 录
## CONTENT 2

目录 CONTENT 3

# 目录
## CONTENT
## 4

# 用我的死来警醒别人

● 小档案

陈天华（1875—1905），字星台，别号思黄。湖南新化人，革命家。清末资产阶级革命派出色的宣传家，葬于长沙岳麓山。早年就学长沙岳麓书院，1903年留学日本，参与组织拒俄义勇队和国民教育会，从事反清活动。陈天华是清新化县知方团(今荣华乡)人。母早逝，父为塾师，幼从父识读，因家境贫寒，乃营小卖以补济，然坚持好学不辍。常向人借阅史籍之类书籍，尤喜读传奇小说，亦爱民间说唱弹词。1904年与黄兴、宋教仁等在长沙创立华兴会，策划武装起义，事泄逃亡日本。1905年12月8日，陈天华在日本东京大森海湾投海自杀，抗议日本文部省颁布的《取缔清国留日学生规则》。陈天华决心以一死抗议日本，唤醒同胞。他挥笔写下《绝命书》。12月8日晨，陈天华投海，年仅30岁。

1906年5月23日，湖南长沙的学生罢课了。学生们不顾官府的威胁阻挠，身着素服，手执白旗，排着整齐的行列，簇拥着灵柩，缓缓地经过街道、城市，向着风景秀丽的岳麓山出发，悲壮的挽歌在队伍的上空低沉地回荡着。"改条约，复政权，完全独立；雪国耻，驱外族，复我冠裳……"一路上，队伍中的革命党人，不断地向周围群众演说着革命道理。队伍蜿蜒着，长逾十里，人数逾万。军警们吓坏了，他们呆呆地看着这支规模越来越大的队伍从眼前经过。军警们难得地保持了一致，沉默着，谁都不敢出声问一句。岳麓山就在眼前了，转眼间，漫山遍野的素服白裳，让岳麓山也仿佛一身缟素。不断有人从山下向山上挤来，偶然地，可以听到低声的问答："这是给谁送葬？""陈天华！"气氛越来越凝重了……

陈天华，为了灾难深重的祖国，哭过骂过，大声疾呼过，热血沸腾过。这个出身贫寒的青年，在人们纷纷出洋留学，寻求振兴中国的真理和武器时，他却在这滚滚人流中逆向而动，毅然从日本返回中国，目的就是革命，是要用武装暴力推翻大清王朝。他写下《警世钟》、《猛回头》，以强烈的爱国精神和革命勇气，成了青年们认识革命的教科书。1904年，陈天华准备参加华兴会发动的长沙起义。因事情泄露失败，陈天华再次东渡日本。更让陈天华满腔悲愤的是，面对此种情况，留学生内部的良莠不齐。他想到了死，更想到用死规劝人们一致爱国，为国出力。12月8日，他自投于日本大森海湾。在《绝命书》中，陈天华写道："人总是要死的，与其死在亡国以后，我不如现在就死在这里，用我的死来警醒别人。"

## ● 评点英雄

周恩来曾写道："面壁十年图破壁，难酬蹈海亦英雄。"这说的就是陈天华。如果说陈天华激情勃发的著作旨在唤醒民众、号召革命，那么他的投海则是对这一宗旨最强有力的实践。这就是一代革命者，为了国家，为了理想，即使牺牲一己生命也在所不惜。

## ● 小资料

### 陈天华的代表作品

陈天华的文章，旨在揭露帝国主义侵略，痛斥清朝政府是"洋人朝廷"。认为"革命者救世救人之圣药也"，力主拿起武器，号召"手执钢刀九十九，杀尽仇人方罢手"。在《猛回头》、《警世钟》、《绝命书》里，大声疾呼"改条约，复政权，完全独立；雪国耻，驱外族，复我冠裳"；高呼"万众直前，杀那洋鬼子，杀那投降洋鬼子的二毛子"，"推翻'洋人的朝廷'清政府"，"建立民主共和国"。

### 《绝命书》精选

苦呀！苦呀！苦呀！我们同胞辛苦所积的银钱产业，一齐要被洋人夺去；我们同胞恩爱的妻儿老小，活活要被洋人拆散；男男女女们，父子兄弟们，夫妻儿女们，都要受那洋人的斩杀奸淫。我们同胞的生路，将从此停止；我们同胞的后代，将永远断绝。枪林炮雨，是我们同胞的送终场；黑牢暗狱，是我们同胞的安身所。大好江山，变做了犬羊的世界；神明贵种，沦落为最下的奴才。唉！好不伤心呀！

## ● 经典语录

我们要想拒洋人，只有讲革命独立。

# 建铁路为国争光

● 小档案

詹天佑出生于 1861 年 3 月 17 日，于 1919 年 4 月 24 日逝世，享年 58 岁。字眷诚，号达朝，汉族，广东南海人，他是中国首位杰出的爱国铁路工程师，负责修建了京张铁路等铁路工程，有"中国铁路之父"、"中国近代工程之父"之称。

1905 年 10 月 2 日京张铁路正式开工。次年 1 月 6 日，在丰台站开始铺轨，詹天佑在群众的欢呼声中亲手打下第一颗道钉。从工程一开始，詹天佑就敢于打破洋框框。当时外国的惯例是，修好路基风干一年后才能铺轨。詹天佑认为这样不仅浪费时间，还会增加费用，他果断决定，一边筑路基，一边铺路轨。那时缺乏机械设备，铺轨工程十分艰难。詹天佑和工人们一起苦干，利用小车和人力运输钢轨，这在国外是没有的。

为了攻克"关沟段"的险阻，詹天佑把总工程师办事处移到南口，与工作人员同甘共苦，并肩战斗。1908 年 5 月 13 日，居庸关隧道终于打通。八达岭隧道工程比居庸关隧道更为困难。这条隧道长 1 145 米是居庸关隧道的 3 倍，而且全是坚硬难凿的花岗岩。开工初期，詹天佑仍然采用两头并进的方式，后来发现洞身太长，仅靠两头开凿，每日只能凿进 1 米多，费时太久。詹天佑就加用直井凿开法。这就是在洞的中部由山上开凿两口直井，下达轨线。每口并下，工人再依中线向相反方向开凿。这样，两口井再加外边两头，同时有 6 处施工，工程速度大大加快。6 处施工，在当时施工机械十分简单和落后的情况下，是相当困难的。为了保证施工质量，詹天佑住到现场，亲自把关、定线、定位，甚至对每个炮眼的直径、距离和位置都要亲自过目。当凿井进至深处，炭气极重，由于缺少井下通风设备影响工人操作和健康。詹天佑下令在井口设扇风机，接以铁管，输入空气，并装上手摇风箱以增加通风速度。经过詹天佑和广大员工的艰苦努力，1908 年 5 月 22 日夜 10 点半钟，闻名世界的八达岭隧道终于打通。

隧道工程虽然完工，可是八达岭附近，地势险陡，列车怎样爬上去呢？经过实地勘察和绝密测量，詹天佑巧妙地运用"折迟线"原理，在青龙桥地段，依山腰铺设"人"字轨道。列车至此改用两部大马力机车，一个前面拉，一个后面推，通过"人"字交叉口再调换方向，推的改作拉，拉的改作推。这是詹天佑在铁路工程上的一个创造性设计，充分显示了中国人民的聪明才智。

为了珍惜有限的资金，詹天佑处处精打细算，力求节约。他坚决主张自力更生，毅然拒绝采用外国的窄轨，在京张铁路上一律使用1．435米的国际标准轨距，为以后全国铁路"车同轨"打下了基础。他还根据山区筑路特点，采用我国自造的水泥和当地开采的石料，修筑了许多具有民族特色的石拱桥。这些拱桥质量坚固，形式美观，而且节省了大量钢材。

1909年9月24日，京张铁路全线通车。这条完全由中国人自己筹资、自行勘测设计和施工建造的铁路，不但质量良好，而且比原计划提前两年完工，还比原预算节约经费35万两银子，完全实现了詹天佑"花钱少、质量好、完工快"的3项要求。10月2日在南口举行盛大的通车典礼。中外来宾目睹这项世界铁路建设史上的奇迹，同声称赞詹天佑的卓越才华。参加典礼的广东代表激动地说："詹总独运匠心，不假外人分毫之力，筑成此路，为中国人吐气矣。"詹天佑却非常谦虚地说："这是京张铁路一万多员工的力量，不是我个人的功劳。光荣是应该属于大家的。"

京张铁路建成后，詹天佑的名字也随之驰誉中外。辛亥革命后，詹天佑等发起成立中华工程师学会，被选为首任会长。他呼吁中国的工程师，要"各出所学，各尽所知，使国家富强不受外侮，以自立于地球之上"。詹天佑以自己的言行、功业，成为近代爱国工程师的楷模。

● 启示

京张铁路显示了伟大的中国人民坚强的意志和无穷的智慧。为了纪念詹天佑对祖国铁路建设事业做出的卓越贡献，在他逝世以后，中华工程师学会在京张铁路青龙桥车站为他塑了一座庄严高大的全身铜像。铜像的面容严肃而沉静，一双眼睛炯炯有神，凝视着远方，显得分外刚毅和自信。

# 戎马倥偬的光辉一生

● 小档案

卢德铭，又名继雄，字邦鼎，号又新，1905年6月9日出生于四川省自贡市沿滩区仲权镇。1921年，卢德铭考入成都公学。中学学习期间，卢德铭开始接触《新青年》等进步书刊，接受马克思主义。面对帝国主义瓜分中国，军阀连年混战，卢德铭决心学习军事，以武力打倒列强和军阀。1924年春，卢德铭考入黄埔军校，同年加入中国共产党。1925年6月毕业于黄埔军校二期；1926年5月任叶挺独立团二营四连连长，参加北伐作战；由于作战勇敢，同年10月在武昌战役中升任二营营长，不久升任团参谋长；1927年6月任北伐军二方面军警卫团团长；同年9月任秋收起义总指挥，在同毛泽东一起率部向井冈山转移途中，于9月23日遭到江西国民党军队的袭击。为了掩护部队撤退，卢德铭英勇牺牲，时年22岁。这位年轻将才的牺牲，使毛泽东痛惜不已："还我卢德铭！"严格地说，卢德铭的军事生涯从他在黄埔军校毕业那天算起，仅两年零三个月。两年多的时间里，他成为中共早期著名的军事将才，毛泽东的军事搭档。

1927年9月8日，秋收起义如箭在弦。毛泽东接到省委命令，急赴铜鼓县组织起义。担任起义部队总指挥的卢德铭在铜鼓见到了前委书记毛泽东。他们详细研究了秋收起义的具体行动计划。9月9日，秋收起义爆发。在修水县渣津，卢德铭将起义旗帜亲手授予起义部队，指挥部队向敌人发起进攻。

9月19日，各路起义部队一千多人在会攻长沙的计划受挫后，撤到浏阳文家市会合。当天晚上，毛泽东主持召开了前敌委员会，讨论起义部队进军方向问题。鉴于起义遭受严重挫折，敌强我弱的实际情况，毛泽东提出改变攻打长沙的作战计划和向罗霄山脉中段进军的主张。会上，余洒度顽固坚持"取浏阳直攻长沙"的错误主张，不承认会攻长沙已经失败，反对部队向农村作暂时退却。两种主张针锋相对，关系到秋收起义部队前途和命运。在这抉择关头，卢德铭坚决拥护毛泽东的主张。他从当时的敌我力量对比的实际情况出发，用血的事实，力陈冒险进攻长沙的弊和停止进攻长沙改向农村进军的利。他说：现在敌人集中兵力来打我们，敌强我弱，我方处于非常不利的境地。如果再去攻长沙，就有全军覆没的危险。由于他是秋收起义部队的总指挥，在军队中又享有很高的威信，他的坚定态度对前委会议统一思想，最后通过毛泽东的正确主张，否定余洒度的错误主张起到了关键性的作用。

9月20日，毛泽东和卢德铭率领起义部队，开始向井冈山进军。两天后，部队经江西萍乡市的桐木、小视，到达芦溪镇宿营。23日清早，部队从芦溪出发，毛泽东和卢德铭率领的指挥部随部队走在前面，在离芦溪镇15里的山口岩，突然遭到江西军阀朱培德部的江保定特务营和江西第四保安团的伏击。由于起义部队毫无准备，仓促应战，伤亡惨重。卢德铭临危不乱，亲自率领一个连占领路旁高地，英勇阻击敌人，掩护部队和指挥部转移。敌人雨点般的子弹不停地扫射卢德铭所在的阵地，他全然不顾，继续指挥作战……

卢德铭的一生，戎马倥偬，拼死疆场。他的一生，是战斗的一生，光辉的一生。他为中国人民的解放事业做出了卓越的贡献。他的革命精神，永载中国革命的光荣史册。

● 小资料

卢德铭烈士纪念碑位于江西萍乡市芦溪县上埠镇山口岩的山坡上，距萍乡市区约32公里。卢德铭烈士纪念碑共分三层，即底座、中座、碑身，高约7米，上塑卢德铭全身像，占地面积45平方米。中座正面用大理石刻写卢德铭烈士生平简介，碑身正面从上至下镂刻杨得志题写的"卢德铭烈士纪念碑"。

# 流尽最后一滴血

● 小档案

何叔衡（1876—1935），字玉衡，号琥璜，湖南宁乡人。中国共产党创始人之一。

1928—1930年，何叔衡曾到莫斯科学习两年。徐特立曾说："在莫斯科，我们几个年老的同志，政治上是跟何叔衡同志走的。"在那里，他刻苦学习，有时为熟记一个俄文单词，读上几百遍，这位被称为"永不疲倦的人"终于圆满完成了学习。

1930年7月，何叔衡回国后，在上海担任共产国际救济总会和全国互济会的主要负责人。次年8月后，上海的环境更加险恶。党决定让他转移到苏区去。临行前，他把女儿找来一起吃饭，并告诫女儿：做共产党员的就应该是不怕死的。我们从入党那天起，就把自己的一切，包括自己的生命完全交给党了。

这年秋，何叔衡转道香港，到达中央革命根据地的中心瑞金。看到根据地的兴旺景象，心情格外舒畅。11月7日至20日，工农兵苏维埃第一次代表大会在瑞金隆重召开，何叔衡出席了这次大会，被选为中央执行委员会委员，并被任命为中央政府工农检查部部长。接着，又被任命为内务部代理部长和中央政府临时法庭主席，还兼任各级苏维埃政府训练班主任和教育委员会委员等职。在繁重而复杂的任务面前，何叔衡夜以继日，以"俯首甘为孺子牛"的精神自勉，工作严肃认真，一丝不苟。

这时，王明"左"倾教条主义错误逐步在中央苏区推行。何叔衡对左倾错误领导十分不满，并在行动中加以抵制，因而导致"左"倾错误领导和一些不明真相的人对他的无端指责。1932年冬，中央政府机关的党总支委员会召开会议，对他进行批判，并提议撤销他的领导职务，只因云集区委和瑞金县委都不同意而作罢。1933年夏开始，左倾错误执行者又在报刊上对他进行点名批判。7月7日，中央苏区中央局机关刊物《斗争》第17期上，登载《火力向着右倾机会主义》一文，集中批判了何叔衡的所谓"右倾机会主义"，声言要"用全部力量"对他"作斗争"。对于这些无理指责，何叔衡并不畏惧。在批判会上，他公开宣言："在政治上我从没有动摇过。"在实际工作中，他仍然坚持实事求是，依法办案。左倾错误领导见批他不服，斗他不改，终于在年终撤销了他的全部领导职务。

王明"左"倾错误的全面推行，造成第五次反"围剿"的失败，受到极大的历史性惩罚。1934年10月，中央红军主力被迫撤出根据地进行长征。何叔衡受命留在根据地坚持斗争。

红军长征后，江西苏区遂沦为游击区。何叔衡随队伍驻零都公馆乡，党派他帮助乡政府做动员工作。他每天拄着一根拐杖，早出晚归，不辞辛劳。大约是1935年1月，他与瞿秋白、邓子恢等由江西瑞金附近出发转移去闽西。党组织决定何叔衡与瞿秋白等经广东、香港去上海，邓子恢则留在福建与张鼎等坚持游击战争。他们一行化妆成商人及眷属，几天后到达中共福建省委所在地汤屋。在此停留了一段时间后，继续启程去永定。福建省委为了他们的安全，特选调人员组成护送队沿途护送。他们昼伏夜行，通过了重重关卡，于2月24日凌晨到达上杭县濯田区水口镇附近的小径村。当他们在这里休息吃饭时，不幸被地主武装发现报告了驻扎在水口镇的敌保安第十四团二营。该营营长如获至宝，立即率队向小径村包围。护送队因麻痹大意，在毫无准备的情况下，仓促应战。何叔衡等人听到枪声后，立即从村里向村南的牛子仁岭大山上转移，在护送队的掩护下分别突围。敌人尾追不放，何叔衡身负重伤，躺倒在山下一块水田附近，被两个匪兵发现，以为他已身死。搜身时，何叔衡奋起反抗，被匪兵连击两枪，壮烈牺牲，实践了他生前"我要为苏维埃流尽最后一滴血"的豪迈誓言。

● 评点英雄

"叔衡才调质且华，独辟蹊径无纤瑕。临危一剑不返顾，衣冠何日葬梅花。"谢觉哉这首感旧诗对何叔衡光辉的一生给予了高度评价。何叔衡是我国老一辈无产阶级革命家，中国共产党的创始人之一。他一贯以"甘为孺子牛"的精神自勉，对党和人民赤胆忠心，生命不息，战斗不止，直到为中国革命流尽了最后一滴血。

# 刑场上的婚礼

● 小档案

周文雍，1905年8月出生，是广州工人运动优秀领袖之一，曾任中共广东省委委员、中共广州市委委员，是广州起义的主要领导人之一。陈铁军，广东佛山人，1904年3月出生，协助周文雍从事党的秘密组织工作。

广州起义失败后，革命军队撤出了广州，转移到农村。面对白色恐怖，陈铁军丝毫没有畏惧。她和妹妹铁儿，仍然坚守着党的秘密机关，并且迅速掩藏、转移、烧毁有关起义的机要文件和物品。后来，广东省委命令她们"马上隐蔽"、撤退，她才带着铁儿乔装离开了党的秘密机关，撤退到了广东省委机关驻地。

1928年初，广东省委派周文雍重返广州，恢复党的工作，开展新的战斗，因陈铁军做地下工作很有经验，省委仍派她回广州，协助周文雍重建党的秘密机关工作。当时反革命势力极为嚣张，革命活动非常艰险。但陈铁军勇敢、机智、沉着，四处寻找失散的同志，很快就协助周文雍把联络网和交通线重新建立起来。

不料，由于叛徒的告密，他们住的机关被敌人发现了。1月17日早晨，海员工会子弟学校一个教员前来通知陈铁军，由于叛徒，党的秘密机关已经暴露，情况危急，要她马上转移。但她想到今天这里还有几个同志要来接头，外出的周文雍也还没有回来，便决定暂且留下。她告诉那位同志先回去，迅速将情况通知周文雍和其他同志，以避免党受到损失。不久敌人包围了他们的住处，铁儿在铁军的帮助下，通过凉台进入楼上邻居家，才幸免被捕。她走到窗前，把窗帘拉向左边，放出和接头同志预先约好的"危险暗号"。随即，敌人闯了进来，他们像猎狗一样，嗅出那挂着的窗帘是别有用意的，便一把扯下来。他们向陈铁军盘问，周文雍在哪里，陈铁军镇静地对付着敌人，心里却担心着周文雍回家来，看不见窗户前的"报警"信号而自投罗网。她苦思着怎样才能使周文雍脱险时，周文雍突然进屋了。伪警见周文雍回来，狞笑一声说："你们到齐了，局长有请。"话毕便催促上路。陈铁军嘲讽地说："嘿！你们这些人办事也不是爽快的，还是让我穿件衣服再走吧。"说完，她进屋穿好衣服，才不慌不忙地迈步走出机关。

在法庭上，陈铁军和周文雍严词痛斥国民党反动派杀害革命群众的罪行。当法官宣布判处周文雍、陈铁军的死刑，并问他们死前还有什么要求时，周文雍提出要和陈铁军照一张合影。敌人把摄影师带到监狱，周文雍和陈铁军并肩站在牢房的窗前照了幅临刑前的两人合影。

2月6日下午，周文雍、陈铁军分别押上黄包车，解赴刑场。在刑场上，在生命的最后一刻，陈铁军用深沉的留恋的目光凝视着与她生死与共的周文雍，高声向群众做最后的演说："亲爱的同胞们！姐妹们！我和周文雍同志的血就要洒在这里了。为了革命，为了救国救民，为了我们的妇女从苦难中求得解放，为了千秋万代共产主义的伟大事业而牺牲，我们一点也没有遗憾！""同胞们，过去为了革命的需要，党派我和周文雍同志同住一个机关，我们的工作合作得很好，两人的感情也很深，但是，为了服从革命的利益，我们还顾不得来谈个人的爱情。因此我们一直是保持着纯洁的同志关系，还没有结婚。""今天，我要向大家宣布：当我们把自己的青春生命献给了党的时候，我们就要举行婚礼了。让反动派的枪声，来做我们结婚的礼炮吧！同胞们，同志们，永别了！望你们勇敢地战斗，共产主义一定会胜利，未来是属于我们的。"陈铁军牺牲时，年仅24岁。

● 评点英雄

在轰轰烈烈的第一次国内革命战争时期牺牲的女共产党员陈铁军的英雄事迹，催人泪下，感人至深。她和周文雍在刑场上英勇就义的壮烈情景，充分表现了共产党员为革命视死如归的精神，至今仍激励人心。

# 为伟大使命奋斗终身

● 小档案

李硕勋，又名李陶，1903年2月23日生于四川省庆符县（现为高县）。革命烈士。南昌起义领导人之一。

1926年10月，国民革命军占领武汉。武汉成为革命的中心。党派李硕勋任中共武昌地委组织部长。这年冬天，李硕勋（当时叫李陶）被派任国民革命军第二十五师政治部主任。李硕勋与师长朱晖日（后由李汉魂继任师长）、副师长叶挺密切配合，领导这支英勇善战的队伍进行军政训练。他亲自参加和指挥了上蔡、东洪桥、西洪桥的战斗。他在战斗中显示了卓越的军事指挥才能，他把政治工作贯穿于战斗始终，冷静指挥，由于这一仗打得好，军部特地传令嘉奖。河南战役后，二十五师奉命回师湖北，准备顺长江而下，东征讨伐已叛变革命的蒋介石。不料，汪精卫也于1927年7月在武汉举行反革命政变。大肆逮捕、屠杀共产党人。为了反对国民党的叛变和挽救中国革命，中国共产党决定举行南昌起义。第二十五师即为南昌起义的主力部队之一。

1927年8月1日上午，李硕勋带领二十五师部队甩开师长李汉魂所掌握的少数武装，参加南昌起义。并于8月2日晨胜利抵达南昌。根据党的决定，这支起义部队重新整编为第二十五师，以周士第为师长，李硕勋升任为党代表、中共第二十五师委员会书记和政治部主任。南昌起义爆发，国民党反动派迅速调集大批反动军队包围南昌。为保存革命武装和准备南下重建广东革命根据地，起义部队开始撤离。起义部队由江西、福建进入广东东部以后，第二十五师奉命守备韩江上游的三河坝，以防梅县之敌。为了加强对这支队伍的领导，决定由朱德、周士第、李硕勋三人组成前敌委员会，后来李硕勋留在上海，任中共江苏省委秘书处秘书。他立即投入了新的工作，白区地下工作十分危险。1928年2月，上海总工会地下机关被反动派破坏，危及到省委机关。李硕勋处变不惊，迅速镇定地将省委秘书处安全转移，自己冒着生命危险四处通知战友，避免了更大的损失。

从1928年到1931年，李硕勋先后在上海、汉口、杭州、香港做地下工作。在上海的时间最长。在此期间，他担任过中共江苏省委秘书长，浙江省委常委、军委书记、代理书记、组织部长，沪西区区委书记，江苏省军委书记，中央军委委员等职。在白色恐怖下，有些同志被捕了，他千方百计进行营救。有同志牺牲了，他通过一些未暴露身份的同志，给烈士家属以抚恤。发现了叛徒，他以最快速度转告各地下机关。个别同志思想动摇了，他对他们进行开导，要他们保持革命气节。

由于南方革命工作的需要，党决定派李硕勋任红七军政治委员。李硕勋匆匆准备之后，于1931年5月20日孤身取道香港，准备转赴正在辗战于广东、江西边区的红七军。他安全抵港后，党中央和中央军委考虑广东急需干部，决定让他就地留在香港工作，遂任命他为中共广东省委军委书记。他坚决服从命令，迅速开展工作，他对东江、粤北、海南岛革命根据地军事斗争情况十分关注。后来他又按照党的指示，计划到海南岛策划游击战争。谁知，7月9日，李硕勋到达海口。由于叛徒出卖，不幸被当地反动军阀逮捕。在狱中，李硕勋每晚被敌人审讯几次，难友们见他回监时，都是遍体鳞伤，鲜血直流。但他毫不在乎地对难友们说："革命不怕死，你们放心，要继续奋斗，前途是光明的。"9月16日，李硕勋被国民党反动派杀害于琼州，年仅28岁。在牺牲前两天，李硕勋自知国民党反动派用尽酷刑也不能从他身上得到任何机密，一定会杀害他，便从容地给妻子写下遗书："陶：余在琼已直言不讳，日内恐即将判决，余亦即将与你们长别。在前方，在后方，日死若干人，余亦其中之一耳。死后勿为我过悲。惟望善育吾儿，你宜设法送之返家中，你亦努力谋自力为要。死后尸总会收的，绝不许来，千叮万嘱。"南海滔滔，琼崖遥遥。如今读到李硕勋烈士的绝命书，依然觉得他是那样的坚定、从容、慷慨和无畏！

● 评点英雄

1950年11月11日，朱德为李硕勋烈士题跋，称他：临危不屈，从容就义，是人民的坚强战士，党的优秀党员。他对革命的功绩永垂不朽！

# 探索救国之路

● 小档案

赵世炎（1901—1927），字琴生，号国富，笔名施英。四川人。中国共产党早期杰出的无产阶级革命家、卓越的马克思主义理论传播者、著名的工人运动领袖。

1926年4月，赵世炎率领北方工会代表团动身去广州，出席了第三次全国劳动大会。会后，党中央调他到上海工作，担任江浙区委组织部长兼上海总工会的党团书记。他一到新的工作岗位，立即深入到沪东、浦东等工人集中的地区，通过讲课、教歌、和工人交朋友等方式，了解工人生活和斗争的情况，并化名施英，在党中央刊物《向导》周报上，写了许许多多指导工人运动的文章，为迎接上海工人三次武装起义打下了良好的思想基础。

1927年3月20日，北伐军的东路军占领了上海近郊的龙华。驻守在上海的一千多名直鲁军一片惊慌，上海工人阶级的革命情绪却空前高涨。3月21日正午，总同盟罢工开始了。参加罢工的人数达80万。下午4时，上海工人第三次武装起义开始了。赵世炎和周恩来等一起组织和领导了这次起义。他身穿中山装，手持盒子枪，腰扎皮带，头戴鸭舌帽，英姿勃勃地活跃在硝烟弥漫的战场，亲自率领工人纠察队攻打敌人据点。在赵世炎的指挥下，起义工人冲锋陷阵，同敌人展开了激烈的巷战。经过一天一夜的血战，上海工人阶级消灭了直鲁军阀部队，夺取了全上海，这一胜利震惊中外。赵世炎目睹上海工人阶级的伟大胜利，心潮澎湃，欢欣鼓舞。他挥笔热情地写道：上海工人3月起义是划分中国革命历史的新篇章，是继十月革命后，无产阶级的革命新战线。4月14日，蒋介石在上海发动反革命政变，赵世炎拥护和贯彻中央"隐蔽精干，准备再干"的指示。他代表江浙区委秘密召开各方面代表参加的紧急会议，指出在反动派残酷镇压革命势力的情况下，必须把力量保存下来，准备以后更大规模的斗争。形势变了，斗争的方式和斗争策略也应该加以变化。但环境恶劣不能动摇革命的意志和决心。他说："共产党就是战斗的党，没有战斗就没有了党，党存在一天就必须战斗一天，不愿意参加斗争，还算什么共产党员！"1927年6月中旬，江苏省委书记陈延年等被叛徒出卖不幸被捕。党中央委派赵世炎代理省委书记，领导上海和江苏地区的革命斗争。敌人深知赵世炎是上海工人中最有威望的领袖，决心不惜一切代价逮捕他。他们根据叛徒口供包围了赵世炎的家。赵世炎没有在家，敌人就守候不走。赵世炎的妻子夏之栩和岳母万分着急。当岳母从窗口看到赵世炎冒雨向家走来时，不顾敌人阻拦，将窗台上用作信号的花盆推了下去。但由于风雨太大，赵世炎没有注意信号。他落入了敌人的魔掌，但首先想到的仍是同志们的安危。乘敌人翻箱倒柜搜查屋子的时候，他把王若飞的住址告诉夏之栩，要她尽快通知王若飞转移，避开敌人的搜捕。敌人用尽各种刑具折磨赵世炎，妄想要他供出共产党的机密。但他坚贞不屈，守口如瓶。他坦然地正告敌人：你们要想从我口里得到半点机密，那是枉费心机。他把敌人的法庭和监狱当讲台，宣传共产党的主张，控诉敌人的暴行，表现出共产党员钢铁般的意志和奋斗不息的顽强精神。他还大义凛然地宣布："志士不辞牺牲，革命种子已经布满大江南北，一定会茁壮成长起来，共产党最后必将取得胜利！"敌人被赵世炎吓得心惊胆寒，他们恐惧万分地说："这个人太利害，非杀不可，不然将来要吃他的苦头。"1927年7月19日清晨，赵世炎从容不迫地告别难友，昂首挺胸，拖着沉重的脚镣向刑场走去。临刑前，他振臂高呼："工农兵联合起来"、"打倒新军阀蒋介石"、"中国共产党万岁！"赵世炎壮烈牺牲后，他的老师和战友吴玉章曾作诗一首寄托哀思：

龙华授首见丹心，浩气长虹烁古今。

千树桃花凝赤血，工人万代仰施英。

● 经典语录

志士不辞牺牲，革命种子已经遍布大江南北，一定会茁壮成长起来，共产党必将取得胜利。

# 为共产主义献身

● 小档案

夏明翰（1900—1928），字桂根，衡阳县礼梓山（今洪市镇余家大屋）人，生于湖北秭归县，1928年农历二月二十九日，在汉口余记里惨遭国民党反动派杀害，时年28岁。是中国共产党的早期革命活动家。

1926年12月1日，规模盛大的湖南全省第一次农民代表大会和工人代表大会联合召开，夏明翰和郭亮负责主持。会议共开26天，农民代表一致提出了减租废押、解散地主团防、铲除土豪劣绅和组织农民自卫武装的要求。1927年4月12日，蒋介石在上海发动反革命政变，血腥屠杀共产党人和革命群众，夏明翰非常悲愤。他在一张刊登有杀害革命同志消息的《民国日报》上写道："越杀胆越大，杀绝也不怕。他决心投笔从戎，与反动派决一雌雄。不斩蒋贼头，何以谢天下。他参加了第二次北伐的革命军，在邓演达主持的政治部里任宣传部长。不久，党又调夏明翰回湖南工作，任省委委员兼组织部长。

党的八七会议后，毛泽东从武汉赶回湖南，同省委商量和制定秋收起义计划，制定解决农民土地问题的具体政策。夏明翰主要负责联络工作，他经常打扮成农民、商人，奔走于长沙郊区，向党的基层组织宣传和组织秋收起义。秋收起义于9月9日爆发后，平江、浏阳一带的工农武装跟着毛泽东上了井冈山。国民党反动派趁机反扑。中共湖南省委为了反击敌人的进攻，计划以平江、浏阳为中心，继续组织起义，以配合井冈山根据地的斗争。在这种情况下，夏明翰被省委安排兼任平浏特委书记。他先后在平江和浏阳组织农民暴动，发展农民武装，给予了国民党反动派以沉重打击。

1928年初，党中央调夏明翰去湖北省委工作。刚到武汉不几天，因交通员叛变，夏明翰不幸被捕。夏明翰被敌人关在监狱仅两天就惨遭杀害。敌人用竹尖钉进他的手指，用铁丝穿过他的鼻梁，他被折磨得血肉模糊，死去活来，仍然坚贞不屈。他知道留给自己的时间不多了，便忍着伤痛，用颤抖的手，拿起半截铅笔，分别给母亲、妻子、姐姐和外甥写了三封遗书，交给难友收藏。他对母亲怀有赤子的深情。在投身革命被祖父断绝经济来源以后，是母亲变卖首饰、典当家产，支持他的生活和工作。母亲搬出了"夏府"，寄住在一所贫民住房里。每当见到来家住宿的革命同志，母亲都热情接待，并为他们的活动提供方便。夏明翰给他亲爱的妈妈写道："你用慈母的心抚育了我的童年，你用优秀古典诗词开拓我的心田，""你只教儿为民除害，为国除奸，在我和弟弟妹妹投身革命的关键时刻，你给了我们精神上的关心，物质上的支援。"在母子生死离别之际，夏明翰安慰母亲别难过，别呜咽，别用泪水送儿离人间，同时也鼓励母亲："儿女不见妈妈两鬓白，但相信你会看到我们举过的红旗飘扬在祖国的蓝天！"他对妻子一往情深。妻子是一位贫苦的绣花女工，同夏明翰结婚一年多，积极协助他开展革命工作。他们至诚相爱，并有一个可爱的小女儿。在革命者随时可能遭到屠杀的白色恐怖条件下，夏明翰曾买了一颗小红珠送给妻子，并说："我赠红珠如赠心，希望君心似我心。"他还给女儿起名"赤云"，意谓红旗插遍全世界。在与妻子永别之际，他希望革命事业代代传。他告诉爱妻："抛头颅，洒热血，明翰早已视等闲。""我一生无愁无泪无私念，你切莫悲悲凄凄泪涟涟。""红珠留着相思念，赤云孤苦望成全，坚持革命继吾去，誓将真理传人寰！"

在给姐姐的信中，夏明翰更是气宇轩昂地写道，"人该怎么做，路该怎么走，要有正确的答案。我一生无遗憾，认定了共产主义这个为人类翻身解放创造幸福的真理，就刀山敢上，火海敢闯，甘愿抛头颅，洒热血！"敌人见软硬兼施没能从夏明翰口里得到任何东西，便决定下毒手。1928年3月20日清晨，刽子手把夏明翰押到汉口余记里刑场。当执行官问他还有何话讲时，年仅28岁的夏明翰大义凛然，朗声答道："有，给我拿纸笔来！"于是写下那首"砍头不要紧"的悲壮诗篇。

> 砍头不要紧，
> 只要主义真。
> 杀了夏明翰，

还有后来人！

可以牺牲我的生命，决不放弃我的信仰。

# 为革命奉献一生

● 小档案

陈延年（1898—1927），中国安徽安庆人，中国共产党早期领导人之一，陈独秀长子。

五卅运动后，陈延年在广州领导各界群众万余人集会，开展上海的反帝斗争，同时派人先后赴香港发动罢工。正在这时，盘踞广州的滇、桂军阀杨希闵、刘震寰阴谋发动叛乱，颠覆广东革命政府。陈延年主持区委紧急会议，采取紧急措施，发动和组织工农武装配合回师广州的东征军平定了杨、刘叛乱。省港大罢工爆发后，陈延年和周恩来亲自指挥和参加了6月23日的10万群众大游行。沙基惨案发生后，陈延年立即召开紧急会议，决定从香港撤出万人回广州，成立省港罢工委员会，组织工人武装纠察队，对香港实行全面封锁。在以后的两个月时间里，香港完全瘫痪，成为一座"死港"。

陈延年在广东工作两年，充分显示了他无产阶级革命家的卓越才干。毛泽东曾称赞他是不可多得的人才。周恩来也认为他对广东党组织的工作贡献很大。他不仅善于团结党内同志，对廖仲恺、何香凝等革命人士也十分尊重。他对工作一丝不苟，作风踏实，对革命工作总是充满信心。他冬天穿一套从俄国带回来的旧粗绒衣，夏天也不过两件灰布衣服。每个月的生活费除了交伙食费和少量零用钱，全部都交了党费。有一次，他听说一位刚调区委工作的青年党员领到生活费马上去买了一套时髦的西装，马上找到这位党员谈话，教育他"事事要以党的利益为重，不能讲享受，我们是党员，不是公子哥儿，要艰苦奋斗"。

1927年4月，陈延年接受中央委派，从武汉到上海工作。途经南京时，已听说蒋介石在上海发动了"四·一二"反革命政变，公开屠杀共产党人和革命群众。陈延年置个人生命安全于不顾，连夜乘火车赶到上海，找到江浙区委书记罗亦农等人，商量和提出迅速出师讨伐蒋介石的意见并上报中央。但陈独秀等坚持右倾投降主义错误，拒绝接受东征讨蒋意见，因而丧失了挽救革命的时机。

4月22日，罗亦农等到武汉出席党的"五大"，陈延年接替罗亦农担任了江浙区委书记。他不顾白色恐怖严重，以大无畏的革命精神恢复和整顿党组织及工会等，团结和巩固革命力量，领导上海及江浙地区的民众进行反对蒋介石反革命政权的斗争。他沉着、冷静、坚定地对同志们说："革命，血总是要流的，这次我们经验少，吃了大亏，但也使我们对国民党反动派的本质认识得更清楚了，也把我们党锻炼得更精明刚劲了。"当他听说广州"四·一五"反革命政变不少同志遇难后，十分难过。但他毫不畏惧，还鼓励周围的同志：我们不要被敌人的淫威所吓倒，不要因革命的暂时失利而气馁，革命斗争是长期的，广大的工农群众是我们的，只要我们善于总结教训，最后的胜利，不是属于敌人，而是属于我们。

严峻的斗争局势，使一些意志薄弱者经不起考验而投敌叛变。

1927年6月16日，刚刚由中央任命为江苏省委书记的陈延年和其他同志正研究工作，党的机关便被大批反动军警所包围。陈延年勇敢地拿起桌椅板凳同敌人搏斗，掩护了两名同志从屋顶逃走，自己却不幸被捕。敌人开始不知他的真实身份，他便自称是烧饭的。党组织也立即组织营救。但由于叛徒指认，他的身份暴露。敌人如获至宝，立即组织提审。陈延年不听敌人的甜言蜜语，也不怕敌人的严刑拷打。无计可施的敌人恼羞成怒，决定将陈延年秘密处决。

7月4日深夜，陈延年被秘密押赴刑场。他昂首挺胸，傲然挺立在刽子手面前。刽子手嚎叫着要他跪下，他死不从命。他说：革命者光明磊落、视死如归，只有站着死，决不跪着生。几个刽子手上前强行将陈延年按下，但刚一松开，陈延年就乘势一跃而起，使挥刀欲砍的刽子手扑了个空。敌人狂叫着扑上来，再次把陈延年按倒在地，以乱刀砍死。惨无人道的敌人还把他斩成数块，并下令不准收尸。29岁的陈延年就这样为中国革命献出了自己光辉的一生。他的崇高精神永垂不朽！

● 评点英雄

陈延年，中国共产党早期著名的政治活动家，他将年轻的生命和聪明才智全部贡献给了中国人民的解放事业。他的崇高品质和卓越才能，永远为人们所敬佩和怀念。

# 大义凛然为革命

## ● 小档案

李大钊，字守常，1889年10月29日生于河北省乐亭县大黑坨村，是中国共产主义运动的先驱，伟大的马克思主义者，杰出的无产阶级革命家，中国共产党的主要创始人之一。

1889年10月29日，河北乐亭县，一个孩子呱呱坠地。李大钊这个多年以后响彻中国的名字，从这一刻诞生了。

民族的存亡，人民的水深火热无时无刻不在撞击着李大钊的心灵：他为辛亥革命推翻帝制而欢欣鼓舞，为袁世凯窃取革命果实而痛心疾首，为在黑暗中沉沦的祖国而呐喊……和这个时代许多的青年一样，他也在寻找一条救国救民的道路。俄国十月革命的一声炮响，为中国送来了马克思主义。《法俄革命之比较观》、《庶民的胜利》、《布尔什维克主义的胜利》，李大钊的心跳得如此激烈，借着手中的笔，无比兴奋地向国人介绍这场前所未有的革命。

人民是推动历史的主力，而一切历史的残余——皇帝、贵族、官僚、军国主义和资本主义，都要被群众的革命巨流彻底摧毁。"试看将来之环宇，必是赤旗之天下。"李大钊认定，他找到了出路，一条救民族于危亡、救黎民于水火的出路。于是，李大钊义无反顾地投身到共产主义的事业中：建立共产主义小组，筹建中国共产党，宣传马克思主义，组织革命运动对抗反动政府……

李大钊，当这个名字在革命者中越来越响亮时，他也成了反动派的眼中钉、肉中刺。1927年4月6日，蓄谋已久的反动派悍然发起行动，全副武装的三百多名军警闯入租界，突然包围了前苏联使馆。李大钊被捕了。4月28日，这是一个春天的下午。李大钊神情自若，方形的脸上一片平和，只是，在他那满是皱褶的灰布棉袍下，挂着又黑又粗的铁链……面对着那台巨大阴森的绞刑架，他深情地看了一眼他的亲人和同志，然后头也不回地走上了绞架。

● 评点英雄

李大钊完全有条件过优越的生活，但他却甘心舍弃一切，宁愿奉献自身，也要点燃革命烈焰改造旧有的一切，如同窃来天火的普罗米修斯，用马克思主义的真理点亮了国人久已蒙蔽的心。

● 经典语录

试看将来之环宇，必是赤旗之天下。

● 主要思想

李大钊早期曾受到斯宾塞庸俗进化论和俄国无政府主义者克鲁泡特金互助论的影响，后来接受了马克思主义的唯物史观。他针对胡适"多研究些问题，少谈些主义"的社会改良论，指出研究社会问题一定要和社会上多数人联系起来形成一个"社会运动"，即"一方面固然要研究实际的问题，一方面也要宣传理想的主义"。认为主义不是一个抽象的名词，而是一种思想武器，可以用于改变生产数据私有制的革命。他指出，社会的根本问题是解决经济问题。一旦解决了经济问题，那么人口、妇女、劳动、青年、童工、土地等问题，乃至市民生活等实际问题也就迎刃而解。他明确指出，循着经济现象以考察复杂变动的社会现象，是社会学得到的一个重要法则，也是唯物史观对于社会学的重大贡献。

● 小资料

李大钊纪念馆坐落在河北乐亭县新城区大钊路，1997年8月16日建成。占地100亩，建筑面积4 680平方米。纪念馆由江泽民总书记题写馆名。其布局沿中轴线由南向北是：牌楼式南大门，上镶嵌着江泽民总书记题写的馆名；八根功绩柱，象征李大钊同志的八大功绩；四根导向柱，示意分散人流和起装饰作用；八块浮雕，展示李大钊同志主要革命实践活动足迹；三十八级台阶，寓意李大钊同志走过的三十八年历程；序厅两侧镶嵌工农革命浮雕；瞻仰厅正面设李大钊同志汉白玉坐式雕像，雕像后衬邓小平同志的题词，两侧是其他党和国家领导人的题词；东西展厅，配以现代化的设备，全面系统地展示李大钊同志的生平业绩。其他建有书画厅、电教厅、研究室、资料室、接待室、纪念广场等。纪念馆建筑风格融民族特色与现代建筑格调为一体，并与园林绿化相结合，朴素、简明、大方，体现了李大钊同志的精神风范。

李大钊纪念馆是李大钊同志生平业绩的展览中心、研究中心，爱国主义教育基地和旅游胜地。被中宣部确定为全国百个爱国主义教育基地之一。

# 为祖国奉献一切

## ● 小档案

马本斋，1901年出生。幼年读过私塾，后流落东北，参加了东北军。抗日战争爆发后，组织回民抗日义勇队。1938年加入中国共产党，同年参加八路军。历任回民教导队队长、回民干部教导总队总队长、八路军第三纵队回民支队司令员兼冀鲁豫军区第三军分区司令员。

抗日战争时期，在华北平原上，活跃着一支以回民兄弟为主组成的抗日部队——回民支队。这支部队屡建战功，威震敌胆，给日本侵略军以沉重打击，被八路军冀中军区誉为"无攻不克，无坚不摧，打不垮，拖不烂的铁军"。毛泽东称其为"百战百胜的回民支队"。马本斋就是这支英雄的回民支队的司令员。

马本斋，1902年出生于河北省献县的一个回族贫苦农民家庭。早年投身奉军当兵，逐级升至团长。1931年"九·一八事变"后，他因不满国民党蒋介石政府奉行的对日不抵抗政策，毅然弃官卸甲，回到故乡河北省献县东辛庄。卢沟桥事变后，日本侵略军很快侵入他的家乡河北献县一带，烧杀淫掠，无恶不作。马本斋随即在家乡组织回民抗日义勇队，奋起抵抗日本侵略军。

1938年4月，他率队参加八路军，所部改编为冀中军区回民教导总队，任总队长。他指挥这支部队，在敌后袭击敌人、拔除据点，屡建奇功。在党组织的教育下，在人民军队的大熔炉和抗日战争烽火硝烟的考验中，马本斋的政治觉悟迅速提高，他深深地感受到党的伟大，决心加入中国共产党，为打败日本侵略者，为祖国和民族的解放而奋斗。他在入党申请书中写道："我甘心情愿把我的一切献给伟大的中国共产党，献给为回族解放和整个中华民族的解放而奋斗的伟业。"1938年10月，马本斋光荣地加入了中国共产党。1939年，回民教导总队改编为八路军第三纵队回民支队，马本斋任司令员。1942年8月，回民支队奉命到达冀鲁豫抗日根据地，他被任命为冀鲁豫军区第三军分区司令员兼回民支队司令员。马本斋作战勇猛，身先士卒，在回民支队和广大群众中享有很高威望。改编后的回民支队，在他的率领下，战斗力不断提高，队伍迅速发展到两千多人，成为八路军冀中军区野战化较早的一支能征善战的精锐部队。日本侵略军为消灭回民支队，无所不用其极，但都没有能够得逞。

1941年8月27日，日本侵略军抓走了马本斋的母亲白文冠，企图逼降素有孝子之名的马本斋。同时，以马母为诱饵，诱使马本斋率部来救，以乘机消灭回民支队。日本侵略军用种种手段，逼迫马母给马本斋写劝降信。但是，深明大义的马母宁死不屈、义正辞严地拒绝敌人："我是中国人，我儿子当八路军是我让他去的。劝降？那是妄想！"马母绝食7天，以身殉国。回民支队指战员纷纷请战，要为马母报仇。马本斋沉痛地劝说战友们，"以大局为重，不要上敌人的圈套。"他向母亲写下誓言："伟大母亲，虽死犹生，儿承母志，继续斗争！"从1937年至1944年，马本斋率领回民支队，不惧牺牲，浴血作战，奋勇杀敌，经历大小战斗870余次，歼灭日伪军3.6万余人，在广阔的冀中平原和冀鲁豫边区，所向披靡，屡建战功，打得日本侵略军闻风丧胆。

1943年底，他在率部参加冀鲁豫抗日根据地反蚕食战斗中，颈后长了毒疮。由于战事繁忙，加之缺医少药，未能及时治疗，不久病情加重。1944年1月底，回民支队奉命开赴延安。出发前，他抱病为部队作了最后一次动员，叮嘱同志们"要跟着党，跟着毛主席，抗战到底！"同年2月7日，马本斋在冀鲁豫军区后方医院不幸病逝，时年42岁。3月17日，延安各界举行马本斋追悼大会，毛泽东、周恩来、朱德等中央领导送了花圈和挽联。毛泽东的挽词是："马本斋同志不死！"周恩来的挽词是："民族英雄，吾党战士！"朱德的挽词是："壮志难移，回汉各族模范。大节不死，母子两代英雄！"

● 启示

像马本斋这样的英雄人物是中国的骄傲，是人民心中永垂不朽的英雄。他为祖国奉献一切的精神我们永远都不能忘记。现在，在飞速发展的中国，我们要学习他的奉献精神，不图回报，用自己的双手去为祖国贡献一份力量，为人民的幸福增添一份保障。

# 不屈的民族气节

## ● 小档案

向警予（1895—1928），原名向俊贤，女，土家族，湖南省人，中共党员，是我党最早的女党员之一，被誉为"我国妇女运动的先驱"。向警予是杰出的共产主义战士、忠诚的无产阶级革命家，党的早期卓越领导人，中国妇女运动的先驱和领袖。她1895年9月4日出生，1918年参加毛泽东、蔡和森领导的"新民学会"，1919年她与蔡畅等组织湖南女子留法勤工俭学会，为湖南女界勤工俭学运动的首创者。1919年赴法国勤工俭学，1922年回国后加入中国共产党。在党的二大、三大、四大上当选为中央候补委员、中央委员，四大后增补为中央局委员。是党的第一位女中央委员和第一任妇女部长。1923年领导上海丝厂和烟厂的女工罢工。1925年去苏联莫斯科大学学习。大革命失败后在武汉坚持斗争，1928年3月20日因叛徒出卖在汉口法租界被捕，敌人对她进行严刑拷打，始终坚贞不屈，于五一国际劳动节被反动派残酷杀害，年仅33岁。

1925年10月，向警予随中共代表团赶赴莫斯科，进入东方大学中国班学习。先后学习了马克思列宁主义、苏共党史、党的建设、苏维埃政权建设、职工运动、俄语等课程。1926年底，为了适应中国国内革命工作的急切需要，向警予随东方大学中国班的大部分学员一起离开莫斯科，并于1927年初回到广州。4月，她又回到武汉，受中央派遣，担任武汉总工会宣传部的工作。同年4月向警予出席了党的"五大"，并在会上同陈独秀的右倾错误观点进行了斗争。会后不久，她被调往汉口市委宣传部工作。在工作中她特别注重党内教育，经常出席各工人支部的会议，组织各种训练班。在汪精卫的武汉政府叛变革命、公开反共后，向警予被党组织留在武汉，负责湖北省委宣传部的工作。

她领导党和工会的有关组织迅速转入地下进行活动。党的"八七"会议召开后，向警予积极组织各地代表听取会议精神，并在武汉先后派了不少优秀工人并运送枪支弹药到各暴动地区去。她还负责主编湖北省委地下党刊《长江》，经常发表笔锋犀利的文章，抨击国民党反动派，领导工人继续进行斗争。在随后省委改组时，向警予成为湖北省委负责人之一。

1928年初，湖北省委在中央的指示下，决定举行年关大暴动。但因事机不密被敌人发觉，暴动计划失败，很多地下机关和党组织遭到破坏，许多革命者和革命群众牺牲。在环境更为恶劣的情况下，她继续坚持斗争。1928年3月20日，由于叛徒的出卖，向警予被法租界巡捕房逮捕。敌人对她百般诱惑和严刑拷打，逼她交待口供，都遭到她的严词拒绝。当法租界开庭时，向警予揭露帝国主义侵略中国的罪行，宣传自己所进行的事业是为中国全体人民争取自由、平等、独立与解放，而这种斗争的目标正与法国大革命时代所争取的自由、平等、博爱的宗旨相符合。她还质问法帝国主义为什么要来干涉中国革命？她的演讲把法官说得哑口无言，不得不对她表示钦佩。

1928年4月12日，向警予由法租界被"引渡"到武汉卫戍区司令部军法处监狱。敌人三番五次对她审讯和毒打，她仍坚贞不屈，对于党的秘密一字不供。她还组织狱中斗争，领导大家进行绝食，要求改善狱中生活。4月24日、25日，敌军法处对向警予进行了最后会审，逼迫她招供，她昂然地说："要杀就杀！……革命者不会在你们的屠刀下求生。等着吧，你们的末日，就在明天！"敌人用尽一切手段也没能从她口中得到党的任何机密，便决定杀害向警予。

5月1日凌晨，刽子手将向警予从监狱押上刑场。她身着绿油色旗袍，头扎羊角小辫，视死如归。在途中，她一会儿向群众演说，一会儿高唱《国际歌》，并高呼"打倒帝国主义"、"打倒蒋介石"、"中国共产党万岁！"敌人十分恐惧，凶狠地殴打她，但她仍滔滔不绝地演讲。敌人便往她嘴里塞石头，又用皮带捆绑她的面颊，街头许多人见此都哭泣起来。枪声响了，向警予英勇就义！向警予牺牲的消息震动了全国。不久，党中央在上海秘密召开了向警予烈士的追悼大会。

### ● 评点英雄

向警予是模范妇女领袖，在大革命时代她表现出了共产党人的崇高气节和优秀品质，她为妇女解放、为劳苦大众解放、为共产主义事业奋斗了一生。

# 一心为劳苦大众

## ● 小档案

刘伯坚，1895年1月8日生于四川省平昌县，中国共产党的早期党员，著名的无产阶级革命家。1922年参加革命，党员，任红五军团政治部主任中华苏维埃中央执行委员，赣南军区政治部主任，1935年3月3日被捕，3月20日在大余县金连山被杀害，时年34岁。

1927年6月，正当革命处于紧急关头时，武汉的汪精卫集团动摇，阴谋叛变。本来已经动摇的冯玉祥，也投靠蒋介石，在河南开始了反共的"清党"活动。西北战场轰轰烈烈的革命运动夭折。冯玉祥将共产党员一律武装押送出境。刘伯坚闻讯立即把公开的共产党员安全撤退，自己也很快去了武汉。大革命虽然失败了，但刘伯坚以自己的行动树立的共产党人一心为劳苦大众的光辉形象，给西北军广大官兵及一部分上层将领留下了极其深刻的印象。刘伯坚到武汉后去上海做了一个短时期的秘密工作。1928年，党又派他到苏联学习军事。同年，在莫斯科出席中共六大。1930年下半年，回国到中央苏区工作，任中央军委秘书长。1931年11月当选为中华苏维埃共和国中央执行委员会委员，并担任苏区工农红军学校的政治部主任。同年12月14日，刘伯坚被任命为中国工农红军第一方面军第五军团的政治部主任，在著名的宁都起义中起了重要作用。

第五次反"围剿"失败后，红军主力被迫退出苏区，开始长征。在左倾错误领导的排斥和打击下，刘伯坚未能跟随红五军团长征，他被派往赣南军区任政治部主任，同时也在中央分局军委工作，坚持敌后斗争。在主力红军撤离中央苏区不久，中央分局、中央办事处和赣南省级机关、部队在仁风地区陷入敌人重围。1935年刘伯坚在突围斗争中为掩护战友冲出重围，左腿负伤，不幸落入敌人魔掌。由于蒋介石对陈毅、刘伯坚等均以数万元悬赏缉拿。因此，刘伯坚被俘后，立即被认出身份。敌团长出面劝降，刘伯坚义正词严地予以驳斥，他说：被你们抓住了，要杀就杀，没有什么可以告诉你们的。3月9日，他被解往粤军第一军军部大庾县，3月11日，转到绥靖公署。敌人对刘伯坚施以酷刑，但他坚贞不屈。在狱中，他写了著名的《带镣行》和《移狱》、《狱中月夜》三首诗。《带镣行》中写道：

> ……带镣长街行，
>
> 志气愈轩昂，
>
> 拼作阶下囚，
>
> 工农齐解放。

铁窗斗室，锁不住革命者的浩然正气。3月21日，敌人终于对刘伯坚下毒手了。临刑前，敌人问他还有什么后事要办。刘伯坚说："有！第一，我要写封家信，交代我的子孙后代将革命进行到底。第二，我死后要葬在梅关。""葬在梅关站得高望得远，使我死后也能看到革命的烈火到处燃烧！"临刑前，刘伯坚写下了两封动人心魄的家书。在给大嫂并转诸兄嫂的信中写道："弟为中国革命牺牲毫无恨，不久的将来，中华民族必能得到解放，弟的热血不是空流了的。……你不要伤心，望你无论如何……"在给妻子的信中说："你不要伤心，望你无论如何要为中国革命努力，不要脱离革命战线，并要用尽一切力量教养虎、豹、熊三幼儿成人，继续我的光荣事业。……，十二时快到了，就要上刑场，不能再写了，致以最后革命的敬礼。"他在给大嫂的信中说："我为中国革命没有一文钱的私产，三个幼儿的养育都要累着诸兄嫂，……。为着中华民族就为不了家和个人，诸兄嫂明达当能了解，不致说弟这一生穷苦，是没有用处。"后来见到这些光照日月、气吞山河的珍贵遗墨的周恩来曾说过："这些遗作，是我们党在战争年代里流血牺牲的烈士给他的亲人的最完整的遗书。"它将启迪后人，激励来者。

1935年3月21日中午，刘伯坚被敌人杀害，临刑时，他高呼"共产党万岁！"英勇就义，时年40岁。他面对死亡，镇定自若，正义凛然，充分表现了一个共产党人临危不惧、视死如归的高风亮节。在星光灿烂的中华民族的优秀儿女中，在中国共产党、中国革命的光辉史册里，我们看到了民族的精英，寻找到了民族的魂。

● 经典语录

生是为中国，死是为中国。

# 战场上的丰碑

## ● 小档案

张自忠（1894—1940），字荩忱，山东临清人。1914年投军，后转入冯玉祥部。1933年在喜峰口参加长城抗战。1938年先后参加徐州会战和武汉保卫战，升任国民党第三十三集团军总司令、第五战区右翼兵团总司令。1940年5月1日，在湖北宜城南瓜店前线同日军作战时牺牲。牺牲后追授为陆军二级上将军衔，著名抗日将领，民族英雄，同时也是第二次世界大战中同盟国牺牲的最高将领。

1940年5月1日下午两点左右，一个神情严峻、威仪凛然的人从硝烟中站起身来。他的两眼闪烁着令人震颤的光芒，这两道光芒给官兵们增添了战斗的勇气。他就是带伤督战的张自忠。

日军步兵开始在炮火的掩护下发起进攻，此时此刻，他已不指望援军的到来，只希望指挥好这仅有的一点兵力，在死以前多杀几个敌人。张敬参谋则像游龙般矫捷地追随在张自忠左右，一面走，一面高喊："总司令在此，谁也不许后退！"张自忠喊："敌退，快打！"张敬传呼："敌退，快打！"张自忠喊："反击！"张敬也传呼："反击！"……这时，张自忠突然发现西南方的小山头上退下几个散兵，他的眼里立刻冒出火来。他狠狠地对身边的一个卫兵说："你去看看那几个人是怎么回事，如果装孬种，就地正法！"卫兵一手提枪，一手持刀，奔上前去对那几个士兵轻声地说："总司令就在后面，赶快上去，否则杀头！"几个士兵一听，连忙转身冲上山去。但是，由于寡不敌众，这个山头还是失守了，日军从山顶冲了下来。跟在张自忠身边的手枪营士兵一面冲上去抵挡日军，一面高喊："总司令快走！总司令快走！"不料，喊声引起了日军的注意，日军加紧了围攻。看到日军步步逼近，副官和卫兵们不得不强制张自忠向北面的安全地带转移。

张自忠不肯走，大骂卫兵怕死。刚刚由排长提升为连长的王金彪正指挥剩下的几十个弟兄堵击来犯之敌，见总司令不肯撤退，便跑过来用脑袋顶住张自忠的胸脯，一边往前顶，一边噙着眼泪说："总司令，我们不怕死！请您先走一步，我们不打退敌人，坚决不下火线！"接着，他示意卫兵将总司令拉走，自己又举枪冲到前方，带领弟兄们将冲上来的一股日军消灭了。望着王金彪健壮勇猛的背影，张自忠大吼："好样的，不愧是我张自忠的部下！"经过惨烈鏖战，第74师和第443团的官兵已死伤大半，残部数百人主要集中在东山口阻击日军。为保卫张自忠的安全，马贯一从仅有的数百人中抽出一个营的兵力，派往杏仁山支援手枪营。该营在赴援途中受阻，张自忠把手枪营的大部分士兵派去救援。他看到东山口的第443团不敌日军，又将身边仅有的一个手枪排派去支援。这样，他身边仅剩下张敬参谋等数人。

三时许，天空下起毛毛细雨。东山口的守军大部分战死，余部溃散。张自忠派出的手枪营士兵回撤到杏仁山脚下，作最后的抵抗。面对步步逼来、怪声吼叫的大批日军，这些跟随张自忠多年的忠诚士兵，表现出惊人的勇气和顽强。他们将生死置之度外，用血肉之躯将占绝对优势的敌人阻于山脚下达两个多小时。厮杀在雨中持续，手枪营士兵所剩无几，王金彪连长也在激战中阵亡。张自忠眼看弟兄们一个个倒下，再也按捺不住心中的怒火，他提起一支冲锋枪，大吼一声，向山下冲去。他扣动扳机，向日军猛烈扫射，十几名日军应声倒毙。就在这刹那间，远处的日军用机枪向他扫射，他全身多处中弹，右胸被洞穿，血如泉涌。马孝堂见他突然向后一歪，飞奔上前为他包扎。伤口还未包扎好，日军就一窝蜂地冲了上来。危急中，张自忠对身旁的人说："我不行了，你们快走！我自己有办法。"大家执意不从，张自忠拔出腰间短剑要自杀，卫兵大惊，急忙将他死死抱住。弥留之际，张自忠躺在地上，脸色苍白。他平静地说："我这样死得好，死得光荣，对得起国家、对得起民族、对得起长官，良心很平安。你们快走！"

● 评点英雄

张自忠之死是中国抗日战争史上乃至世界反法西斯战争史上的一个重大事件。他的死，决非"仓促成仁"或遭遇不测，而是怀着"我死则国生"之壮志，抱定为国家、民族尽忠的决心，力战不退，以身殉国。这是中华民族优秀传统文化和军人武德的最高表现。

# 为国捐躯　永垂史册

● 小档案

　　李林，1915年生，侨居印度尼西亚。1929年回国积极参加学生抗日救亡运动。1936年加入中国共产党。任"牺盟会"大同中心区委宣传部部长、雁北抗日游击队第八支队支队长兼政治主任、晋绥边区第十一行政专员公署委员。1940年壮烈牺牲。中共中央妇女委员会的唁电称她"不仅是我们女共产党员的光辉模范，而且是全国同胞所敬爱的女英雄"。

　　一个华侨商人的女儿，一个来自大城市的女学生，跃马持双枪，统率军队在晋北驰骋杀敌，打得鬼子魂飞胆丧……李林的故事，是一个神话般的英雄传奇。

　　她14岁那年，在母亲陪同下回归久别的祖国，考进爱国华侨陈嘉庚创办的福建厦门集美中学学习。第二年，"九·一八"日寇侵华的炮声打碎了她宁静的学习生活。后来她考进北平私立民国大学政治经济系，结识了女共产党员吕光，不久参加了中华民族解放先锋队。她在吕光的领导和帮助下，进步很快。在1936年12月12日北平学联组织的声援"七君子"的游行活动中，她担当旗手，高举红旗，昂首挺胸，走在游行队伍最前面。反动军警镇压游行队伍，李林头上负伤，仍高举红旗前进。这次示威游行后，吕光通知她，党组织接收她为中国共产党党员。1936年底，李林根据党的指示，和许多平津的进步学生一起，奔赴已经成为国防前线的山西，参加抗日救亡工作。李林到了太原，中共山西工委的负责同志通知她，马上参加党领导下的山西牺牲救国同盟会举办的军政训练班。从此，李林穿上军装，成为一名战士。在训练班里，李林担任党的临时组织——特委的宣传委员，兼任女兵连党支部书记。

　　1937年11月，根据斗争形势的需要，特委派李林等人建立抗日游击队。消息一传出，远近山庄、煤窑、作坊的青年纷纷报名参加队伍。不久，雁北抗日游击队第八支队，经过李林等人的艰苦努力，在偏关诞生了，王零余任支队长，李林任支队政治部主任。八支队在横贯左云、右玉、平鲁等县的洪涛山区发动群众，打击敌人，建立了一块抗日根据地。李林在战场上学到了许多军事知识，练就了一身骑马、打枪的硬本领。1938年5月，八支队奉命越过长城，挺进到绥远的丰镇、凉城、厂汉营一带，开辟绥南抗日根据地。李林和王零余各带一部分战士，分两路开展活动。一天，李林带领战士来到一个叫田成的村子附近。经过侦察，得知村口有个土碉堡，后面的大院中，住着伪军的一个中队，还有五十多匹马。李林高兴地对战士们说："送上嘴的肉，我们一定吃掉它！我们早就想建立骑兵，正缺少马匹，不能失掉这个机会！我们要打得勇猛，打得漂亮！"入夜，李林带领队伍来到村外，干掉了敌人的哨兵。她指挥部队向敌人碉堡发起进攻。顿时，子弹、手榴弹雨点般地倾泻到碉堡上、大院里。伪军从梦中惊醒，个个吓得魂飞魄散，来不及穿衣服就向外逃。战斗胜利结束。战士们骑着骏马，背着缴获的枪支，唱着战歌，迎接新的战斗。

1940年下旬，敌人对晋绥边区的根据地发动了规模空前的大"扫荡"，李林带领专署政卫连负责掩护大部队。危难之际，李林不顾怀有3个月的身孕，要求亲自率领一个排的骑兵将敌人引开。当机关和群众终于脱险的时候，敌人的军队已如潮水一般向李林涌来。李林从身上取下文件包，塞到了路边的岩石缝里，对14岁的通讯员说："你还小，敌人不会注意你，快沿这条沟出去，只要碰到老乡，他们会掩护你的。记住这个放文件的地方，等战斗结束，取出来交给地委机关。"

最后，李林被迫退到了山上的一座庙前。此时她身边的战友已经全部牺牲，她自己的手臂、大腿、胸部多处中弹。李林强忍剧痛，一手驳壳枪，一手小手枪，以小庙的断墙为依托，和日本侵略者展开了殊死的搏斗，打伤了数名敌人，而她自己的腹部连中三弹。驳壳枪里的子弹打光了，小手枪里也只剩下最后一粒子弹。眼看敌人一步步向自己逼近，李林明白，突围已经没有希望了。生性倔强的李林面对着即将扑上来的敌人，用左手扶着土墙，咬紧牙关，猛地站了起来，就在敌人愣神的一刹那，她将小手枪对准自己的喉部，从容地扣动了扳机……新婚不久的李林倒在了她最热爱的祖国的土地上，倒在了她曾经纵横驰骋的抗日战场上。

● 名言

甘愿征战血染衣，不平倭寇誓不休。

# 爱国主义的实际行动

● 小档案

　　粟裕（1907—1984），初名粟多珍，中国现代杰出的军事家、战略家、革命家。湖南省会同人。侗族。1927年加入中国共产党，先后参加南昌起义和湖南起义，历任红军挺进师师长、闽浙军区司令员，参与开辟浙南游击根据地。曾指挥苏中、豫东、济南等战役，参与指挥淮海和渡江等重大战役。1955年被授予大将军衔。

　　1927年4月12日，蒋介石在上海发动反革命政变，残酷屠杀共产党人和工农革命群众。血雨腥风中，粟裕等进步学生在党组织的领导下，巧妙突破包围的反动军警，迅速从常德撤离到武汉。粟裕被党组织安排在叶挺的第24师教导大队，按照一名职业军人的要求，接受严格的训练，并系统学习军事理论知识。教导大队的训练生活是非常艰苦的。一开始，粟裕瘦弱的身躯有些吃不消，但他咬牙坚持着。由于粟裕学习刻苦并具有出色的组织能力，他被任命为班长。不久，他由一名共青团员正式转为共产党员，随部队开往南昌。

　　1927年8月1日，在周恩来、朱德等人的领导下，南昌起义的枪声打响了。粟裕所在的中队担任起义军革命委员会的警卫队，主要负责警卫起义军指挥部所在地——江西大旅社的安全。粟裕虽然是第一次正式参加革命战斗，但他非常沉着冷静，细心大胆地完成了上级交给的警卫任务。起义成功后，为了避开蒋介石纠集的大批敌军的进犯，起义部队决定撤离南昌，到广东一带开辟革命根据地。前有堵截，后有追兵，起义部队的损失惨重。在转向闽赣边境时，近万人的起义部队合并起来只剩下两千多人了。一次，粟裕所在的排在担负掩护部队转移的任务时，粟裕头部负伤，昏迷掉队。苏醒后，他连走带爬，凭着坚定的革命信念，在另一位掉队战友的搀扶下，追上了前面的队伍。不久，粟裕被任命为连队指导员，从事部队基层思想政治工作。

　　1928年4月，南昌起义剩余部队在朱德、陈毅的率领下，发动湘南暴动，经过八个多月的艰苦转战，终于在井冈山地区与毛泽东率领的秋收起义部队胜利会师。5月初，中国工农红军第4军正式宣布成立。朱德任军长，毛泽东任党代表，并将部队进行整编，组成第28团、第29团、第31团、第32团，共4个团。井冈山斗争初期，粟裕担任主力第28团第5连党代表。根据部队加强基层思想政治工作和提高战斗力的需要，粟裕的职务在党代表、连长之间曾做过几次调整。在战场上，粟裕那机智、沉着的战斗作风，多次受到毛泽东、朱德等同志的表扬。1929年8月，粟裕被任命为红四军第1纵队第2支队政委。

1930年12月，蒋介石纠集10万大军疯狂地扑向中央苏区，妄图一举剿灭红军。面对来势汹汹的敌人，毛泽东、朱德领导红一方面军奋起还击，展开反"围剿"斗争。当时在反"围剿"的誓师会场里，贴着这样一副醒目的对联：敌进我退，敌驻我扰，敌疲我打，敌退我追，游击战里操胜算；大步进退，诱敌深入，集中兵力，各个击破，运动战中歼敌人。这副对联形象地体现了毛泽东、朱德根据当时我军的实际情况总结出来的早期战略思想。第一次反"围剿"，正是集中优势兵力，各个击破敌人的范例。在第一次反"围剿"战斗中，年仅23岁的粟裕成功地指挥了龙冈战役，全歼敌第18师，并活捉敌师长张辉瓒，共歼敌一千多人，俘获九千多人，给蒋介石发起的第一次大"围剿"以当头一击。毛泽东含笑写出的《渔家傲·反第一次大"围剿"》这首词，形象地描绘了这次战斗的情景和取得胜利的重要意义。

1933年2月，根据中央革命军事委员会的命令，红一方面军进行了整编。粟裕担任由红十军与红三十一师合编成的红十一军参谋长。1933年5月，红十一军在硝石地区同敌人一个师展开激战。粟裕和政委肖劲光亲临前线指挥，击退敌人一次又一次进攻，最后歼灭敌人，取得胜利。战斗中，粟裕的左臂中弹受伤，伤情严重，但他仍然坚持在第一线指挥作战。后来，他这条胳膊在缺医少药的情况下，没有得到及时治疗而残废了。

● 启示

为了革命的胜利，老一辈军事家们不怕牺牲，冒着生命的危险，用惊人的意志和顽强的精神，克服重重困难，勇敢机智地打败了敌人，压制敌人的嚣张气焰，换取了今天来之不易的、幸福安定的社会局面。我们应该秉承先人的优秀传统，继续为国家的发展贡献力量。

# 誓与高台共存亡

● 小档案

董振堂，字绍仲，1895年生，邢台市新河县人，是共和国早早陨落的将星。1923年毕业于保定军官学校，曾在冯玉祥部任职。1930年，任国民党26路军25师73旅旅长。1931年12月14日，董振堂、赵博生、季振同、黄中岳等一起率领26路军官兵在江西宁都举行武装起义，参加红军，并担任中国工农红军第五军团副总指挥兼13军军长。1937年1月，攻占甘肃省高台县城后，被国民党马步芳部二万余人包围，董振堂和三千多名将士壮烈殉难。

1936年10月，红一、二、四三个方面军会师甘肃会宁地区。历时两年的全国红军的战略大转移——伟大的长征，胜利结束了。在这漫长而艰险的征途中，董振堂带领红五军团，冒着生命危险，打退了敌人无数次的疯狂追击和堵截，出色地完成了护卫红军主力转移的光荣任务。

红军三大主力会师后，为了执行宁夏战役计划，红三十军、九军、五军相继渡黄河向凉州、甘州、肃州方向西进。12月，董振堂率部进驻山丹。为了对付西北军阀马步芳和马步青的骑兵，五军临时组建了一个骑兵团，他亲自抓训练工作。除夕来临之即，董振堂率领五军首先攻占了临泽县城，城内守敌狼狈而逃。稍事休整，他又率领了千余人于次日凌晨离开临泽，一举攻占高台县城。进占高台后，他立即带领战士们宣传党的政策，发动群众起来革命，支援红军。就在高台人民欢庆翻身、组织政权和武装的时候，敌人马彪和马禄等纠集反动武装约两万余人，把高台团团包围，切断了红五军与临泽县城的联系，并以一部分兵力钳制倪家营子地区的红军主力。高台县城陷入相当孤立无援的境地。面对敌人的猖狂反扑，董振堂沉着、冷静。他一边把城内划分成若干防区，派兵分别固守，一边紧急动员全城军民加强城防。城墙窄矮，他组织大家把木箱和木柜抬到城墙上，填满沙土，泼水结冻，把城墙加宽加高。武器弹药不足，红军组织城内所有的铁匠昼夜不停地锻造大刀长矛。

从1937年1月5日开始，敌人不断向城内射击，形势更趋紧张。一周后，敌军又调集8倍于守城红军的兵力，接连不断地向高台发起大规模的进攻。先是用大炮拼命轰击城墙，然后抬着云梯，涌向城墙。董振堂指挥守城兵民，把敌人一次又一次地击退。可形势越来越严重，如果死守下去，只能是全军覆没。根据这种情势，董振堂同骑兵团团长吕仁礼一道，精心策划着突围行动。正当一切准备就绪，马上要突围的时候，董振堂接到政委黄超派人化妆送来的一封信，命令死守高台，不得有失。军令如山倒，董振堂立即在东城的天主教堂里召开营以上干部会议。宣读黄超来信之后，他命令大家："坚决守住高台！我们人在高台在，誓与高台共存亡。"高台是打通国际路线的重要关口，一场殊死血战眼看就要发生。1月18日，敌人的兵力不断增援，攻势愈来愈猛。红军战士大都已血洒疆场，城内浓烟四起，城墙残破不堪。次日，形势危急，董振堂带领部下举起拳头，庄严地向党宣誓："我们要流尽最后一滴血，战斗到底！为革命牺牲是光荣的，革命一定能成功，自由幸福的日子一定能够到来。"他的声音威严而坚定，下定了为革命献身的决心。

第二天清晨，敌人再次倾巢出动，拼死冲上城墙。守城战士，有的拉响剩下的手榴弹，有的用石头瓦块，同敌人殊死地争夺和撕杀。激战中，不料收编民团中的少数反动分子趁乱打开城门，敌人如疯狗一般涌进城内。高台城沦入敌手。董振堂带着两个警卫员和一个司号长被敌人包围。董振堂临危不惧，置生死于度外，虽左腿受伤，半跪在地，仍使双枪轮番向敌人射击。愤怒的子弹射向敌人，最后只剩下一颗。董振堂不愿被敌人俘虏，用这颗子弹射向自己，壮烈殉职。董振堂牺牲了，但他一心一意干革命，忠心耿耿为党和人民的高贵品质将永远铭记在中国人民的心中。

● 经典语录

革命了，个人的一切都交给了党，还要钱干什么？

# 钢铁的意志

● 小档案

邓恩铭（1901—1931），中国贵州荔波人，中国共产党创始人之一，是山东党组织早期的组织者和领导者之一。

1925年4月，邓恩铭领导青岛纱厂工人掀起罢工大浪潮，罢工坚持了22天，终获胜利。上海发生五卅惨案后，中共青岛市委发起组织后援会。6月8日，全市大中学校罢课，10日，召开全市市民大会，11日，组织7 000学生游行示威。不久，以胶济铁路总工会为基础，联合另外几个工会，成立了青岛市总工会。7月中旬，邓恩铭到济南参加中国国民党山东省党部第一次代表大会，被选为省执行委员。

正当青岛工人反帝爱国运动蓬勃发展之时，山东军阀头子张宗昌到了青岛，日本领事和日本资本家以30万元巨款贿买了张宗昌。张宗昌立即指使军警捣毁各厂工会，逮捕中共青岛市委书记李慰农等二十多人并杀害于团岛海滩。警方到处张贴通辑令，缉捕邓恩铭等六百多名爱国志士。邓恩铭化装逃过敌人的搜捕盯梢，前往济南向党组织汇报青岛情况，然后又不顾敌人正在通缉的危险，秘密回到青岛，组织了新市委。

1925年9月，邓恩铭接替王尽美的山东区委书记职务，全力以赴地领导全省的职工运动、农民运动和统一战线等工作，并亲自拟定济南市鲁丰纱厂、齐鲁大学等党组织的活动计划。不幸，区委机关被敌人破坏，邓恩铭也在11月被捕入狱。他在牢中多次受刑，长年繁忙工作患下的结核病又复发了，他形容枯槁，力不能支，但仍不向敌人屈服。经过党组织和亲友的大力营救，邓恩铭于1926年初保外就医。他毫不畏惧敌人的酷刑和重病的折磨，还安慰和鼓励为他伤心的亲友说："这不是很好吗？坐牢算啥。往后还得和那些狗斗一斗。"早在1925年青岛纱厂工人的大罢工中，邓恩铭就因沿街散发传单而被敌人逮捕关押了十几天，后被"驱逐出境"。邓恩铭早已抱定为革命而死虽死犹生的信念。第二次被捕出狱后，他仍然不改初衷，一心惦记着工作。亲友提醒他外边风声紧，要多小心，他的回答是：不怕，人总是要死的，有的人不做什么事情，说死还不就死了？邓恩铭的病尚未痊愈便回到青岛重任市委书记。

1927年4月，邓恩铭参加了中共五大。他和大多数代表一起批驳了党内的右倾错误。五大闭幕后，他还应邀到毛泽东主持的中央农民运动讲习所讲课，介绍山东地区工人运动和农民运动的情况，并看望了正在那里学习的山东学员。回到山东后，邓恩铭担任了中共山东省执行委员会书记。他积极贯彻中央"八七"会议制定的土地革命和武装反抗国民党的总方针，对省委进行改组，对各地农民起义进行组织领导。但由于受到宗派主义的排挤，邓恩铭被改选为省委委员，又回青岛担任市委书记。他不计较个人得失，仍然兢兢业业地为党工作。1927年12月，邓恩铭回济南向省委汇报和研究下步工作。由于叛徒告密，邓恩铭第三次被捕。从入狱的第一天起，邓恩铭就主动挑起了领导狱中共产党员和其他难友向敌人斗争的责任。他领导难友为改善待遇、不带脚镣以及争取阅读书报权利进行了数次绝食，还领导组织了两次越狱斗争，使一部分难友冲出牢笼，获得自由。第二次越狱时，邓恩铭本已冲出监狱，但因身体孱弱，越狱后又被捕回。他用黄伯云的化名同敌人周旋，党组织也加紧营救工作，邓恩铭本已有出狱希望，不料一次提审中他被国民党党棍张苇村认出，国共合作时，他们曾打过交道。邓恩铭不再避讳，他冷笑着回答敌人："我就是中国共产党党员邓恩铭。"

1931年4月5日凌晨，敌人从狱中提出邓恩铭等21名共产党人。邓恩铭镇定从容地整了整衣服，迈着坚定的步伐向刑场走去。他们沿途高呼"中国共产党万岁"，高唱激昂的《国际歌》，表现了共产党人钢铁般的意志和视死如归的精神。

● 小资料

在狱中，邓恩铭同志曾写下《诀别》诗：

卅一年华转瞬间，

壮志未酬奈何天。

不惜唯我身先死，

后继频频慰九泉。

1961年8月21日，董必武同志在纪念王尽美同志的一首诗中赞到：

四十年前会上逢，南湖舟泛语从容。

济南名士知多少，君与恩铭不老松。

# 最后的枪声

● 小档案

罗亦农（1902—1928），字慎斋，湖南湘潭县易俗河人，中国共产党早期重要领导人，工人运动领袖。

　　1925年10月，罗亦农代表粤区出席党中央在北京召开的扩大会议，会后留在北京主持了3个月的党校工作，为党培养了一批急需的干部。随即于1926年1月，被派往上海，担任中共江浙区委书记。当时的上海形势非常严峻，反帝斗争多次遭到镇压，工会被封闭，白色恐怖下万马齐暗。罗亦农到达上海后，首先组织工人从经济罢工入手，进而准备武装起义。他在各种行业中积极发展党员，建立党的基层组织，恢复各种产业工会，组织和训练工人纠察队，还加强党对武装的领导，为武装起义进行了大量准备工作。并于1926年10月到1927年2月，发动了两次武装起义，但由于准备不足和国民党右派的破坏，起义都遭到失败。这时，有些人的思想动摇，认为革命力量弱小，用武装起义的方法夺取上海行不通。罗亦农认真细致地做这些同志的思想工作，指出起义的失败并不证明武装起义不可能，而是我们没有在起义中争取更大的同盟和联系更广大的市民群众。在以后联合商会的问题上，有的同志主张联合大商业资本家就行了，有的主张不联合，罗亦农认为这两种做法都不妥，提出要联合中小商业者和广大店员商业工人的思想，从而扩大了工人的力量。1927年3月21日，经过一系列周密、细致的准备，在周恩来、罗亦农、赵世炎等的正确领导和亲自指导下，上海工人成功地举行了第三次武装起义。当时进抵浙江龙华的北伐军白崇禧部奉蒋介石密令按兵不动，阴谋利用军阀削弱工人力量。起义工人经过浴血奋战，终于占领上海。起义胜利后，召开了第二次市民代表大会，罗亦农代表上海临时政府在会上讲了话。他告诉大家：上海再不是帝国主义北洋军阀和无聊政客的上海了，是我们自己的上海，是无产阶级的上海。上海起义，充分展示了罗亦农的组织和领导才能。罗亦农的名字和上海工人起义一起，永远载入了历史史册。

　　四·一二反革命政变后，上海笼罩在一片白色恐怖之中。党中央考虑到罗亦农在上海目标太大，决定由陈延年接任他江浙区委书记的工作，罗亦农以江西省委代表的名义，到武汉参加党的第五次代表大会。"五大"上罗亦农被选为中央委员。会后，被派往南昌任江西省委书记。罗亦农到江西后，意识到反革命逆流会马上来临，于是积极整顿党团组织，鼓励战友们坚定立场，增强斗志，在困难条件下坚持斗争。这些工作，对随后对付国民党反动派的袭击，保证党的组织上和思想上的稳固起到了重要作用。

七·一五反革命政变后，罗亦农调到武汉任湖北省委书记。在此期间，他曾对陈独秀右倾机会主义错误进行了坚决的斗争。他在湖北省委召开的党的积极分子会议上作报告时指出："陈独秀右倾机会者深怕得罪国民党，不但不很好地加强工人纠察队与农民自卫队的组织，相反地还解散工农武装力量或听其涣散。"他勉励大家在危险面前，决不能坐以待毙，而要团结起来，冲破困难，将革命进行到底。在党的"八七"会议上，罗亦农同瞿秋白、李维汉等9人被选为中央政治局委员，决定进行土地革命，举行秋收起义。会后，他亲自拟定了"湖北省秋收暴动计划，"指挥鄂南农民首先起义，公开打出了中国共产党领导武装斗争的旗帜。

1927年9月，党中央迁往上海，同时在武汉成立长江局，代行中央职权，罗亦农同志任长江局书记，指挥湖北、湖南、江西、四川、安徽、陕西省的工作。10月，上海召开政治局扩大会议，罗亦农被选为政治局常务委员，中央组织局主任，并于该年底去上海，主持中央工作。

1928年4月，罗亦农巡视完湖北、湖南回到上海。4月15日，由于叛徒出卖，在英租界被捕。在狱中，任凭国民党威逼利诱，毒刑拷打，罗亦农坚贞不屈，并遗书家人："学我之所学，以慰我。"表达了对党的事业的无限忠诚和对胜利的期望。在蒋介石的密令下，罗亦农于1928年4月21日惨遭杀害，终年仅26岁。

● 评点英雄

罗亦农的牺牲是中国共产党的一大损失。他虽然去世了，但他的革命精神，他对革命事业的丰功伟绩，却像一座丰碑，巍然屹立在中国革命史上。

# 新社会的催生者

● 小档案

张太雷（1898—1927），中国共产党早期的重要领导人之一，是中国共产主义青年团的创始人之一和青年运动的卓越领导人，是广州起义的主要领导人。

1927年4月12日，蒋介石发动了反革命政变，疯狂屠杀共产党员和革命群众。此时担任湖北区委书记的张太雷，面对反革命逆流，不畏艰难，一面夜以继日加紧部署党组织的应变准备工作，一面撰写文章，尖锐批驳官僚政客和豪绅地主对工农运动的无理攻击，支持农民武装起来打倒劣绅土豪的反动政权，提醒大家随时准备对付反革命暴徒的袭击。

7月15日，汪精卫正式和共产党决裂，与蒋介石同流合污。张太雷遭到通缉，面对白色恐怖，他毫不畏惧，以钢铁一般的意志表示："无论怎样，最后的胜利总是属于我们的。我们的失败只是暂时的。"

"八七"会议后，张太雷被委任为中共广东省委书记。这时周恩来等人已率南昌起义军队向广东进发。张太雷兼程南下，到达香港与原中共广东区委的杨殷、阮啸仙等同志取得了联系。在8月20日召开的关于成立广东省委的筹备会议上，张太雷传达了"八七"会议精神，决定积极准备组织武装起义，以配合南昌起义军队夺取广东，建立工农民主政权，武装反抗国民党反动派的屠杀。在他领导的潮汕地区武装起义的响应下，南昌起义部队一度以破竹之势攻下了潮州，解放了汕头。

南昌起义失败后，张太雷立即在香港主持召开了南方局和广东省委联席会议，总结教训，表示决不在失败面前消沉，确定了"各地仍应积极准备，一有机会就发动起义"的方针，从此着手组织和领导广州起义。11月下旬，张太雷在上海向党中央直接请示有关组织广州起义的问题后返回广东，在广州主持召开了省委常委会议。会上成立了起义总指挥部革命军事委员会，他亲任总指挥。

为了组织好这次起义，张太雷置个人安危于度外，秘密召集广州工人代表大会的负责人，开会传达和部署起义的有关决定，具体布置起义的各项准备工作。他亲自到党的地下联络站，召集掌握在我党手中的武装教导团骨干分子会议，阐述国内形势，报告广州敌我情况，起义政纲和宣言，起义时的力量部署以及起义后成立广州苏维埃政府等有关问题都在紧张地酝酿之中。广州起义，如箭在弦，一触即发。就在这激动人心的时刻，敌人破坏了起义军收藏武器的大安米店，接着他们又得到教导团反动分子的密报，决定早下毒手实行镇压。

由于形势的突然变化，张太雷于12月10日紧急召开革命军事委员会议，毅然决定把原定12月12日举行的起义提前到11日凌晨举行。11

日凌晨，"轰、轰、轰"三声炮响震醒了沉寂的广州城。教导团全体参加革命战斗；警卫团第三营革命士兵，在枪毙该团反动军官后，分兵两路向敌军发起猛烈攻击；在广州各处集中待命的工人赤卫队也纷纷举起红旗，按预定目标向反动派进攻；黄埔特务营的官兵迅速参加起义，占领黄埔军校校部以及鱼珠炮台等险要地点……

起义军按照预定计划同敌人殊死奋战。不到两个小时，广州城到处红旗飘扬，大街小巷贴满了革命标语。烈士的鲜血，染红了广州大地，化成了光闪闪的几个大字：广州苏维埃政府。张太雷身穿戎装，神采奕奕向世界庄严宣告，广州苏维埃政府成立了！国民党军阀立即停止狗咬狗的斗争，集结军队万余人，从四面八方向起义指挥部疯狂反攻。听到敌人猖狂反扑的消息，张太雷不顾生命安危，立即驰往观音山总指挥部指挥作战，不幸在途中遭到敌人的伏击，身负重伤，为挽救革命献出了年仅29岁的宝贵青春。巨星殒落，起义军失去了统一领导。敌军大部援兵逼近广州城，四面反攻，形势急转直下。起义军民虽经殊死抵抗，终因寡不敌众，被迫撤出广州城。

● 启示

张太雷把自己年轻的生命无私地奉献给了中华民族的解放事业，他的高尚品格和革命精神，永远值得我们学习和怀念。广州起义失败了，但它是中国共产党挽救革命的又一次英勇尝试。它在广州点燃的革命火种，鞭策着英雄的人民继承张太雷的革命遗志，拿起武器，前仆后继，为中国革命事业抛头颅，洒热血。

# 不入虎穴　焉得虎子

● 小档案

钱壮飞（1895—1935），原名钱壮秋，亦名钱潮，曾长期在国民党系统卧底，中共隐蔽战线的"龙潭三杰"之一。钱壮飞同志是中国共产党早期隐蔽战线斗争的光辉代表。周恩来曾把他与李克农、胡底并列为党的情报工作"龙潭三杰"。凭着对革命事业的赤胆忠心，钱壮飞深入龙潭虎穴，为保卫党中央的安全做出了卓越的贡献，他的功绩永远铭刻于史册。

1931年4月25日傍晚，南京国民党特务机关的大本营，调查科主任徐恩曾早早地走了，那些见风使舵的大小特务们，也一个个开溜了。大楼里静悄悄的，只有机要秘书、中共地下党员钱壮飞还在伏案办公。

这时，一个机要员走了进来，把一份由武汉发来，要求"徐恩曾亲启"的电报递给钱壮飞，信封上赫然标注着"绝密"字样。没过多久，正当钱壮飞望着电报出神时，敲门声又一次响起，机要员又递来了一份同一字样的电报。"武汉出什么大事了？"钱壮飞自语着，敏锐的他心里画满了问号。可还没等他理出个头绪来，机要员再一次推门而入，又送来了一模一样的两份电报。一个小时后，钱壮飞的桌上，已经放着相同的六份电报了，他知道，武汉肯定发生了惊天动地的大事。钱壮飞静静地又等了半小时，见机要员不再送来，便起身把门插好，从贴身口袋里掏出偷偷复制的密码本，细心地翻译起来。

"中共中央政治局常委、负责特务活动的黎明在汉口被捕"。原来，就在当天下午，中共中央特科科长顾顺章被捕，并叛变了革命。盯着这六封电报，钱壮飞深知党中央的命运岌岌可危。他努力使自己镇静下来，翻出列车时刻表，幸好当晚还有一班开往上海的特快，早上6时抵沪。现在，离开车时间只有一个小时了。钱壮飞匆匆走出"正元实业社"的大门，找来了女婿刘杞夫："杞夫，你马上收拾一下，立即坐车去上海，带个口信给李克农，就说'天亮已走，母病危，速转院'。"意思是顾顺章叛变，党中央应立即转移。刘杞夫知道事关重大，简单地向妻子交代了几句，便赶往火车站。

27日清晨，大批特务对上海进行了地毯式的大搜捕，国民党军警像疯狗似地到处乱闯，可又处处扑空，共产党人突然间全失踪了。谁也不会想到，是他们自己的六封加急电报，挽救了中共中央。

● 评点英雄

情报侦察工作，历来是充满神秘色彩的隐蔽斗争。钱壮飞，更是中国近现代革命斗争中情侦工作的楷模。凭着对革命事业的献身精神，对革命事业的赤胆忠心，钱壮飞深入龙潭虎穴，为保卫党中央的安全作出了卓越的贡献，他的功绩永远铭刻于史册。

# 从容就义

● 小档案

瞿秋白（1899—1935），江苏常州人，散文作家，文学评论家。他曾两度担任中国共产党最高领导人，是中国共产党早期主要领导人之一，马克思主义者，无产阶级革命家、理论家和宣传家，中国革命文学事业的重要奠基者之一。

瞿秋白是江苏常州人，出生于一个破落的"书香之家"。是中国共产党早期领导人之一，无产阶级革命家。1922年2月，他在莫斯科考察时，由张太雷介绍加入中国共产党。从此，瞿秋白开始了一个职业革命家的生涯。

瞿秋白曾任党中央常委兼宣传部长。大革命失败后，主持召开了具有重大历史意义的"八七会议"，会后担任党中央临时政治局负责人。他在策划和组织南昌起义、秋收起义的过程中也起过重要作用。他在党内虽然职务很高，却从不摆架子。他为党作出了重大贡献，却从不借以炫耀人前，而总是把自己起的作用放在别人后边。他多次对人说："搞农运，我不如彭湃、毛泽东。搞工运，我不如苏兆征、邓中夏。论军事，我不如贺龙、叶挺。"

在上海，瞿秋白身居险境，以病弱之躯，受党中央委托参加"左联"的领导工作，和鲁迅在白区工作时，对毛泽东、朱德领导创建的苏区非常关注，向往根据地的战斗生活。后来他的这一愿望终于实现了。临去苏区前夕，瞿秋白向鲁迅告别，促膝长谈至深夜。"人生得一知己足矣，斯世当以同怀视之。"这是鲁迅亲笔书赠瞿秋白的一副立轴，瞿秋白一直视为珍宝收藏着。他带着党的重托，带着挚友的嘱咐，离开了上海。

1934年2月初，正是春寒料峭之际，瞿秋白化装为医生，沿着中央苏区的秘密交通线，从上海到达瑞金。

早在1931年全苏"一大"期间，瞿秋白便被选为苏维埃中央政府执行委员，并被任命为教育人民委员（即教育部部长），因在上海与鲁迅一起从事革命文艺工作，未能到职，这次抵达瑞金后，即到教育部主持工作。瞿秋白到职三个月，就同教育部副部长徐特立一起，从苏区实际出发，制订出一套《苏维埃教育法规》，并使之落到实处。在这些法规和条例中，强调改善教学方法，正确安排课程，注重师资建设，力求教给苏区学生更多切合革命战争需要的科学文化知识，取得了可喜的成绩。

在从事教育工作的同时，瞿秋白还接任中央政府机关报《红色中华》社长兼主编。在此期间，报社成立了通讯部，形成了一支庞大的信息通讯网络，极大地丰富了报纸内容。他与袁血卒一道，经常伏案写作、审稿、编排，保证了报纸的正常出版，一直坚持到最后一期，即苏区中央局突围转移北上时为止。

苏区的文艺工作也是在瞿秋白的领导下，由教育部隶属的艺术局统管。瞿秋白以红军大学为中心，聚集了李伯钊、钱壮飞、胡底、赵品三、石联星等一批文艺精英，创办了苏区工农剧社、高尔基戏剧学校，培养苏维埃戏剧人才，经常下乡巡回演出，举行盛大会演，搞得轰轰烈烈，很有起色，深受苏区军民的赞赏和喜爱。

瞿秋白患有肺病，身体很坏。但他不但以惊人的毅力顽强地坚持工作，卧床处理文件，而且还常去看望患病的战友。有一次，王稼祥感动地说："你带病看病人，我们病好后一定去看望你。"战友们看见他瘦弱的身体，有时设法弄来一条鱼和几只鸡蛋，当煮好送到他跟前时，他总是盘问从哪里来的，推让着不肯吃。有一次邓颖超从几里路外亲自跑来，送点面粉和白糖给他，并亲手煎了几张糖饼给他吃，这在当时的条件下，算得上是最好的营养品了。

1934年10月，红军主力撤离中央苏区，身患重病的瞿秋白被留在即将沦陷的瑞金。徐特立临行时看望秋白，秋白嘱咐他的身强力壮的马夫跟随徐老出征，并把自己的一匹好马换给了徐老。

瞿秋白留下后，兼任中央局宣传部长。为掩护红军主力长征，不致敌人察觉，他仍然夜以继日地工作，确保《红色中华》按期出版，组织剧团下乡演出，参加扩红、征粮工作等，忠贞不二、鞠躬尽瘁，坚持最后的斗争。

1935年，瞿秋白在福建长汀被俘。由于陈立夫派要员到长汀狱中对瞿秋白进行劝降，而拖延了执行时间。6月2日，蒋介石就在武昌给驻漳州的蒋鼎文发了一道密令，"瞿秋白即在闽就地枪决，照相呈验"。6

月18日清晨，瞿秋白起床后，换上了洗净的对襟黑褂、白裤、黑袜、黑布鞋。坐在方桌前，点支烟、喝杯茶，再翻阅唐诗，吟读着、思索着，则挥笔写"夕阳明灭乱山中，落叶寒泉听不穷……"的绝命诗时，36师特务连长廖祥光闯进房内，出示了蒋介石"就地枪决"的电令。瞿秋白很镇定地把诗写完，并附跋语，末署"秋白绝笔"字，随即跟廖祥光来到隔壁的长汀中山公园，瞿秋白信步行至亭前，看见小菜四碟，美酒一瓮。他独坐其上，自斟自饮，谈笑自若，神色无异。酒半言曰："人之公余，为小快乐；夜间安眠，为大快乐；辞世长逝，为真快乐。"随后，缓步走出中山公园，手持香烟，神色不变，沿途用俄语唱《国际歌》、《红军歌》。到达罗汉岭刑场后，他选择一处坟墓堆上，盘足而坐，还回头微笑地对刽子手说"此地很好"，高呼着"中国共产党万岁！""共产主义万岁！"的口号，饮弹洒血，从容就义。

瞿秋白用他36个春秋的壮丽年华，谱写了一曲生命不息、战斗不止的凯歌。他的英雄业绩和崇高品德及坚贞不屈、视死如归的精神，将永远铭刻在人民心中。

## ● 评点英雄

1950年12月31日，毛泽东为《瞿秋白文集》题词，高度赞扬他说："在革命困难的年月里坚持了英雄的立场，宁愿向刽子手的屠刀走去，不愿屈服。他的这种为人民工作的精神，这种临难不屈的意志和他在文字中保存下来的思想，将永远活着，不会死去。"

# 工业救国　矢志不渝

## ● 小档案

范旭东（1883—1945），湖南湘阴县人，出生时取名源让，字明俊；后改名为范锐，字旭东。他是中国化工实业家，中国重化学工业的奠基人，被称作"中国民族化学工业之父"。

第一次世界大战前，我国需要的纯碱，除一小部分是天然碱外，大部分依赖外国进口。大战爆发后，国际交通梗阻，输入中国的洋碱锐减。多年来一直垄断中国碱业市场的英国卜内门公司又压住在中国的存货不放，致使国内碱价飞涨，以碱为原料的工厂纷纷倒闭，国计民生受到了严重影响。鉴于这种情况，范旭东决心创建我国的制碱工业。一次，他在长芦盐区与同事谈论制碱时表示，为了这件事，即使粉身碎骨，我也要硬干出来。并指着盐滩上一堆堆盐地说："一个化学家，看见这样的丰富资源而不起雄心者，非大丈夫也。"为振兴民族化学工业的雄心壮志溢于言表，令同事们振奋不已。

然而，创办制碱工业的最大难点是技术问题。早在1913年范旭东赴欧洲考察时，就曾了解到"苏尔维法"是当时最有发展前途的制碱法。为了学到这一先进的技术，范旭东不知疲倦地奔走于欧洲各国之间。但当他来到法国制碱工厂时，却被拒之门外；来到比利时制碱工厂，同样吃了闭门羹；来到号称"世界碱王"的英国卜内门公司，厂家竟把他领进锅炉房，傲慢地说"你们中国人看不懂苏尔维制碱工艺，只能参观我们的锅炉房"。这一奇耻大辱，范旭东一直默记在心，决心自力更生突破技术难关，为中华民族争气。1917年，他和几位志同道合的朋友，在自己的家中进行小型制碱实验，经过反复的研究和试验，提取了9公斤纯碱，获得初步成功。范旭东为此欢欣鼓舞，立即向公司董事会提出创办碱厂的具体方案，得到董事会批准。1918年在天津召开水利制碱公司创立会，1920年开始在塘沽筹建碱厂，聘请刚从美国留学归来的侯德榜博士任总工程师。

创业难，具有开拓性的创业尤难。在荒凉的海滩上，范旭东率领工程技术人员一干就是4年，他们自己研制机器设备，自己安装，到1924年终于建成了碱厂，可是开车试产时，毛病百出，碳化塔堵塞了，干燥锅结疤了，制出的碱不是洁白色而是暗红色的，一大堆技术难题需要解决，设备经常改换，投资很快超过预算。苏尔维制碱集团更是幸灾乐祸，认为中国人办苏尔维法碱厂"太自不量力"。水利公司内部也有一些股东议论纷纷，要求另聘外国工程师代替侯德榜。范旭东力排众议，坚决支持侯德榜干到底，并为他的工作提供了种种便利条件。

范旭东的信任和支持，极大地增强了侯德榜攻克技术难关的责任心和勇气。范旭东这样关心和尊重技术人才，使许多具有真才实学的留洋学生纷纷前来，愿同范旭东一起奋斗，使水利碱厂的技术力量迅速发展壮大。而范旭东也正因为得到了侯德榜这样一批栋梁之才，才在化工事业上取得了成功。

永利碱厂克服了无数技术和经济上的困难后，终于在1925年生产出了第一批纯碱。在庆功会上，范旭东对和他一起创业的人说"我的衣服都见宽大了"。真可谓："衣带渐宽终不悔，为伊消得人憔悴。"艰辛的劳动换来了丰硕的成果，范旭东压抑不住心头的喜悦，亲自燃放了一挂鞭炮，表示战胜帝国主义封锁和凌辱的欢欣。不久，永利碱厂的"红三角"牌纯碱在美国建国150周年博览会上荣获金质奖章，为祖国争了光。1940年，侯德榜又发明了联合生产纯碱和氯化铵的新工艺，范旭东立即命名这一制碱新法为"侯氏碱法"。"侯氏碱法"的发明，标志着中国化工技术跨入了世界先进行列。1943年，范旭东在水利公司的周年庆祝会上致词说："水利所以取得了今天这样大的成就，中国化工能够登上世界舞台，侯先生的贡献，实当首屈一指。"

● 评点英雄

范旭东辛劳过度，于1945年10月4日在重庆沙坪坝寓所逝世，享年62岁。他临终留下遗言："齐心合德，努力前进。"当时正在重庆与国民党谈判的毛泽东，为他题写了"工业先导，功在中华"的挽联。周恩来代表毛泽东亲往南园吊唁，敬献了与王若飞合写的挽联："奋斗垂卅载，独创永利久大，遗恨渤海留残业；和平正开始，方期协力建设，深痛中国失先生。"

# 无坚不摧　百折不挠

● 小档案

叶挺（1896—1946），中国无产阶级革命家、军事家，中国人民解放军的创建人和领导人。原名叶为询，字希夷，广东惠阳人。1924年赴莫斯科东方大学和红军学校中国班学习。同年加入中国共产党。1925年9月回国，任国民革命军第四军参谋处长、独立团团长。1926年的北伐战争中，他率领部队长驱直入，屡建战功，被誉为"北伐名将"，所部被称为"叶挺独立团"，为第四军赢得"铁军"称号。1927年参加领导南昌起义。同年又参加领导广州起义，任工农红军总司令。1941年在皖南事变中被扣，经中共中央营救，于1946年3月出狱，并重新入党。同年4月由重庆乘飞机去延安途中，在山西兴县黑茶山遇难。

叶挺曾经因战事原因脱离党组织，到德国学习军事科学，5年后回到澳门。叶挺救过孙中山夫妇，又是北伐名将，在国共两党中都享有盛誉。国民党要人得知消息后，纷纷送礼，想拉拢叶挺。但走上革命道路的叶挺，从没有向国民党的威逼和利诱屈服过，功名利禄都被他一概拒绝，他怀着一颗向往正义的心，一心追随共产党。

1937年，抗战爆发后，叶挺马上赶到了延安。毛主席主持了叶挺的欢迎会，会议上叶挺很激动，说："革命好比爬山，许多同志不怕山高，不怕路险，一直向上走。我有一段时间爬到半山腰就折回去了，现在又跟上来了！"接着，叶挺受中共中央的委托，以非党员的身份同国民党交涉，将南方八省的红军游击队改编成新四军，并担任军长。1941年1月，爆发了皖南事变，国民党在皖南围攻新四军军部，叶挺被国民党扣押。随后，他被押解到上饶牢房，后又被关入桂林一个潮湿的山洞中。在被监禁期间，他为了表示抗议，拒绝理发。

一年后，蒋介石认为他尝尽了苦头，态度可能会软化，便下令将他押往重庆。据当时的军统特务头子沈醉记载：叶挺下飞机时，头发和胡子都很长，手持一盏油灯。别人问他白日为何举灯，叶挺回答："天还未明！"他以此对国民党的黑暗统治予以了辛辣的讽刺。叶挺先被送进"优待室"，蒋介石当面劝他"悔过"，还许诺给他战区副司令长官的高职。叶挺断然拒绝，并要求释放被囚的新四军人员。蒋介石恼羞成怒，又把他关进"中美合作所"里进行单独监禁。之后，叶挺在特务的监视下，被流放到恩施、桂林等地。他拒绝领取国民党给的钱财，只向朋友借生活费。有的国民党高官到监房探望，问他日后想干什么，叶挺说："如果我能恢复自由，要做的第一件事是申请中共中央恢复我的党籍。"经中共中央长期交涉，叶挺于1946年3月获释。他出狱时，解放军各战区都发来了贺电。出狱第二天，叶挺便致电中共中央请求再次入党，两天后得到批准。1946年4月8日，叶挺在去延安途中，因飞机在大雾中撞山遇难。

在重庆的周恩来闻知叶挺遇难消息，悲痛欲绝，长歌当哭，他在《新华日报》上撰文，高度评价了叶挺的一生：

希夷，你是人民队伍的创造者，北伐抗战，你为新旧四军立下了解放人民的汗马功劳。十年流亡，五年牢监，虽苍白了你的头发，但更坚强了你的意志。一出狱，你就要求重新加入中国共产党，一见面，你就提到皖南死难同志，检讨皖南事变，要我交涉继续放人。我记住，我永远记住。我敢向你保证：我们要为保护人民队伍和释放一切政治犯而奋斗到底！

● 小资料

叶挺在重庆"中美合作所"时，写下一首《囚歌》，以表心志：

为人进出的门紧锁着，

为狗爬走的洞敞开着，

一个声音高叫着：

爬出来呵，给你自由！

我渴望着自由，

但也深知道——

人的躯体哪能由狗的洞子爬出！

我只能期待着，

那一天——

地下的烈火冲腾，

把这活棺材和我一齐烧掉，

我应该在烈火和热血中得到永生。

● 启示

在为国家民族的解放和发展而奋斗的过程中，应该承受住残酷的考验，哪怕牺牲自己宝贵的生命，也应坚持高尚的理想和奋斗目标，抛头颅、洒热血也在所不惜。自我利益在与集体或国家危亡的比较下，显得是那么渺小。当敌人威逼利诱我们时，正是检验自身意志力的关键时刻，让我们每一个人都肩负起为民族自立图强而奋勇拼搏的伟大使命！

# 耿耿丹心　铮铮铁骨

● 小档案

方志敏，江西省弋阳县人，生于1900年。他是中国共产党的优秀党员，江西党组织的创始人之一，闽、浙、皖、赣革命根据地的创建者。他历任县委书记、特委书记、省委书记、军区司令员、红十军政委、闽浙赣省苏维埃政府主席，中华苏维埃共和国中央主席团委员，党中央委员。1934年，红七军团和红十军团合编为北上抗日先遣队，方志敏任总司令。1935年1月24日，他不幸被俘入狱，在狱中坚贞不屈，写下了《可爱的中国》、《清贫》等名著。1935年8月6日，方志敏在南昌英勇就义，时年36岁。

1935年1月，因为叛徒出卖，方志敏被捕。蒋介石知道后，密令国民党江西省党部头子俞伯庆劝降方志敏。

俞伯庆来到关押方志敏的牢房里，假惺惺地对方志敏说："蒋委员长很想重用你，你为什么不争取出来为党国效力呢？"方志敏哼了一声，说："蒋介石是什么东西？"俞伯庆压住怒火，又试探着说："你们红军不是已经败了吗？""不？我们红军只是暂时在军事上失利了，政治上并没有失败。"方志敏坚定地反驳，"我可以告诉你，我们永远不会失败。"俞伯庆见劝降不成，又派了军法处处长和方志敏"谈话"："方先生，听我一句劝，你们既然一败涂地，何必钻牛角尖，像您这样杰出的人才，在我们这儿自然是高官厚禄。"方志敏愤然打断了他，说："共产党人信仰共产主义，视功名利禄如粪土。"处长见方志敏如此强硬，话锋一转又说道："你知道你们那个孔先生吧，他现在可是党国的少将参议，春风得意的很啊。"

"这个无耻的叛徒，我绝对不会跟他一样。"方志敏一听是他，站起身厉声喝道："革命者宁可被敌人残杀，也绝不投降敌人，要我屈膝投降，休想。"三番五次的劝降都失败了，敌人终于露出豺狼的凶相。他们给方志敏吃霉米饭，里面还要加上稗子、谷壳和沙石。牢房里黑暗潮湿，老鼠到处窜，臭虫爬满墙，虮子满被褥。除了恶劣的生活环境，敌人每天还用酷刑"招待"他，皮鞭、老虎凳、辣椒水，可方志敏仍然没有丝毫的动摇。

1935年8月6日，劝降不成的国民党无奈地将方志敏押赴刑场。刑场上，敌人让方志敏转过身去，方志敏大笑道："我都不怕，你们怕什么？我倒要看看法西斯的子弹是怎样射穿我的胸膛。"天下起了雨，方志敏倒在了他热爱的这片大地上。

## ● 评点英雄

叶剑英元帅曾题词称颂方志敏："血染东南半壁红，忍将奇迹做奇功。文山去后南朝月，又照秦淮一叶枫。"正因为有无数个方志敏式的"耿耿丹心、铮铮铁骨"，才炼铸起了中华民族不倒的长城。

方志敏在狱中留下的《可爱的中国》《清贫》等十几篇遗作，已经成为中国革命史上的绝唱，成为中华民族不朽的精神财富。

## ● 经典语录

敌人只能砍下我们的头颅，决不能动摇我们的信仰！因为我们信仰的主义，乃是宇宙的真理！为着共产主义牺牲，为着苏维埃流血，那是我们十分情愿的啊！

## ● 小资料

在《可爱的中国》文章中，我们感受到方志敏拳拳的爱国之心。他这样描写自己的祖国："这位母亲蛮可爱的。"多么朴实的话语，多么意趣的表达。这更是一个共产党人"积极的奋斗的"人生观、价值观和生死观。为了挚爱的祖国，方志敏甘愿抛头颅、洒热血；为了挚爱的祖国，方志敏甘愿过清贫、朴素、洁白的生活。

方志敏时代讲爱国是为了救国。时代赋予爱国主义与时俱进的历史内涵，在残酷的战争年代，支撑方志敏等革命先烈舍生忘死的精神力量就是爱党、爱国这个强大的信念。今天，加快祖国发展，我们同样离不开精神的激励、信念的支撑。要通过弘扬方志敏精神，形成爱我祖国、推进发展的强大合力，坚定国富民强的信念。

# 拼死疆场

## ● 小档案

佟麟阁（1892—1937），中国抗日将领。直隶高阳（今属河北）人。原名凌阁，字捷三。1912年北洋备补军左路前营管带冯玉祥在河北景县募兵，佟麟阁应募，开始军人生涯。1925年任国民军第1师师长，次年，兼陇南镇守使。1931 年任第 29 军教导团长兼张家口警备司令。1933 年 5 月任察哈尔省政府代理主席、察哈尔民众抗日同盟军第 1 军军长，参与收复多伦等地。佟麟阁危难时刻，出任 29 军中将副军长兼军官教导团团长，驻北平南苑。7 月 28 日，遭日本飞机袭击，头部受重伤，英勇殉国。他是抗日战争中殉国的第一位高级将领。31 日，国民政府追赠为陆军上将。1946 年 3 月，北平市政府和各界人士在八宝山忠烈祠为佟麟阁等隆重举行入祠仪式，并将西城区的一条街更名为佟麟阁路。中华人民共和国建立后，被追认为革命烈士。

1937 年 7 月 7 日，日军炮轰北平城和卢沟桥，打响了日军全面侵华战争的第一枪。卢沟桥既是南下的要塞，又是北京的咽喉，一旦卢沟桥被占领，北京，乃至整个华北就岌岌可危。在这样的情况下，驻守北平的国民党 29 军副军长佟麟阁，果断地下达了坚决抵抗的命令，吹响了中华民族抗日的战斗号角。形势正在变得越来越危急，可国民党军中有人还在犹豫不决。"对于一个人来说，荣辱只不过是小事，但在国家的荣辱、民族的危亡面前，我们不能再退缩了。"在南苑召开的军事会议上，佟麟阁表达了战斗的决心，后来又向 29 军下达了命令："凡有日军朝夕，坚决抵抗，誓与卢沟桥共存，不得后退一步。"

7 月 28 日，日寇调集陆军、空军协同作战，向南苑发动了新的进攻。佟麟阁亲临前线指挥，激励部下说："保家卫国是军人的天职，奋不顾身杀敌的光荣，畏缩不前怕死的可耻。我愿与弟兄们一道，和敌人血战到底。"

这一仗，空前的激烈：飞机在尖厉的鸣叫声中不停地俯冲、投弹，炮弹呼啸着，巨大的爆炸声在阵地上四处回荡，弹片四散，危险永远近在咫尺。这一切，佟麟阁毫不在意，他一直站立在阵地上，发出一道道命令。

突然，一颗子弹击中了佟麟阁的腿部，鲜血顿时染红了裤腿和鞋袜。"军长，退吧，这里有我们。"部下们都劝他，可佟麟阁却半步也不向后退，"抗敌事大，个人安危事小，我绝不能退。"

长久的拉锯战让日军恼羞成怒，炮火，突然更猛烈了。一声巨响，佟麟阁头部负伤，他挣扎着喊道："杀敌……杀敌……"然后轰然倒地。

## ● 评点英雄

29军官兵在卢沟桥事变中激于爱国主义的义愤，担负起保卫国土的神圣职责。虽然武器装备低劣，但他们英勇地与武器精良的侵华日军展开了殊死的搏斗，以他们的鲜血和对国家、民族的忠诚，谱写了壮烈的诗篇。

## ● 经典语录

战死者光荣，偷生者耻辱。荣辱系于一人者轻，而系于国家民族者重。国家多难，军人应当马革裹尸，以死报国。

## ● 小资料

佟麟阁路，原名南沟沿，位于北京市西城区宣武门内地区，1945年为纪念抗日将领佟麟阁改为现名。佟麟阁路是一条南北走向的胡同，北起复兴门内大街南，南至宣武门西大街，全长1500米左右。

佟麟阁路上有一处全国重点文物保护单位——北京国会旧址，一处北京市文物保护单位——中华圣公会救主堂。北京国会旧址位于佟麟阁路62号新华社院内，是北洋政府时期的参众两院，曾经在这里上演了许多著名的历史事件，现在作为新华社总社礼堂使用。中华圣公会救主堂位于佟麟阁路85号，是圣公会在北京地区建立的第一所教堂，教堂建筑完美地融合了东西方建筑风格，现为北京赛翁信息咨询中心的办公场所。

# 舍生取义

## ● 小档案

许光达（1908—1969），原名许德华，湖南长沙人。中国无产阶级革命家、军事家。1925年加入中国共产党，1926年入黄埔军校学习。次年参加南昌起义。抗日战争全面爆发后，历任抗大训练部长、教育长、第三分校校长，晋绥野战军第三纵队司令员，西北野战军第三军军长，第一野战军第二兵团司令员。1955年被授予大将军衔。

大革命失败后，许光达从九江尾追南昌起义部队南下，在江西宁都追上起义部队，初任排长，参加了起义军在南下途中进行的会昌战役，因作战英勇，很快接任代理连长。不久，许光达在三河坝战斗中负伤，被组织安排在一户山村农家养伤。伤愈后，他先后到潮州、汕头、上海、安徽等地寻找党组织，辗转千里，深受颠沛流离之苦。

1928年初，在党组织的安排下，许光达在安徽寿县的学兵部从事兵运活动。由于工作策略上的失误，活动被人告发，许光达等人被迫紧急撤离。在逃亡途中，他再次与党失去了联系。1928年9月，许光达在长沙与未婚妻邹靖华完婚。新婚第十天，由于叛徒的出卖，长沙当局派兵缉拿许光达，幸亏有人提前通风报信，许光达再次匆匆逃离。其后又经历了数月之久的苦苦追寻，为寻找党组织，他甚至跑到唐山矿区以挖煤为生。终于在1929年4月，他在安徽芜湖重新回到了党的怀抱。

1929年7月由组织推荐，许光达进入上海中共中央军事训练班学习，结业后正式更名为许光达，以中央代表的身份被派往洪湖苏区从事军事斗争。一进入洪湖革命根据地，许光达就立即投入到对敌斗争中去。战斗间隙，他给游击队员们讲战术、讲战场上的相互协调和火力配备，讲如何利用地形、地物等。在洪湖地区，游击队虽然很活跃，但没有统一领导。中央决定把洪湖地区的各路游击队归拢起来，于1930年2月成立了红六军，组织了一支精干的军司令部参谋部，许光达任参谋长。他充分发挥自己的军事才能，平时指导部队训练，演习战术、战法，每次战前都拟定具体的作战计划，对红六军改变游击习气，向正规化军队的转变起了很大的促进作用。1930年7月，红六军与贺龙领导的红二军会师，组成中国工农红军第二军团，许光达任第17师师长。此后，在一年多的时间里，许光达率部南征北战，战华容、攻长沙、占巴东、收秭归、克荆门、援当阳，转战在湘鄂两地，参与或单独指挥大小战斗数十次。在战斗中，他多次身挑重任。松滋杨林寺一战，他率第17师与敌激战，顶住数倍于己的敌人的进攻，保证了军团指挥部的安全转移。在鄂北马良坪一役中，他率第8师第22团掩护主力撤退，在与上级失去联系的情况下，他机动灵活地掌握战局，于当夜不失时机地率第22团攀悬崖突出重围，在深山老林坚持战斗两个多月，不仅保住了红军的有生力量，还开辟了一块根据地。为此，他受到贺龙司令员的赞许。

1931 年，在应城的一次战斗中，许光达亲临前沿阵地指挥，被敌枪击中，身负重伤。由于根据地医疗条件差，设备简陋，几次手术都未能将他体内的子弹取出。1932 年，许光达被党组织辗转送往苏联治疗。伤愈后，许光达先后进入国际列宁学院和东方劳动者共产主义大学学习。1937 年 11 月许光达奉命回国。次年 1 月到达延安，他受到了毛泽东的亲切接见。不久，他就受到重用，任中国人民抗日军政大学训练部部长，很快又被任命为教育部长。在抗大，许光达努力工作，认真执行中共中央为抗大制订的教育方针，把"坚定正确的政治方向，艰苦朴素的工作作风，灵活机动的战略战术"和"团结、紧张、严肃、活泼"的校风贯彻到学员中去。当时，延安的生活是相当艰苦的，许光达与学员们一起挖窑洞、上山砍柴，他身体力行的模范行为对大家是极大的鞭策。抗大为党培养了一大批坚强的革命战士，许光达为此付出了许多心血。

1955 年，中国人民解放军实行军衔制时，根据许光达对中国革命和军队建设所作出的贡献，中央军委决定授予他大将军衔。他得知后，主动给军委主席、副主席写信，请求降为上将军衔。毛泽东看罢，激动地说："这是一面明镜，共产党人自身的明镜。500 年前，大将徐达二度平西，智勇冠中州；500 年后，大将许光达几番让衔，英名天下扬。"

● 启示

为了人民和国家的利益与安危，愿意舍生取义,是无比高尚和伟大的。

# 发扬民族文化　振兴中华

● 小档案

陈嘉庚（1874—1961），近代爱国华侨领袖。福建同安集美村（今福建厦门集美）人。1907 年加入同盟会，曾以巨款资助辛亥革命。1912—1920 年间，先后在集美创办小学、中学、师范、水产、航海、农林、商科等学校。1918 年在新加坡创办南洋华侨中学。1921 年克服种种困难创办厦门大学。1928 年 5 月 3 日济南事件后，在新加坡发起华侨抵制日货运动，并成立济南惨案筹赈会，任会长。1938年"九·一八"事变后，在新加坡召开侨民大会，号召救国捐款和抵制日货。1939年回国慰问延安边区军民，此后积极拥护中国共产党领导的抗日民族统一战线。抗战胜利后创办《南洋日报》，从事爱国民主运动。1949年回国出席中国人民政治协商会议第一届全体会议。建国后，历任中央人民政府委员，中国人民政治协商会议全国委员会副主席，第一届、第二届全国人民代表大会常务委员会委员，华侨事务委员会委员，中华全国归国华侨联合会主席等职。

1910年陈嘉庚在新加坡参加中国同盟会，募集巨款赞助孙中山的革命活动。1924年在新加坡创办《南洋商报》，高举反日斗争旗帜。济南惨案发生后，他任新加坡"山东惨案筹赈会"会长，募捐救济受难家属，并号召华侨反对日本帝国主义的侵略暴行。1931年"九·一八"事变前后，积极从事抗日救国活动。

1937年抗日战争开始，在新加坡召开侨民大会，筹款支援祖国。1938年倡立"南洋华侨筹赈祖国难民总会"（简称"南侨总会"），任主席，每年募款达上亿元，并组织司机和机工三千多人回国为抗战服务。

1938年10月，广州、武汉相继沦陷，路透社电讯公开传出"汪精卫发表和平谈话"。陈嘉庚感到事出有因，但他不信真有其事，因为他与汪精卫过去有过来往，私交甚好。他遂以南侨总主席名义，直接向汪精卫去电询问，汪坦承不讳。陈嘉庚给汪发长电两则，严词指出其主张极端错误，但汪称其和平主张为无上良策，甚至反过来还叮嘱陈嘉庚劝说南侨赞同其主张。至此，陈嘉庚得知汪精卫始终坚持顽固立场，不可挽救。考虑到此事系国家头等大事，应公之于众，以正视听。1938年10月28日，国内政坛的一次重要会议——国民参政会在重庆召开。身在新加坡的陈嘉庚以国民参政员的身份，向大会发去一个电报提案，提案有三方面内容：日寇未退出我国土之前，凡公务员对任何人谈和平条件，概以汉奸国贼论；大中学校在抗战期间禁放暑假；长衣马褂限期废除，以振我民族雄武精神。其中，第一方面的内容最为著名，后经会议秘书处精简修改为"敌未出国土前，言和，即汉奸"。这样的电报提案，犹如一声惊雷，骤然在会场响起，不仅惊动了国民党战时首都重庆，也震动了海内外。

这一电报提案，充分体现了陈嘉庚力主抗战、反对和谈、反对中途妥协的爱国精神，当时在海内外引起了重大反响。中国著名爱国人士、政论家邹韬奋在其所著的《抗战以来》一书中，对其做了极为生动的描述和高度评价。他说："开幕之后，霹雳一声，陈嘉庚从新加坡来了一个'电报提案'——'敌未出国土前，言和即汉奸'。这寥寥十一个字，却是几万字的提案所不及，是古今中外最伟大的一个提案。"同时，他还具体描述道："当汪精卫议长高声朗读'敌未出国土前，言和即汉奸'时，面色突变苍白，在倾听激烈辩论时，神色非常不安，其所受刺激深矣。"1940年3月陈嘉庚亲率"南洋华侨回国慰劳视察团"回国慰劳、考察，并冲破国民党政府重重障碍，到达延安，对抗日根据地干部的廉洁奉公、军民团结抗战，热情称颂并从此断定"中国的希望在延安"。太平洋战争爆发后，他组织"新加坡抗敌动员总会"，动员华侨从各方面积极抗敌。陈嘉庚曾屡遭敌人迫害，脱险后，各界人士在重庆举行"陈嘉庚安全庆祝大会"，毛泽东题"华侨旗帜，民族光辉"以褒赠。抗日战争胜利后，陈嘉庚积极投身反蒋反美的民主运动，支持解放战争，创办《南侨日报》。

● 评点英雄

陈嘉庚是中国近现代史上一位杰出的爱国主义者。他恪守"天下兴亡，匹夫有责"的古训，以拯救国家危难为己任，认为"教育不振，则实业不兴，国民之生计日绌"，把兴办教育和实业，发扬民族文化同振兴中华联系起来，希图实现报效祖国的抱负。他终其一生，全力支援祖国的革命、抗战、振兴。

# 开创近代天文学事业

● 小档案

高鲁（1877—1947），字曙青，号叔钦，福建长乐龙门乡人，中国著名天文学家。

1909年孙中山先生在巴黎组织同盟会时，高鲁正在比利时求学。他思想进步，积极投身于革命中，参与同盟会机要，联络比利时的同学加入同盟会。回国后，他依然追随孙中山，追求真理。1912年1月1日孙中山就任中华民国临时大总统，高鲁被任命为临时政府秘书，同时兼任内务部疆理司司长。他在任职期间，充分显示和发挥他的天文方面的才能，测定经纬度，取得了很不错的成绩。后来，中华民国临时政府由南京迁到北京，开始对清朝政府的各部门进行接管。清代的原天文机构钦天监，被当时的教育部接管，并在原址内成立了"中央观象台"。当时任教育部总长的蔡元培早就知道高鲁具有天文方面的专长，特委任高鲁为中央观象台台长。从此，高鲁开始了创建我国近代天文事业的生涯。

当时我国的天文学同西方的天文学相比相差太远，远远地落后了。在古代，我国的天文学长期处于世界领先的地位，伴随着近代资本主义的兴起而诞生了近代天文学之后，在封建制度的腐朽没落政策下，我国的天文事业发展停滞了。特别是清王朝的中后期，虽有一些学者将西方进步天文理论和观测手段引入国门，但因固有的闭关自守和排他性的陈腐观念的作祟，我国天文学并没有任何改观和发展。

在任中央观象台台长期间，高鲁借鉴引进西方天文观象系统并结合我国的具体情况，对原清朝钦天监建制机构进行了大胆改革，彻底清除了天文历法中专为封建帝王服务、具有浓厚的迷信色彩的占星术这一传统内容。他在中央观象台内设立了天文、历数、气象、地磁等4门研究学科，并要求每门学科要把讲究科学做为其最主要的内容，让天文学彻底摆脱占卜预测吉凶祸福的陷阱和制定历法、编著历书的局限，从而完成了中央观象台的各种建制工作。与此同时，高鲁积极选拔人才，选拔那些思想进步、学有专长的有才之士担任各门学科的负责人，为我国近代天文学、气象学、地磁学以及地震学的研究与发展打下坚实的基础。

在中央观象台的建制规模基本完成之后，高鲁又率领观象台的同仁重新编算自己的历书，一改清代历书的内容和编算方法。新历书首次在我国采用了当时世界上最先进的纽康《太阳表》和汉森《月亮表》进行核算，使我国编算历书工作向科学化、规范化方向前进了一大步。在内容方面，新历书去掉了过去历书中的迷信内容，加进了科学的天文知识，日月食发生的原理等不仅用科学道理讲解，而且还插图解释，高鲁还积极主张推行国际通用的公历，便于与国际社会相交往。这些思想和方法，直到现在，我国学者还在遵行和使用。

高鲁在从事天文学事业的过程中，曾因工作需要的关系，三次离开了天文界，即1918年到1921年任留欧学生监督，1929年到1931年任中国驻法公使，1942年到1947年病逝前任闽浙地区监察使及监察委员兼国民党军委全军风纪第一巡察团委员。但高鲁始终没有放弃过他所喜爱的天文事业。就是在他离开天文界的时间里，他仍充当着一名"业余"天文爱好者进行着工作。他在国外期间，时刻注意寻觅在国外学习的天文人才。有一次，他在报纸上看到一个名叫李奥的人发明了一架供观测太阳用的日冕仪，还以为李奥为中国人，便四处查询李奥的住处，等见到李奥时才知他是个法国人。这在天文界流传为佳话。此外，他还注意国外天文普及事业，学习有关天象仪的知识。他首次提出在我国创立天象馆，以做好天文普及工作来推动我国天文事业的发展。他还积极倡导发起成立中国日食观测委员会，并不顾年事已高亲自参加日食观测，还抽出闲暇时间参加各种天文学术讨论会。他极注重我国天文观测研究所用的仪器设备，在国外期间，他考虑到购买一台天象演示仪价钱昂贵，就专门设计了一套天文邮票，准备回国后建议政府发行，好把得来的钱用来购置天象演示仪用。高鲁毕生从事我国天文学事业，为我国近现代天文学的发展做了大量的奠基工作。1947年高鲁因病去世，终年70岁。

● 评点英雄

高鲁为中国近现代天文事业写下了光辉的一页，高鲁科学救国的拳拳之心，不畏艰辛在天文领域孜孜追求、不懈进取的科学探索历程，献身科学的满腔热忱，爱国爱乡的崇高品德，永远值得我们学习。

# 血战到底

● 小档案

抗日战争时期，以冷云为首的东北抗日联军8名女官兵，在顽强抗击日本侵略军的战斗中投江殉国，表现了中华民族同敌人血战到底的英雄气概，在人民群众中广为传颂。她们是第二路军第五军妇女团的指导员冷云，班长胡秀芝、杨贵珍，战士郭桂琴、黄桂清、王惠民、李凤善和被服厂厂长安顺福。

1938年夏天，日本关东军纠集伪蒙、伪满军在松花江下游展开了"三江大讨伐"，东北抗联第4、5军为摆脱困境决定向西转移，遭到日军多次围追堵截，牺牲了很多抗联战士。10月，东北抗日联军第5军第1师的一支百余人的队伍被乌斯浑河挡住了去路，队伍中有第5军妇女团的8名女战士。抗联队伍经过几日的奔袭，战士们又饿又累，师长决定在岸边休息一夜第二天早晨过河。

10月的北方天气已经非常寒冷，部队在河畔露营后，燃起了几堆篝火取暖。日伪特务葛海禄发现了江边有篝火闪动，向日本守备队报告有抗联战士在江边休息。后半夜，日军熊本大佐集合了一千多日军与伪军将抗联战士包围。拂晓时，抗联战士们发现了日军，急忙向外冲。冷云比较冷静，命令7名女战士卧倒，敌人没有发现她们，向大部队逼近。此时情况十分危急，在此生死关头冷云果断地组织女战士从背后袭击敌人，吸引日军火力，掩护大部队突围。敌人一下子慌了神，以为中了埋伏，慌忙抽出一部分兵力向她们还击，大部队乘机突出了日军的包围圈。冲出去的同志最后听到她们齐声喊——"快往外冲啊！保住手中枪，抗战到底！"日军在得知她们只有8名女兵时，变得更加猖狂，边打边叫："乖乖投降吧！皇军不会亏待妇女！"当大部队发现还有8名女战士没有冲出日军的包围后，多次组织抗联战士回来营救，因日军火力强大未能成功。冷云坚定地对大家说："同志们，我们是共产党员、抗联战士，宁死也不做俘虏！为祖国的解放而战死，是我们最大的光荣！"她们毁掉枪支，挽臂涉入乌斯浑河，高唱着《国际歌》："……满腔的热血已经沸腾，要为真理而斗争……"她们头也不回，一步一步向江心走去。一个女战士中弹倒了下去，冷云过去挽她，子弹又击中了冷云的肩膀，她们毫不停顿仍然向江心走。敌人向女兵们开炮了，炮弹呼啸着在她们的身边炸开，掀起了巨大波浪，波浪过后，再也没见到女战士们的身影。谢桂珍看到战友们牺牲，只觉得眼前一黑，昏死了过去。第二天，谢桂珍被清理战场的抗日联军第9军的战士们救回部队。

8名女战士原本有生的希望，因为敌人并没有发现她们，只要躲起来不出声，就能活下来。但是她们却把生的希望留给了战友，全力掩护大部队突围，谱写了"八女投江"的壮丽篇章。8名女战士为中华民族的解放献出了她们年轻的生命，她们中最大的25岁，最小的只有13岁。

## ● 评点英雄

"八女投江"体现了中华儿女为民族解放事业敢于与日军血战到底的英雄气概。东北抗联第2路军总指挥周保中得知"八女投江"后，当即题写了"乌斯河畔牡丹江岸将来应有烈女标芳"。解放后，中国共产党以"八女投江"为题材拍摄了一部电影《中华儿女》，女英雄们的高尚气节强烈地感染了千千万万个中国人民。

## ● 小资料

在黑龙江省牡丹江市牡丹江畔的江滨公园广场上竖立着一座白色群雕，群雕上是8个姿态神情各异的女战士，在群雕黑色大理石基座一侧则刻着四个金色的大字："八女投江"。这个群雕表现的就是中国女性抗战史上悲壮的一幕。

从牡丹江出发，在山林里穿行几个小时后，就到了当年女战士们牺牲的地方。阳光照耀着巍巍的群山和美丽的乌斯浑河，乌斯浑河依旧川流不息，不过当年400米宽的河面只剩下百米，河水已经没有了六十多年前的湍急，在阳光下平静地流淌着。不远处一座"八女英魂，光照千秋"的纪念碑巍然耸立，在纪念碑旁边的八女投江纪念馆中陈列着已经毁坏的枪支和大刀，当年女英雄们就是用这简陋的武器抗击着残暴的敌人，并在最后时刻将之毁掉的。逝者如斯夫，但是那中华民族不屈的气节早就融入了白山黑水中。让我们记住她们的名字：冷云、胡秀兰、杨贵珍、郭桂琴、黄桂清、李凤善、王惠民、安顺福。

# 中国的保尔

## ● 小档案

吴运铎，祖籍湖北武汉，1917年生于江西萍乡，早年曾在安源煤矿、湖北大冶源华煤矿当工人。全国抗战爆发后，他奔向皖南云岭，1938年参加新四军，1939年加入中国共产党。在抗日战争和解放战争中历任新四军司令部修械所车间主任，淮南抗日根据地子弹厂厂长、军工部副部长，华中军工处炮弹厂厂长，大连联合兵工企业引信厂厂长，株洲兵工厂厂长。1941年主持研制成功射程达五百四十余米的枪榴弹和攻打碉堡的平射炮，以及定时、踏火等各种地雷，为提高部队战斗力作出了重要贡献。新中国成立后，1949年冬，党组织送他到苏联去治疗。在莫斯科，《钢铁是怎样炼成的》作者奥斯特洛夫斯基的夫人听到了关于他的事迹，特地到医院看望他。苏联医生对这位"中国的保尔"十分热爱和崇敬。经过精心治疗，他的左眼重见光明。1951年10月，中央人民政府政务院和全国总工会授予他特邀全国劳动模范称号，邀请他到北京参加国庆观礼。10月5日，《人民日报》发表专题报道《钢铁是这样炼成的——介绍中国的保尔·柯察金兵工功臣吴运铎》。从此，"中国的保尔——吴运铎"的名字传遍祖国大地。

新中国成立后，吴运铎历任中南兵工局副局长、机械科学研究院副总工程师、五机部科学研究院副院长等职，主持多项兵器科研工作，为国家培养了大批军工人才，为国防现代化和改善部队装备作出了重要贡献。离休之后，他应邀担任京、津、沪多所工读学校的名誉校长、许多中小学的校外辅导员和一些刊物、群众团体的顾问，用共产主义的理想和高尚的道德情操教育广大群众。1991年5月，吴运铎在北京病逝。


1941年秋天，新四军军部发出通知，号召各师建立兵工厂。军工部吴帅孟一听要办兵工厂，十分高兴，但又愁兮兮地说："我也想办兵工厂，可是，这里没有兵工人才啊！"倒是师长罗炳辉笑笑说："人才？我倒是给你挑了一个，叫吴运铎。"

说起吴运铎，这个上海大学的毕业生，在抗战爆发后，怀着一颗报国之心，来到皖东敌后根据地，并曾和罗炳辉有过一次交谈。当时，罗炳辉问吴运铎："你要求干什么工作？"吴运铎不假思索地回答："我要求给我一支枪，上前线，杀敌人。"

罗炳辉很喜欢眼前这个青年，便拍拍他的肩膀说："战士手里的枪，都是从鬼子手上夺过来的，等有了枪，我通知你。"

此后，吴运铎就一直在等。这下，听说是师长找他去，吴运铎心想着是要发枪给他了，便兴高采烈地来见罗炳辉。"运铎啊，我今天请你来，不是发枪给你，而是要向你要枪，要子弹。"

"找我要枪，要子弹"吴运铎听不懂。"是啊，我现在是一枪一弹也没有。我们有两门迫击炮，却没有一颗炮弹。听说买一发迫击炮弹，是农民八亩地小麦总产量的价格，这要花费农民多少血汗呀"，"我们自己能生产吗？"吴运铎问。罗炳辉说："现在还不能生产，但是我们必须生产。今天找你来，就是商量这个事，要你办个兵工厂！"吴运铎急了："要我办兵工厂，可以。可是厂房呢？机床设备呢？原料呢？"罗炳辉一边把一本中文版的《机械原理》，一本英文版《现代机械实习法》递给吴运铎，一边说："厂房没有，机床设备没有，原料材料也没有。我只能给你几间茅草房，还有这两本书。"吴运铎定了定神，接过书坚定地说："师长，再大的困难，我都会完成任务。"从此，吴运铎和枪炮算是结下了不解之缘。

## ● 评点英雄

这位被称为"中国的保尔·柯察金"的吴运铎，身负一百多处伤，手足伤残仍奋斗不息，他以感人至深的事迹，实践了自己的誓言：把我们的力量、我们的智慧、我们的生命、我们的一切，都交给祖国，交给人民，交给党。

## ● 经典语录

即使自己变成了一抔泥土，只要它是铺在通往真理的大道上，让自己的同志大踏步地冲过去，也是最大的幸福。

# 血洒新疆

## ● 小档案

陈潭秋（1896—1943），名澄，字云先，号潭秋，湖北黄冈县（今黄州区）陈策楼人。无产阶级革命家。1920年和董必武、刘伯垂等7人创建武汉共产主义小组，组织马克思主义学说研究会。1921年创办湖北人民通讯社，任社长。次年7月与董必武一起代表湖北参加中共一大。回汉后先后任中共武汉地委、武昌地委、湖北地委主要负责人，1923年2月发动与领导了武汉各工团学生组织支援京汉铁路工人罢工斗争。先后出席了中共三大、五大、六大，1934年1月出席第二次全国苏维埃代表大会，被选为中华苏维埃共和国临时政府执行委员、粮食人民委员。中央红军长征时，留任中央苏区分局委员，领导开展游击战争。1935年8月，与陈云等赴莫斯科参加共产国际第七次代表大会，留驻共产国际工作。1939年回国，任中共中央驻新疆代表和八路军驻新疆办事处负责人。1942年9月17日被反动军阀盛世才监禁，在监狱中坚贞不屈，次年9月27日遭杀害。由于消息隔绝，在中共七大上仍被选为中央委员。

1939年5月，陈潭秋奉命从苏联回国。途经新疆迪化时，接到中央指示，他被留在新疆工作，接替邓发，任中央驻新疆代表和八路军驻新疆办事处负责人。为了工作方便，他化名为徐杰。在抗日战争初期，中国共产党和新疆军阀盛世才建立了统战关系。应盛世才的邀请，党陆续派出一批干部和党员到新疆工作。陈潭秋到新疆时，正值蒋介石掀起第一次反共高潮之际，盛世才也蠢蠢欲动，限制党在新疆的活动。面对这种复杂的形势，陈潭秋坚决贯彻执行党的抗日民族统一战线的方针和独立自主的原则，团结各族人民，与国民党反动派和盛世才进行了有理有利有节的斗争。他经常告诫党员："遇事谨慎，不给反动分子以挑拨的借口"，"对人民有利的事就多做"，而对盛世才的反共行径必须坚决予以揭露。他还把办事处的干部和停留在新疆的其他干部组织起来，学习马克思主义理论，把办事处变成了干部政治学校。

1941年6月和12月，苏德战争和太平洋战争相继爆发，国内外法西斯势力一时十分猖獗。盛世才撕下伪装，暗中投靠蒋介石。蒋介石则派宋美龄秘密入疆与盛世才勾结，在新疆掀起反共逆流。鉴于新疆形势的急剧变化，党中央指示在新疆工作的党员全部撤退。陈潭秋一面准备组织撤退，同时教育大家：如果被捕入狱，就必须坚持共产党员的气节，把监狱变成对敌斗争的战场。1942年9月17日，盛世才出动大批武装军警，包围了八路军办事处，将陈潭秋、毛泽民、林基路等同志逮捕，接着又把我党在新疆的共产党员、革命干部和家属全部监禁起来。陈潭秋等被捕后，敌人把他们囚禁在一个特设的地下密室里，无中生有地捏造出所谓"四·一二阴谋暴动案"，并利用叛徒来威逼利诱，以掀起大规模的反共运动。陈潭秋在狱中和敌人进行了英勇顽强的斗争。当敌人攻击共产党破坏抗战时，他慷慨激昂地宣传党的抗日民族统一战线政策，以大量的事实揭露了敌人的诬陷阴谋。每次审问，都把敌人驳得张口结舌，十分狼狈。

陈潭秋在狱中受到敌人的残酷折磨，但他坚贞不屈，和大家一起同敌人展开斗争，要求无条件释放。敌人见硬的不行，就采取利诱和欺骗的手法以动摇革命者的意志，许诺只要跟他们走，就可以出狱，可以给漂亮老婆，给官做，给钱花，但遭到陈潭秋等人的严词拒绝。在最后一次审问时，敌人凶狠地问："你还需要考虑吗？"陈潭秋坚定地回答："我用不着考虑。" 1943年9月27日晚上，盛世才派刽子手以"提审"为名，把陈潭秋等押出监狱，采用法西斯特务手段，用麻绳将陈潭秋活活勒死，然后将他的遗体装进麻袋，掩埋起来。陈潭秋被害时才47岁。

他的战友董必武后来赋诗纪念：战友音容永世违，平生业绩有光辉。如闻声欬精神振，展诵遗篇识所归。

● 小资料

### 陈潭秋《五一纪念歌》
五一节，真壮烈，世界工人大团结！
发起芝加哥，响应全世界。
西欧东亚与美洲，年年溅满劳工血！
不达成功誓不休，
望大家，齐努力，切莫辜负五一节！

# 气壮山河

● 小档案

狼牙山五壮士，说的是1941年，日本鬼子向河北易县狼牙山地区进行扫荡时，班长马宝玉、副班长葛振林、战士宋学义、胡德林、胡福才这五位英雄，为掩护群众和主力撤退，毅然决然地把敌人引上了狼牙山棋盘陀峰顶绝路，最后，这五位英雄在班长马宝玉的带领下纵身跳下了万丈悬崖，用生命和鲜血谱写出一首气吞山河的壮丽诗篇。

1941年秋，日寇集中兵力，向我晋察冀根据地大举进犯。当时，七连奉命在狼牙山一带坚持游击战争。经过一个多月的英勇奋战，七连决定向龙王庙转移，把掩护群众和连队转移的任务交给了六班。

　　为了拖住敌人，七连六班的五个战士一边痛击追上来的敌人，一边有计划地把大批敌人引上了狼牙山。他们利用险要的地形，把冲上来的敌人一次又一次地打了下去。班长马宝玉沉着地指挥战斗，让敌人走近了，才下命令狠狠地打。副班长葛振林打一枪就大吼一声，好像细小的枪口喷不完他的满腔怒火。战士宋学义扔手榴弹总要把胳膊抡一个圈，好使出浑身的力气。胡德林和胡福才这两个小战士把脸绷得紧紧的，全神贯注地瞄准敌人射击。敌人始终不能前进一步。在崎岖的山路上，横七竖八地躺着许多敌人的尸体。

　　五位战士胜利地完成了掩护任务，准备转移。面前有两条路：一条通往主力转移的方向，走这条路可以很快追上连队，可是敌人却紧跟在身后；另一条是通向狼牙山的顶峰棋盘陀，那儿三面都是悬崖绝壁。走哪条路呢？为了不让敌人发现群众和连队主力，班长马宝玉斩钉截铁地说了一声"走"，带头向棋盘陀走去。战士们热血沸腾，紧跟在班长后面。他们知道班长要把敌人引上绝路。

　　五位壮士一面向顶峰攀登，一面依托大树和岩石向敌人射击。山路上又留下了许多具敌人的尸体。到了狼牙山峰顶，五位壮士居高临下，继续向紧跟在身后的敌人射击。不少敌人坠落山涧，粉身碎骨。班长马宝玉负伤了，子弹都打完了，只有胡福才手里还剩下一颗手榴弹。他刚要拧开盖子，马宝玉抢前一步，夺过手榴弹插在腰间，他猛地举起一块磨盘大的石头，大声喊道："同志们！用石头砸！"顿时，石头像雹子一样，带着五位壮士的决心，带着中国人民的仇恨，向敌人头上砸去。山坡上传来一阵叽哩咕噜的叫声，敌人纷纷滚落深谷。

　　又一群敌人扑上来了。马宝玉"嗖"的一声拔出手榴弹，拧开盖子，用尽全身气力扔向敌人。随着一声巨响，手榴弹在敌群中开了花。

　　五位壮士屹立在狼牙山顶峰，眺望着群众和部队主力远去的方向。他们回头望望还在向上爬的敌人，脸上露出胜利的喜悦。班长马宝玉激动地说："同志们，我们的任务胜利完成了！"说罢，他把那支从敌人手里夺来的枪砸碎了，然后走到悬崖边上，像每次发起冲锋一样，第一个纵身跳下深谷。战士们也昂首挺胸，相继从悬崖往下跳。狼牙山上响起了他们壮烈豪迈的口号声：

"打倒日本帝国主义！"

"中国共产党万岁！"

这是英雄的中国人民坚强不屈的声音！这声音惊天动地，气壮山河！

● 知识点

狼牙山以八路军五勇士浴血抗击日寇舍身跳崖而闻名于世。其实，狼牙山还是一座雄险奇伟、景色秀丽的名山。早在两千年前的战国时期，"狼山竞秀"就是当时燕国十景之一。远远可以看到群山中的一个山头上，有一组白色建筑，五角五层的狼牙山烈士纪念塔，两座五角亭，一座石牌坊，一圈围墙。如今，这里既是爱国主义教育基地，又是一座省级森林公园。

● 小资料

马宝玉等5名战士的英雄壮举迅速传遍全军全国，被誉为"狼牙山五壮士"。1942年5月，晋察冀军区举行了"狼牙山五壮士"命名暨反扫荡胜利祝捷大会，晋察冀军区领导机关授予3名烈士"模范荣誉战士"称号，并追认胡德林、胡福才为中国共产党党员；通令嘉奖葛振林、宋学义，并授予"勇敢顽强"奖章。狼牙山五壮士大无畏的牺牲精神和坚贞不屈的民族气节受到聂荣臻司令员的高度评价，他说："他们身上体现了中国共产党领导的人民军队的优秀品质，体现了中华民族的英雄气概。"为纪念和表彰5位抗日英雄，当地革命政府在棋盘陀主峰建起了纪念塔。新中国成立后，狼牙山五壮士的英勇事迹被收录进小学课本。1978年，宋学义因病逝世，长眠于沁阳市烈士陵园。2005年3月21日，在即将迎来抗战胜利60周年之际，葛振林病逝于湖南衡阳，至此，狼牙山五壮士中最后一位在世者也永远离开了人们。

# 人民利益高于一切

● 小档案

张思德（1915—1944），四川仪陇人，中国人民解放军的模范战士。

张思德非常关心老百姓，与老百姓结成了鱼水相依的亲密友谊。他经常抽时间到驻地附近老百姓家，帮他们收割庄稼、修路、挑水。一次，一只狼叼走了一个小孩，他提枪追出门外，为了防止开枪伤了孩子，他赶上去一把抓住狼尾巴，打死了恶狼，救回了孩子。一次外出值勤途中，他看到一个老大娘背着一大捆柴，非常吃力，就立即上前帮大娘把柴背回家。此后，他常去看望，帮大娘种庄稼，做家务。

1944年初，张思德积极响应党中央提出的大生产号召，主动到安塞县石硖谷办生产农场担任副队长。秋天，他带领同志们进入林区，为中央机关烧制冬天取暖的木炭。烧炭是个技术要求很高的活。火要烧得均匀，压火要到火候。为了掌握好火候，张思德吃住在窑旁。白天，他巡回各窑，掌握火候。晚上起来好几次，爬上各个窑顶，观察烟色。窑里温度很高，有的木炭出窑还有火星儿。每次出炭，他都是抢先钻到窑的最里边捡木炭，手里包的破布着火了，用手弄熄继续干。同志们要和他换位置，他总是不肯。在他的带领下，一个月的时间就烧炭五万多斤，超额完成了任务。

1944年9月5日，队长和张思德商量，决定临时组织一个突击队，进山赶挖几个新窑。张思德和战士小白一起干。窑越挖越深了，但是，里面还是直不起腰。张思德钻在里面，猫着腰，累得满头大汗。小白蹲在洞口朝里边喊："组长，出来歇歇，让我进去干会儿吧！""不用了！"张思德总是这样照顾别的同志。这时，天更加阴了下来，牛毛细雨下大了。张思德赶紧从窑洞里钻出来，把一条背炭用的麻袋披在小白身上。小白说："天气凉，你也披一条吧！"张思德说："我不要紧！"小白请求说："这回让我进去挖一会儿吧！"张思德见外面还在下雨，窑里也能容下两个人了，就说："好，进去多注意！"小白说："你太累了，先歇会儿，我去干一阵儿。"张思德说："我不累。我们得赶紧把炭窑挖成，好多出几窑炭。现在革命需要炭，领导和同志们需要炭，多出一窑，就是为抗战多作一份贡献！"说着，张思德和小白继续在窑洞里干活。张思德用小镢刨窑壁、窑顶，小白用锹将刨下来的土扔到窑外，山风传来秋雨打在山林树叶上发出的清晰的响声。两个人在窑洞里紧张而有序地干着，雨渐渐停了下来。快到中午时分，眼看着一眼炭窑就要挖成了。为了保证质量，张思德又拿着小镢头开始修整窑面，见哪儿凸出，他就挖平、修光，非常认真。就在张思德修整右边的窑壁时，突然，窑顶上

"啪啪"掉下几片碎土。"快出去,有危险!"张思德大喊一声,小白还没有领悟过来,刚要转身,张思德手疾眼快,一把将他推出窑口。就在这时候,只听"轰隆"一声,两米多厚的窑顶坍塌下来。意外的事情发生了!小白在窑口被压住半截身子,张思德被整个埋在坍下来的土里边。小白大声急叫:"张思德!"呼喊声穿过山谷,传遍山林。张思德为了人民的利益,为了战友的安全,献出了自己年轻的生命,他才29岁。

1944年9月8日下午,中共中央直属机关举行隆重的追悼大会,毛泽东写了挽词"向为人民利益而牺牲的张思德同志致敬",并亲自参加了追悼会。

● 启示

张思德诠释着崇高的做人标准:"一个高尚的人,一个纯粹的人,一个有道德的人,一个脱离了低级趣味的人,一个有益于人民的人。"正是对"为人民服务"这五个字的生动诠释。因为党的根本宗旨是全心全意为人民服务,党所从事的全部事业的基本出发点和归宿也是为人民服务。我们要像张思德那样,要做到干一行爱一行,一切以党的利益为重,一切从党的需要出发,就会干出不平凡的业绩。

# 怕死不当共产党员

● 小档案

刘胡兰生于1932年,曾任山西文水县云周西村妇救会干部,积极领导土地改革和支援前线的革命活动。1947年1月12日,军阀阎锡山所在部队发动袭击,刘胡兰被捕后就义,时年仅15岁。毛泽东当年为其题词:"生的伟大,死的光荣"。

1946年秋天,国民党军队大举进攻陕甘宁边区,驻文水一带的八路军调往晋西作战,阎锡山趁机扫荡晋中平川,形势恶化。为了保存革命力量,减少不必要的牺牲,中共文水县委根据上级指示,决定留少数干部组织"武工队",坚持敌后斗争,大批干部转移上山,刘胡兰也接到上山的通知。但经过锻炼逐渐成熟起来的刘胡兰,想到自己年龄小易于隐蔽，敌后工作更需要她，请求留下来坚持斗争，上级批准了她的请求。

石佩怀被镇压后，阎军72师师长艾子谦亲率驻大象镇215团1营2连及该镇的地主武装"奋斗复仇自卫队"，于1947年1月8日突袭了云周西村，抓走了我地下交通员石三槐、民兵石六儿等及村农会秘书石五则。在敌人的严刑拷打中，石三槐、石六儿坚贞不屈，毫不动摇；石五则却屈膝叛变投敌，供出了云周西村的革命干部和党组织。1月11日晚，文水县第五区陈区长向刘胡兰传达了让她立即上山的紧急决定。

1947年1月12日，这是云周西村人民难忘的一天。

就在这一天，盘踞在大象镇的敌人和地主武装，忽然包围了云周西村，封锁了所有路口，严令不许任何人出村。由于敌人的严密封锁，刘胡兰已无法离开村子，几个敌人扑上来要抓刘胡兰，刘胡兰大声喝道："闪开，我自己会走。"她昂首挺胸向大庙走去。审讯刘胡兰的是阎军军官大胡子连长张全宝，他沉着脸问道："你就是刘胡兰？"刘胡兰响亮地回答："我就是刘胡兰，怎么样？"

"你给八路军干过什么事？"

"只要我能办到的，什么都干过。"

"那么你们村长是谁杀的？"

"不知道。"

"你们区上的八路军都到哪里去了？"

"不知道。"

张全宝一连碰了几个钉子，再也沉不住气了："你，你，你就什么也不知道？"刘胡兰镇静地回答："不知道，就是不知道。"张全宝想发作，突然，贼眼一转，威胁着说："现在有人供出你是共产党员。"刘胡兰知道自己被坏人出卖，她把头一扬，自豪地说："我就是共产党员，怎么样？"

"你为啥要参加共产党？"

"因为共产党为穷人办事。"

"以后你还会为共产党办事不？"

"只要我还有一口气，就要为人民干到底。"

张全宝万万没有想到，共产党的一个小女孩，竟如此厉害。见硬的不行，就换软的，他奸笑着哄骗说："自白就等于自救，只要你自白，我就放你，还给你一份好土地……"刘胡兰轻蔑地说："给我一个金人也不自白。"张全宝恼羞成怒，他收起阴险的笑脸，敲起桌子嚎叫："你小小年纪，好嘴硬啊，难道你就不怕死吗？" 刘胡兰逼进一步，斩钉截铁地说："怕死不当共产党！" 张全宝无可奈何，站起来无耻地说："刘胡兰，只要你当众说句今后不再给共产党办事，我就放了你。" 刘胡兰坚定地说："那可办不到。"敌人的利诱和威胁都失败了，但他们并不死心，妄图用血腥的屠杀逼迫刘胡兰投降。在大庙西侧广场上放下了铡刀、木棒，刘胡兰和石三槐等同志被押到刑场，他们怒视敌人，匪徒们如临大敌，惊慌失措。

群众们见自己的亲人来到刑场，一下子涌了过去，匪徒们急忙用刺刀阻挡，张全宝气急败坏地逼问群众："你们说这 7 个人是好人还是坏人？"群众中立刻爆发出了惊天动地的怒吼："好人，都是好人。"张全宝慌了手脚，急忙命令匪徒准备屠杀，护村堰上架起了机关枪。

一场惨绝人寰的大屠杀开始了，敌人先将我地下交通员石三槐，民兵石六儿、张年成和干部家属石世辉、陈树荣、刘树山 6 位同志，用乱棍打昏后，用铡刀一个个杀害了。烈士的鲜血染红了大地，锋利的铡刀卷了刀刃，中华民族的优秀儿女为了祖国的解放、人民的利益献出了宝贵的生命。刘胡兰怒不可遏，痛斥敌人："要杀就杀，要砍就砍，我死也不自白，共产党员你们是杀不绝的，革命烈火是扑不灭的，你们的末日不远了。"刘胡兰昂首挺胸迈着矫健的步伐，向着烈士染红的铡刀走去。为了中国人民的解放，为了壮丽的共产主义事业，刘胡兰同志从容就义，壮烈牺牲。

● 经典语录

要死，我一个人死，不许伤害群众。

# 肝胆一片为中华

● 小档案

江姐，原名江竹筠，曾用名江志炜，1920 年 8 月 20 日出生于四川省自贡市大安区大山铺镇江家湾的一个农民家庭。1939 年加入中国共产党，担任中共重庆新市区区委委员。1949 年 11 月 14 日，在重庆即将解放的前夕，江姐被国民党军统特务杀害于歌乐山电台岚垭，为共产主义理想献出了年仅29岁的生命。

1947年底，为了配合人民解放军的正面进攻，在地下党的组织下，川东掀起了轰轰烈烈的武装起义，使西南负隅顽抗的敌特大为惊恐。敌人们倾巢出动，加紧了对地下党的搜捕。1948年，由于叛徒的出卖，万县地区大批党员被捕，江姐就是其中一个。

江姐被押到重庆后不久，特务头子徐远举亲自审讯了她。照例问了姓名、职业后，徐远举不忘劝降："今天叫你来，是要你交待组织的。你不要怕，只要把组织交待清楚了，就给你自新。"江姐态度镇静："我在万县单身一人，根本不明白你讲的什么组织。"徐远举威胁道："这是什么地方，这你要明白。"可一连提的十几个问题，江姐一概回答"不知道"，或者干脆不回答。

徐远举火了，桌子一拍："装哑巴？我马上叫人剥光你的衣服，你信不信？"江姐瞪了他一眼，怒斥道："我完全相信你会那样干，因为你们什么坏事都干得出来。连你的母亲、姐妹、女儿的衣服，你也能剥光。"这样的回答倒让徐远举不知所措，恼羞成怒："今天不交待就不行，上刑！"特务们拿来了特备的四棱筷子，夹住了江姐的手指，江姐痛得满头大汗，徐远举随即问道："说不说？""你们可以夹断我的手，杀我的头，要组织，没有。"面对一次次提审，一次次酷刑，江姐总是那么沉着、镇静，没有一丝的惧怕，即使嘴唇咬出了血，她也没有回答敌人任何一个问题。1949年11月14日，一群武装特务出现在女牢门口，"江竹筠、李青林，马上转移"。江姐知道，为革命献身的时候到了。"中国共产党万岁！""打倒反动派！"……在一片口号声中，罪恶的子弹射响了，烈士的鲜血，染红了岩石……

● 评点英雄

她忠诚和热爱着为大多数人谋幸福的共产主义事业，她无怨无悔地为自己追求的事业抛弃个人的一切，勇敢地面对死亡。江姐，一个伟大的女性。新中国是在千千万万革命志士的牺牲和努力下，才得以发展、壮大，我们不应该忘记这些人。

● 小资料

江姐在临刑之前还写下了一封托孤遗书，是写给安弟的（江姐的表弟谭竹安）。当时江姐是用筷子磨成竹签做笔，用棉花灰制成墨水，写下这封遗书，信里满载着江姐作为一名母亲，对儿子浓浓的思念之情。而这封遗书现在保存在重庆三峡博物馆。2007年11月14日，在江姐牺牲58周年这天，这封人称"红色遗书"的文物终于向世人揭开尘封已久的秘密，信中大概说道："我们有必胜和必活的信心，自入狱日起（上一年6月），我就下了两年坐牢的决心，现在时局变化的情况，年底有出牢的可能……我们在牢里也不白坐，我们一直是不断地在学习……我们到底还是虎口里的人，生死未定……假若不幸的话，云儿（指江竹筠、彭咏梧两烈士的孩子彭云）就送给你了，盼教以踏着父母之足迹，以建设新中国为志，为共产主义革命事业奋斗到底。孩子们决不要骄（娇）养，粗服淡饭足矣……"江姐的这封遗书展示了江姐鲜为人知的柔情一面。

● 名人轶事

江姐的本名其实叫江竹君，后来她到万县工作，就化名为江志炜（可能是有志向伟大之意）。当她被捕的时候，敌人问她的名字，她说"我叫江志炜"，狡猾的敌人冷笑道："别以为我不知道，你真名叫江竹君"。这时，江姐听到了审讯室外风吹竹林的声音，想起了家乡的竹林那种顽强的精神。每当狂风暴雨来临，它们个个精神抖擞，毫不畏惧。即使狂风吹落它们的枝叶，暴雨折断了它们的"脊梁"，它们仍然不肯向暴风雨低头，高高地挺立着，将根深深地扎在泥土里。它们像一排排坚强不屈的士兵一样，不肯向敌人投降屈服，为了晚一点暴露身份同时又表达自己忠诚，她灵机一动，大声地呵斥敌人："对，我是叫江竹筠，不过我那个'筠'，是竹字头下面一个平均地权的'筠'，你们不要写错了。"可谁知，这一改，竟为后世留下了一个叱咤风云的千古英名。

# 誓把敌人消灭在隆化城

● 小档案

董存瑞，河北省怀来县人，中国人民解放军东北野战军第11纵队32

师96团2营6连6班班长。1948年国共战争时期在河北省隆化县的隆化战斗中舍身炸碉堡阵亡。

1948年5月，董存瑞所在部队接到了解放隆化的光荣任务。隆化城中的隆化中学被守敌建成了一个主要的军事据点，要解放隆化城，必须拔掉这个据点。董存瑞所在的六连，接受了突破外围，攻占隆化中学，为大部队前进开辟道路的任务。5月26日凌晨，总攻战斗打响了。

董存瑞挟起炸药包，带领爆破手向隆化中心周围的碉堡和炮楼实施连续爆破。他高喊"为人民立功的时候到了"，"冲啊！"随着一阵又一阵隆隆的爆炸声，隆化中学东北角的五个碉堡和三个炮楼，转眼间化为一堆乱石。隆化中学终于被打开了缺口，部队向敌人发起了猛烈的冲锋。突然，从阴暗的角落里喷出了罪恶的火光，冲锋的战士们一排排倒了下去，刚刚发起冲锋的部队，一下子被压在土坡下面抬不起头来。

原来，紧靠隆化中学围墙外面的一条旱河上，敌人用钢筋水泥构筑了一座桥形暗堡，机枪子弹就是从这座暗堡中射出来的。战前，攻城部队进行过火力侦察，敌人始终没有暴露这个暗堡，现在它突然冒出来，给攻城部队造成很大伤亡。董存瑞指挥3个爆破手冲上去，一个牺牲，两个负重伤。

这时，94团的部队已在隆化中学的东南面，攻进院内，但被敌核心工事所阻，敌我双方正处于胶着状态。如得不到增援，即有被敌消灭的危险。这时，副营长——原来的六连长眼见六连迟迟不得进展，从营部赶到了六连。他带血丝的双眼冒着红光，额头和鼻尖上冒着汗珠，命令道："师指挥所命令二营一定要在下午3点半钟从东北角冲进隆化中学，增援94团。你们连马上组织火力，迅速爆破敌隐蔽火力点，全营定于下午3点半，同时发起总攻！"

"现在几点？"

"3点15分。"

只有15分钟了。董存瑞知道，每耽误一分一秒，都会增加部队的伤亡，再不拿下桥心碉堡，就会影响全局的胜利。董存瑞"噌"地站出来："副营长，这个任务交给我！我去炸掉它！"

"好！党把这个光荣艰巨的任务交给你们了！相信你们一定能炸掉它，坚决打开隆化中学的大门！""请首长放心，只要有一口气，我就坚决把敌人这个暗堡炸掉！"

硝烟弥漫的战场，董存瑞匍匐着向桥心堡爬去。终于到了桥心堡前，他趴在土堆前，注视着剩下的一段冲击道路。那片开阔地，敌人的火力封锁得最严密，冲过去就是干河套，那里是敌人火力的死角。

董存瑞仔细观察了敌情，知道真正考验自己的时刻到了。他一个跃身，朝那片开阔地冲去。郅顺义抓起拧开盖的一枚枚手榴弹，用力地向前甩去，将暗堡鹿砦、铁丝网炸了个稀巴烂。趁着这股浓烟，董存瑞几步冲进了开阔地。突然，一发子弹打中了他的左腿，鲜血从腿部涌了出来。已经顾不上了，董存瑞顽强地匍匐前进。敌人的桥心堡就在头顶上，桥底离地二米多高，伸手还够不着，两旁是光溜溜的墙壁，没边没沿无处放，放在河床上，又怕炸不毁暗堡。时间一分一秒不容耽误，冲锋的时间马上就要到了！如不炸掉暗堡，冲锋部队将付出极大的伤亡。情况十分紧急。

只见董存瑞左手托起炸药包，正好把炸药包顶在桥心底部，然后他镇静地用右手拉着了导火索。导火索"哧哧"地冒着白烟，董存瑞从容镇静地屹立着。一道"哧哧"的火花，一股呛人的白烟，导火索在董存瑞肩头一寸一寸地燃烧……

这时，侧面的敌人发现了桥底下的董存瑞，犹如垂死挣扎的困兽，向他射来了几梭子弹。他的腰部又中了两枪。顿时，头脑一晕，双腿开始变软，手中的炸药包像千斤似的，不断地下坠，压迫他受伤的躯体。这时，董存瑞突然两眼圆睁，以一种顽强的意志奋力挺起腰身，向踏着硝烟冲来的战友们，竭尽全力地高呼："为了新中国，冲啊！"几乎在同时，一声山崩地裂的巨响，敌人的桥形暗堡飞上了天。"为了新中国，冲啊！"战友们高喊着董存瑞留下的口号，勇敢地冲向敌人，彻底干净地消灭了隆化之敌。

● 经典语录

为了党的事业，我一定冲锋在前，退却在后；吃苦在前，享受在后；除掉思想上的缺点，不怕艰苦困难，不怕流血牺牲，革命到底！

● 小资料

董存瑞纪念馆坐落于怀来县南山堡村。1951年7月14日，由南山堡一座旧庙改建为董存瑞烈士祠堂，1967年8月怀来县委决定建董存瑞烈士纪念馆，1968年5月建成；2006年怀来县委、县政府为更好地弘扬董存瑞精神，加强革命历史教育和爱党主义教育，在各级各部门和社会各界的大力支持下，投资600万元对董存瑞烈士纪念馆进行了扩建。

# 爱厂如家

● 小档案

　　孟泰是新中国成立后第一代全国著名的劳动模范，河北省丰润县人，于1898年出生于一个贫苦农民的家庭。他爱厂如家，艰苦创业，在恢复和发展鞍钢生产中作出了重大贡献，8次受到毛泽东主席的接见，先后当选为第一、二、三届全国人民代表大会代表，当选为中国工会第七、八次全国代表大会执行委员。

　　1948年4月4日，鞍山钢铁厂成立。为避免战争破坏，钢铁厂组织一批政治可靠、有技术专长的工人向后方根据地抢运器材。当时长期受日伪、国民党统治的鞍山老百姓中有些人对共产党能不能坐稳天下表示疑惑。孟泰义无反顾地当着工友和家人表示："跟着共产党走，棒打不回头！"他积极参加抢运重要器材，全家随一批解放军干部辗转到达通化。在通化，孟泰为抢修2座小型高炉立了功。

　　1948年11月2日，东北全境解放，孟泰奉调回鞍钢。孟泰回到炼铁厂修理场后，把日伪时期遗留下来的几个废铁堆翻了个遍，回收各种管件四千多件，并用玻璃粉除垢，然后修复成能用的管件，建成了当时著名的"孟泰仓库"。孟泰艰苦创业的精神受到中共鞍山市委和鞍钢公司的高度重视，并以他为榜样，发起了一场大规模的交器材运动。在修复炼铁厂2号高炉中，所用的管件大部分取之"孟泰仓库"。1949年6月27日，修复后的2号高炉生产出第一炉铁水。

　　1949年7月9日，鞍钢举行盛大开工典礼。会上，表彰了在护厂、抢运、献交器材中涌现的先进人物，孟泰等9人被授予特等功臣。同年8月1日，孟泰光荣加入中国共产党，成为鞍山解放后第一批发展的产业工人党员之一。

　　1950年，美帝国主义发动侵朝战争。孟泰主动当了护厂队员，他把行李扛到高炉上。几次空袭警报响起，孟泰都是手拎大管钳，飞跑到高炉总水门旁准备随时用身体护卫，抱定与高炉共存亡。

1950年8月中旬的一天，4号高炉炉皮烧穿，铁水与顺炉皮而下的冷水相遇产生爆炸。孟泰将生死置之度外，冲上炉台抢险，迅速用铁板将水流引离炉皮，并采取一系列处理措施，避免了一场炉毁人亡的事故。这年初冬的一个晚上，高炉水门被堵，孟泰踹碎水道表面冰层，跳入其中，俯身抠除堵塞的杂物，使高炉循环水线恢复畅通。工友们把孟泰从冰水中拉上来时，他已冻得浑身颤抖，嘴唇发紫。经历十几次抢险之后，铁厂工人敬佩地称呼孟泰为"老英雄"。

1950年9月25日，孟泰光荣出席全国工农兵劳动模范代表大会，受到毛主席亲切接见。1953年5月，在中国工会第七次代表大会上，当选全总执行委员。同年9月，孟泰当选第一届全国人民代表大会代表。

孟泰几十年与高炉循环水打交道，积累了丰富的工作经验，创造了"眼睛要看到，耳朵要听到，手要摸到，水要掂到"的维护操作法。孟泰只要把手伸向流淌的循环水水流，便可准确判断出水的温度、压力及管路流通的状况。凡是高炉循环水出故障，他都能手到病除，同行们送了他一个绰号"高炉神仙"。

1959年4月，孟泰出席第二届全国人民代表大会，并当选主席团成员。同年10月，孟泰参加全国工业、交通运输、基建、财贸战线社会主义建设先进集体和先进生产者代表大会，再度被授予全国劳动模范。

这时的孟泰已与名扬全国的技术革新闯将王崇伦结成一对忘年交。1959年，铁厂因冷却水水量不足而影响高炉正常生产，孟泰连续半个多月炉上炉下转了多次，经过反复思考，他提出将高炉循环水管路由并联式改为串联式方案。经过组织全厂各方面人员进行联合攻关施工，改造后铁厂高炉循环水节约总量达1/3，全厂每年可节约费用23万元，保证了高炉的正常生产。

1959年，鞍钢在孟泰、王崇伦的倡议和带动下，形成了一支以各级先进模范人物为骨干的一千五百多人的技术革新队伍。1960年初，苏联政府背信弃义撕毁合同，停止对我国供应大型轧辊，致使鞍钢面临着停产的威胁。孟泰、王崇伦迅速动员和组织了五百多名技协积极分子开展了从炼铁、炼钢到铸钢的一条龙厂际协作联合技术攻关，先后解决了十几项技术难题，终于自制成功大型轧辊，填补了我国冶金史上的空白。

此项重大技术攻关的告捷，在当时的全国冶金战线轰动一时，被誉为"鞍钢谱写的一曲自力更生的凯歌"。

## ● 经典语录

只有树立主人翁精神，我们的国家才能富强。

# 闪光的足迹

## ● 小档案

夏鼐（1910—1985），原名作铭，浙江温州人，考古学家、社会活动家，中科院院士，新中国考古工作的主要指导者和组织者，中国现代考古学的奠基人之一。曾主持并参加了河南辉县商代遗址、北京明定陵、长沙马王堆汉墓的挖掘工作。对中国各地新石器文化的年代序列做全面研究，创造性地利用考古学的资料和方法阐明中国古代在科技方面的卓越成就，并对当时中西交通的路线提出创见。

1945年5月间，春天姗姗来迟的陇东山区，依然满目萧瑟。在甘肃宁定魏家咀村附近一个名叫阳洼湾的山坡上，却聚集了许多看热闹的村民。铁镐凿开了冻得板结的黄土，那里藏在地底下几千年的一座座古代墓葬，在人们惊奇的目光中，渐渐敞开了它的面纱。当然，那一个个灰不溜秋的陶罐，那一块块破碎的色彩鲜艳的陶片，以及一个个白惨惨的骷髅，只有内行人才能掂量出它们的价值。

阳洼湾这儿发现的墓葬，是史前时期名叫齐家文化的墓地。从事这次发掘的考古学家便是夏鼐先生。

当时正处国难当头的艰难岁月，也是中国考古发掘的初创时期，物质条件是异常艰苦的。然而夏鼐先生并不怕吃苦，怕的倒是我们祖先创造的古代文明任由他人发掘，任由他人武断下结论。正是抱着一腔爱国热忱，早在1935年，夏鼐先生便远涉重洋，到西方先进的田野考古学的中心——英国伦敦大学攻读考古学。他受业于著名考古学家惠勒教授门下，以后还亲赴耶路撒冷，专程求教在那里疗养的英国田野考古学权威彼特勒教授。他参加了惠勒教授领导的梅登堡山城遗址发掘，继而又随英国调查团赴埃及、巴勒斯坦等地参加考古发掘。他还在开罗博物馆悉心研究，从理论到实践上系统地掌握了田野考古学的精髓。当他获得伦敦大学埃及考古学博士学位，回到战火纷飞的祖国后，便决心在祖国大地上播撒田野考古学的种子，以考古发掘的资料向世界展示祖国光辉灿烂的古代文明。

经过艰苦细致的工作，阳洼湾的发掘进行得很顺利，夏鼐先生前后挖掘了两座完整的墓葬，在此之前，中外学者都没有发现过史前时期齐家文化的墓葬。不过，叫夏鼐先生惊讶的是，当他在清理墓葬的填土时——这是需要十分仔细的活儿，他发现填土里混杂了一些破碎的彩陶片，这是仰韶文化的彩陶。

一个新奇的想法闪电似地掠过了夏鼐的脑际：当齐家期的人们埋葬死人的时候，这些彩陶已经用过而且打碎了，碎片扔在地上，因此才会混在填土里，这说明，仰韶文化要比齐家文化的年代早。仰韶文化比齐家文化早的科学结论，就是这样由夏鼐先生用科学的发掘第一个证实的。不久，夏鼐先生的论文《齐家期墓葬的新发现及其年代的改订》在英国皇家人类学会杂志上发表，顿时轰动了欧洲学术界。阳洼湾出现的曙光，不仅标志着外国学者主宰中国考古学的时代从此结束，也是中国史前考古学的新起点。

夏鼐先生是一位知识渊博的学者，更是一位可敬的师长。夏鼐先生对工作是极其认真的，对学生的要求也是非常严格的。一次，一个年轻的考古人员看到工人忙着发掘，自己插不上手，便站在一旁看书。夏鼐先生见了，立即提醒他：“考古发掘不能一心二用，要随时注意观察上层的变化，器物周围的土层往往可以透露许多不易察觉的现象，因此要随时绘画、照相，怎么可以不理不睬呢？”晚上收工回到住地，他又举了这个例子告诉大家，搞考古的不要有“挖宝思想”，居住址出土的遗物多是破碎的瓦片，但居住址的研究价值往往超过包含着珍贵随葬品的墓葬。

当1951年的春节即将来临的时候，琉璃阁战国时代车马坑的19辆木车的遗体见天日了。它以高超的考古发掘水平，赢得了国际学术界的一致好评。更重要的是，通过这次田野发掘，夏鼐先生培养了一代年轻的考古工作者，一代掌握了先进的科学的考古方法的科学工作者。

● 经典语录

考古工作者的成绩如何，主要不是看他发掘出什么东西，而是要看他用什么方法发掘出这些东西。

# 保证人在阵地在

● 小档案

杨根思（1922—1950），新四军老战士，中国人民解放军全国战斗英雄和中国人民志愿军特级战斗英雄。江苏省泰兴县人。出身贫苦农民家庭，当过童工。1944年2月参加新四军。1945年11月加入中国共产党。1950年10月参加中国人民志愿军。他作战勇敢，屡立战功，被誉为"爆破大王"，被评为"华东一级战斗英雄"，获"华东三级人民英雄"、"全国战斗英雄"称号。

1950年，杨根思所在的中国人民志愿军第九兵团紧急入朝参战。进入东线时，朝鲜山区最低气温零下30度，而战士们还穿着薄棉衣和单鞋。因敌机日夜轰炸后方运输线，粮食供应不上，战士的食物只是冻得硬邦邦的几个马铃薯。杨根思身为连长，深知要打好仗必须先把部队带好。每到宿营地，战士们睡下后，他一个班一个班地查铺。看到战士们在雪地铺上树枝露天宿营，不少人两脚冻得红肿，他马上决定采取防冻措施，告诉战士们用雪擦手擦脸；把玉米壳撕成条，裹在脚上防寒。他和指导员还号召大家用坚强的毅力战胜困难。

当时，志愿军第九兵团在东线包围了美军最精锐的海军陆战队第一师，杨根思所在连队接受了阻敌向南突围的任务，并负责坚守1071高地东南小高岭。他对全连官兵铿锵有力地说："敌人凶，我们要更凶，坚决不让敌人爬上小高岭。"敌军猛烈的炮火和轰炸，把阵地上的土几乎翻了个遍，临时挖的工事也被摧毁，杨根思仍带领战士连续打退了敌人数次进攻，最后身边只剩下几个战士。此时，他命令通讯员把重伤员背下阵地，又命令重机枪手把子弹打光的重机枪撤下阵地，最后，只剩下他孤身一人留在阵地上坚持战斗。此时，后续部队在敌人炮火封锁下，被阻隔在山腰上，无法上来增援，面对蜂拥而上的敌人，杨根思从容不迫地抱起炸药包，拉着了导火索，一步跃起，勇猛地冲向敌群，与敌人同归于尽。

● 评点英雄

在一声巨响中，杨根思实践了他的钢铁誓言："保证人在阵地在。"

● 经典语录

我活着就为了祖国，为了全人类的解放去战斗。

● 小资料

杨根思烈士陵园是为纪念中国人民志愿军特等功臣、特级战斗英雄杨根思烈士而建。1955年10月经江苏省人民政府批准，在英雄家乡杨货郎店兴建"杨根思烈士祠"。1965年改名为"杨根思烈士纪念馆"，张爱萍题写了馆标。1970年改名"杨根思烈士陵园"。占地面积25 330平方米，有房屋60间，除后殿为砖木结构，其余均为钢筋水泥结构，风格和谐，独具一格。陵园内有："杨根思烈士碑"，碑文为陈毅元帅手书。杨根思烈士塑像，身高3.18米，立于金山石基座上，馆正中立竖碑1座，镌刻着彭德怀元帅的手迹"中国人民的优秀儿子、国际主义的伟大战士、志愿军的模范指挥员——杨根思烈士永垂不朽！"两侧为6个陈列室，有烈士的生平事迹，烈士战斗形象塑像，还有为宣传烈士事迹所出版的各种书籍12本、纪念册1本、图片165幅、书画4件、烈士遗物2件、革命文物32件、重要复制品3件，以及朝鲜赠送的奖旗、勋章和朝鲜劳动党主席金日成馈赠的礼品等等。再后为杨根思烈士纪念堂，屋脊上耸立着"抗美援朝、保家卫国"8个大字。檐下有"气壮山河"的横匾，堂内有烈士半身石膏塑像，并陈列着各界敬献的花圈、挽联、祭轴等。最后为杨根思烈士衣冠冢，冢在半月形的土山正中，山上栽有青松翠柏，郁郁葱葱。全陵园花草芬芳，绿树成荫，三面碧水环绕，环境幽静庄严。现为省级文物保护单位，有管理人员11名。

# 国际主义的忠诚卫士

● 小档案

罗盛教，湖南省新化县相子村人，1949年参加中国人民解放军，

1950年7月加入中国新民主主义青年团，1951年4月参加中国人民志愿军入朝作战，参加了抗美援朝战争秋季防御作战。罗盛教任中国人民志愿军第47军第141师侦察队文书时，在平安南道成川郡石田里为抢救朝鲜落水儿童而在1952年1月2日献身身亡。他阵亡后，朝鲜政府为他修建了纪念碑。金日成为纪念碑题词"罗盛教烈士的国际主义精神与朝鲜人民永远共存"。

在战友们的心中，罗盛教是一个不怕苦，不怕累，乐于助人的好同志。1951年8月的一天，罗盛教与炊事班的同志到阵地送饭回来，美军发射的炮弹越过头顶，落在南映里和平村的土地上，发出震耳欲聋的巨响。炮声过后，罗盛教听到远处传来孩子的哭声。他冒着美军飞机的扫射轰炸，翻越一座山循哭声而去，在一个防空洞旁边，发现一个小孩子，正扑在一名妇女的胸脯上，边哭边叫着"阿妈妮"。那个孩子的身上、脸上、手上沾满了鲜红的血。母亲手里紧紧握住小锄把，背上的婴儿已经被炸得只剩下半截身子了。罗盛教有生以来第一次目睹如此悲惨的景象，他脸色铁青，紧握拳头。此时，美军扔下的炮弹还在爆炸。他不顾一切，把孩子抱起来，交给附近的一位朝鲜老大爷。晚上，罗盛教躺在床上，怎么也不能入睡，心里想着一定要为千万朝鲜人民和牺牲的同志报仇。

1952年1月2日清晨，罗盛教和战友宋惠云一起去河边练习投掷手榴弹。正值隆冬季节，河面已被厚厚的冰雪盖住，几个儿童正在滑冰，笑声阵阵。忽然，传来了呼救声，有人掉进冰窟窿了。罗盛教摘下头上帽子，往地上一扔，直冲过去。他一边跑一边飞快地脱掉身上的衣服，接着跳进了冰河里。过了一会，罗盛教才浮出河面，深深吸了口气，又钻进水里。又过了一会，罗盛教终于将落水的孩子托出水面。当那少年两臂扒冰面往上爬时，突然，哗啦一声，冰又塌了，少年连人带冰又落入水中，这时罗盛教全身已冻得发紫，体力已快消耗殆尽，但他却又一次潜入水中，好久，才用头和肩将少年顶出水面。这时宋惠云已将一根电线杆拖到河边，少年抱住电线杆被拉上了岸。人们急切地等待罗盛教，然而，他却再也没有上来。中国人民志愿军政治部为罗盛教追记特等功一次，并授予"一级模范"、"特等功臣"称号；朝鲜民主主义人民共和国也追授他一级国旗勋章和一级战士荣誉勋章。罗盛教烈士永远活在中朝人民的心中……

● 评点英雄

罗盛教的牺牲，与战场上的英雄一样，是我志愿军抗美援朝、保家卫国、打击美帝国主义侵略、履行国际主义义务的壮举。他舍身救朝鲜少年，正是显示了我志愿军崇高的国际主义精神。

● 经典语录

当我被侵略者的子弹打中以后，希望你不要在我的尸体前停留，应该继续前进，为千万朝鲜人民和牺牲的同志报仇。

● 小资料

罗盛教纪念馆是为纪念在抗美援朝战争中抢救朝鲜落水儿童献身的中国人民志愿军战士罗盛教而建立的纪念性博物馆。位于中国湖南省新化县资江大桥西侧。1983年9月筹建，1985年4月开放。该馆陈列分"童年和少年时代"，"从普通士兵到国际主义战士"，"烈士精神代代相传"三大部分。展品有：烈士的遗像、遗诗、遗物(复制品)，毛泽东、周恩来、叶剑英和金日成接见烈士父亲罗迭开的照片78幅，被罗盛教援救的朝鲜儿童崔莹专程探望中国双亲、朝鲜特使造访烈士故乡以及罗迭开两次访问朝鲜的图片等51幅，朝鲜政府授予罗盛教的一级国旗勋章，朝鲜最高人民会议常务委员会授予罗迭开的二级国旗勋章，及罗迭开出席全国各种会议的证件和获得的勋章等实物。

# 在烈火中永生

● 小档案

邱少云（1921—1952），中国人民志愿军战士，中国革命烈士，四川省人。1949年12月参加中国人民解放军，1952年在朝鲜战争中阵亡。牺牲前为第15军第29师第87团第9连战士。后被追认为中国共产党党员。

1951年的春天，邱少云怀着保卫祖国、保卫家乡、保卫和平的迫切心情从祖国奔赴硝烟弥漫的朝鲜战场。在朝鲜，他亲眼目睹了美国侵略者用飞机、大炮把大片的工厂、楼房炸成残垣断壁，使无辜的朝鲜人民遭受灾难，处在水深火热之中。这些事实使他明白了一个道理，美国侵略者发动这场战争的目的就是想卷土重来，使中朝两国人民再次受其剥削和压迫。我们决不能让他们的阴谋得逞。在平时的训练中，他克服了重重困难，苦练军事本领、军事技术，决心把自己锻炼成最坚强的革命战士。

　　1952年10月，抢攻391高地的战斗就要打响了。11日夜，担负潜伏任务的五百余名指战员神不知鬼不觉地进入一片有3 000米开阔地的潜伏区。邱少云带领的爆破组，潜伏在距敌人前沿60米处一个小土坎旁边的蒿草丛中。他们透过草丛紧紧盯住敌人的阵地，聚精会神地观察将要爆破的目标，并已暗下决心，坚决完成潜伏任务，彻底消灭敌人。空旷的山野里万籁俱寂，五百多名全副武装的志愿军战士在半人高的野草当中已度过了近十个小时了。上午10点多钟，意外的情况发生了，一个班的敌军从地堡里钻出来，朝山下走去。这突如其来的情况，使潜伏区的空气骤然紧张起来。邱少云和同志们屏住呼吸，天地间的一切像凝固住了一样。战友们用眼神互相鼓励着："沉住气，不要冲动，一定要遵守纪律。"这时走在最前面的敌人突然发现山下埋伏着一片志愿军，顿时吓得两腿发软，砰砰砰地扫了一梭子，扭头就往山顶上跑。当敌人跑到半山腰时，一阵惊天动地的炮声从志愿军阵地传出。炮火筑起一道火墙，截住了敌人的逃路，将敌人全歼在山腰间。

　　一场危机过去了，潜伏区又恢复了平静。中午12时，一颗燃烧弹在邱少云身边爆炸，燃烧液溅到了他的身上，立刻燃烧起来。首先烧着了他腿部的伪装，顿时形成了火团把他紧紧包围起来。一股强烈的灼热使邱少云本能地抽动了一下，在他的身后就是一条流水的小沟，只要后退几步，在泥水中打个滚，就可以把火压灭，保住自己的生命。但他深知这样就会被山顶上的敌人发现。为了五百多战友的生命安全，为了整个战斗的胜利，他不惊慌，不呼救，坚定地趴在地上，咬紧牙关，巍然不动。眼看着邱少云被大火吞噬而不能去救，战友们的心像在滚开的油锅里煎熬。但此时，理智要求大家谁也不能动，这是考验革命战士组织纪律性的严峻时刻。他们在为邱少云担心、难过，同时也相信他一定能经受住考验。

　　火焰仍在邱少云身上翻滚，身上的棉袄渐渐地烧完了，豆大的汗珠从他的额上滚下来，他怀着对敌人的刻骨仇恨，以顽强的意志忍受着烈火烧身的剧痛。他紧握钢枪，坚强地抬起头来，看看同志们，仿佛在说："首长，同志们，我邱少云为了战斗的胜利，为了无产阶级的革命事业，为了保卫我们可爱的祖国，再大的困难，绝不屈服。"在烈火持续的燃烧中，邱少云献出了年轻的生命。

为表彰邱少云烈士的崇高的集体主义精神和顽强意志，志愿军总部于1952年11月6日给他追记特等功，并于1953年6月1日追授他"一级英雄"称号。中国共产党志愿军总部委员会追认他为中国共产党党员。1953年6月25日，朝鲜民主主义人民共和国最高人民会议常任委员会授予他"朝鲜民主主义人民共和国英雄"称号和金星奖章、一级国旗勋章，并将邱少云的名字刻在朝鲜金化西面的391高地石壁上，让英雄的名字与英雄的山岭共存不朽。

● 启示

邱少云同志那种高度的组织纪律性，那种坚韧顽强的革命意志，那种高度的自我牺牲精神，永远是我们学习的榜样。邱少云是视纪律重于生命的典型代表。

# 血战上甘岭

● 小档案

黄继光，生于四川省中江县，中国人民志愿军第45师135团9连的通讯员。1952年10月19日在朝鲜上甘岭地区597.9高地阵亡。被中国人民志愿军领导机关追记特等功，并授予"特级英雄"称号；所在部队党委追认他为中国共产党正式党员；朝鲜民主主义人民共和国最高人民会议常任委员会授予他"朝鲜民主主义人民共和国英雄"称号和金星奖章、一级国旗勋章。

1952年10月14日，上甘岭战役开始。10月19日夜，黄继光所在的二营奉命反击占领597.9高地表面阵地之敌。美军十分清楚，这个阵地一旦丢失，他们将不仅失去反击机会，而且十号阵地和主峰也危在旦夕。因此,他们利用有利地形,设置了完整的防御体系,企图固守这个险地。

从晚上10点钟开始,六连先后组织了四个爆破组对零号阵地上的四个火力点进行四次爆破,炸毁了其中的两个,战士们的伤亡也很大。现在,剩下的就是敌中心火力点和东侧火力点,仍以密集的火力封锁着突击队的前进道路。这时连队只剩下16个人了!

连长万福来和指导员冯玉庆立即把剩下的9名战斗员分成三组,继续进行爆破,但全部没有成功,9名同志全部牺牲。离上级要求天亮前夺下这个阵地的时间只差四十多分钟了,要是此时还不能拿下零号阵地,天亮后敌人就会依托这个阵地进行反击,而当日的反击作战的战线就要全部泡汤,牺牲了无数战友们的六、五、四号阵地也难以保住。参谋长心急如焚。

这时,站在一旁的黄继光挺身而出,坚决地说:"请把这个任务交给我。只要我能动弹,就一定能完成。"同是通信员的吴三羊、肖登良也站了出来。

"好,黄继光同志,现在我任命你为六班代理班长,率领吴三羊、肖登良同志去完成任务!"营参谋长说完,与他们三人一一握手,"我相信你们能完成这个光荣而艰巨的任务。"

黄继光兴奋地对战友们说:"让祖国人民听我们的胜利消息吧!"说完,他立即提起手雷,带着两个战士向山顶地堡冲去。

随着照明弹一明一暗的间隙,他们巧妙地前进着,3人一会就像箭一样飞奔,一会伏在地上一动不动,直冲到距地堡五六十米的地方。敌人机枪子弹像雨点一样落在他们周围,突然吴三羊扑倒了,肖登良也倒了下去,紧接着黄继光也中了子弹,跌倒在山坡上。

见此情景,几名战士抓起手雷就要跳出战壕。

参谋长一把抓住他们喊道:"你们看,小黄在爬。"

黄继光左臂被打穿两个洞,忍着伤痛艰难地向前爬行。他回头望了望,两个战友再也不能与自己同行了。他用脚蹬着山坡上的虚土、碎石和敌人的尸体,向着火力点一步又一步地爬去。

地堡里惊恐的敌人机枪打得更凶了,子弹溅起的碎石打到他的身上。战友们都盯着黄继光,期待他爆破成功,马上冲上阵地消灭敌人。

只见黄继光霍地抬起身体,右手高高举起手雷,就在这一瞬间,一串子弹射进了他的胸膛。他又倒下了。

一阵冷雨落下，黄继光苏醒过来，他吃力地将手雷向地堡扔去。

"轰"的一声，手雷在离地堡不远的地方爆炸了，敌人机枪哑巴了，黄继光又被气浪震昏了。

一声号令，部队箭也似地发起了冲锋。突然，敌机枪又叫了起来。原来地堡虽被炸塌了，但残存的敌人凭借两挺机枪，还要做垂死的挣扎。进攻部队又被压住了。照明弹照着阵地像白天似的。参谋长和战士们又一次看见黄继光的头从地上抬起来。他没有一件武器了，剩下的只是一个对敌人充满仇恨的带着7处枪伤的身体，和还没有停止跳动的心。

突然，黄继光猛一下爬起来，像虎一样向敌人的火力点扑去，用自己的胸膛堵住了正在喷着火光的机枪口……

他用年轻的生命，为胜利开辟了前进的道路。

"为黄继光同志报仇，冲啊！"

担任攻击任务的战友们，踏着烈士开辟的道路，像愤怒的浪潮一般席卷零号阵地，全歼守敌一千二百余人。

当指导员冯玉庆把黄继光从阵地上抱下来时，这个伟大的战士已经为战斗流尽了他最后一滴血，全身重伤七处，胸前被打出了拳头大的一个洞口。

● 评点英雄

抗美援朝战争中，黄继光舍身堵枪眼的英雄壮举，激励和教育了几代人。他那奋不顾身的大无畏英雄气概为人们所景仰，他的英雄事迹为人们所传颂。

# 走在时间前面

● 小档案

王崇伦，辽宁辽阳人，全国著名劳动模范，中共党员。曾为鞍钢工人，后任鞍钢工会主席，中华全国总工会副主席，哈尔滨市委副书记。在我国第一个五年计划期间，大搞技术革新，研制了万能工具胎。在抗美援朝军品生产中作出重大贡献，他一年完成了四年的工作任务，被誉为走在时间前面的人。王崇伦分别于1956年和1959年荣获全国劳动模范称号。先后当选第一、二、三、四、五届全国人大代表；中共十二大代表、中共十二届中央委员会委员，七届全国政协委员、全国职工技术协作委员会主任、中国发明协会副会长。2002年2月1日，王崇伦因病在北京逝世，终年75岁。

1953年，鞍钢矿山建设告急：大批凿岩机因缺少备件卡动器被迫停止作业。当时，国内尚无厂家能够生产这种备件。试制卡动器的任务落在王崇伦所在的工具车间。

这是一项工序复杂、精确度要求很高的工艺。刚刚开始试制，在第二道工序插床加工上就遇到了积压产品的难题。全车间只有一个插床，每天只能加工四五个卡动器，远远满足不了矿山生产的需要。这时偏偏又出现了另一种备件反螺母告急的情况，这还是一个需要插床加工的急活儿。

王崇伦悄悄搞起了攻关。一天晚上，他在整理技术资料时突发灵感：用刨床代替插床，制一个圆筒形的工具胎，把插床垂直切削变成刨床的水平切削，卡动器和反螺母都可以固定在套子中，旋转360度，任意选择加工角度。他的发明得到领导的大力支持。几天之后，一个长500毫米、直径200毫米的工具胎安置在王崇伦的刨床上。试车结束时的计时令所有在场的人惊奇：加工一个卡动工具仅用45分钟。更让人震惊的是，以往加工凿岩机的四十多个零件，每加工一种零件都要制作一套专用的卡具，而这个工具测控却能全部取而代之。此后，加工卡动器提高了工效6—7倍，他操作的"牛头刨"变成了"千里马"。凭着万能工具胎，王崇伦在1953年一年完成了4年1个月17天的工作量。崇高的科学的创造精神，使他成为"走在时间前面的人"。

● 启示

今天的世界已经进入了知识经济时代。与半个世纪前相比，我们的科学技术日新月异，现代化建设渐入佳境，时代确实不同了。在这个时代，我们中的许多人习惯将科学进步乃至社会发展的重任托付给科学家，热衷于发明创造的普通人少了，专心于技术革新的工人少了，人们变得"现实"起来，鲜有创造的异想天开和发明的奇思妙想。我们用充满信任的目光等候实验室里改变世界的革命性创造，而对身边实用技术的钻研有些轻视。我们宁愿将孩子送上那座高考的

"独木桥"，也不愿意让他们去接受各种层次的职业技术教育。然而，一个现代化的国家，不独需要科学家，也同样需要富有创造精神的技术人才。

如今的时代，一个国家经济的增长，在相当程度上已经取决于技术工人的素质状况，取决于是否有无数像王崇伦这样的技术能手。目前，我们国家技术进步对经济增长的贡献率只有29%，远低于发达国家60%至80%的水平，其中关键问题就是一线技术工人的技能水平太低。在我国高级技工仅占5%，而发达国家则是40%。我们社会已经出现了高级技工比研究生还稀缺的局面，而工人的技能素质不仅影响了产出，也直接影响了科技成果的转化率，影响了我们经济发展的脚步。

这是一个无法回避的现实问题。我们可以引进外资，可以引进先进技术，甚至可以移植先进的管理模式，但我们不可能引入大批的技术技能工人。"入世"后，中国将成为"制造业大国"，时代需要更多技术精湛、勇于创新的技术工人，需要更多坚信"有技术有技能才能有作为"的王崇伦，需要像王崇伦那样的杰出工人对于技术的追求与梦想，更需要像王崇伦那样的普通劳动者所具有的激昂的发明热情和创新精神！

● 经典语录

我们不仅要当时代的主人、国家的主人、工厂的主人，还要在技术革新的舞台上当具有创造精神的主人。

# 用生命保护集体财产

● 小档案

刘文学于1945年2月出生于四川省合川县（今属重庆市）渠嘉乡双江村一个贫苦农民的家庭，1952年9月进入双江村小学学习。刘文学牺牲后，合川体育场举行了万人追悼会，共青团合川县委员会追认刘文学为"模范少先队员"；1960年初，共青团江津地委追认刘文学为"模范少先队员"。

在四川省的东北部，有两条江水自北向南流淌，大的叫嘉陵江，小的叫渠江。两条江汇合的地方叫合川县，渠嘉乡。这里就是少年英雄刘文学的家乡。这里有他的泪，有他的欢乐，有他的梦，有他的陵墓……

故事追溯到1959年，刘文学还是一名小学生，但是他已经是学校的中队长了，还被评为了三好学生。

当时乡里有一位为集体养牛的王婆婆，她是养牛模范。一天，刘文学回家，看到王婆婆背着一筐牛草，走几步歇一会儿，十分困难。

是呀，王婆婆年老体弱，上山割草，确实辛苦。刘文学想："我们应该帮助她！"他把想法告诉小伙伴，大家都同意。刘文学一挥手，说："那好，明天早上开始，听我的招呼。"第二天，天刚亮，刘文学就起床了，他在院子里招呼说："割草去啰。"不一会儿，几个小伙伴就持镰背筐上山了。当刘文学带领小伙伴们将青草送到王婆婆家门口时，老人激动得热泪盈眶，连声说："谢谢！你们可真是好孩子！"

后来，王婆婆逢人就夸赞说："我当养牛模范，还有文学和他们少先队员的一份功劳啊！"刘文学最佩服黄继光，他在笔记本上写道："我要向黄继光叔叔学习，做一个勇敢坚强的人！"

有一天中午，刘文学放学回家，路上遇到一个公安战士在追赶一个逃跑的劳改犯，刘文学也跟着追了上去。大约跑了一里多路，那犯人闪进了包谷地，没了踪影。刘文学说："让我钻进去找。"公安战士一摆手，阻止他说："不！太危险了。"就在公安战士想办法的时候，刘文学已经绕到一个高处去观察。忽然，他叫道："我看见了，那犯人躲在包谷地东头的凹地里。"根据刘文学的观察，公安战士在大家的配合下，终于抓获了那个逃犯。

1959年冬天，刘文学和王敏一起上学时，看到被管制的坏蛋分子王荣学在路边卖海椒。本应一角八分钱一斤，他加倍卖到三角钱一斤。另外，他还偷了集体的柑子偷偷地卖。刘文学愤怒地对王荣学说："你加价卖海椒，还偷集体的柑子卖，快去把柑子交到队部去！""好，好，我去。我承认错误，饶了我吧！"王荣学表面挺老实，可嘴里却在嘟哝："哼，小兔崽子，我总有一天……"

刘文学虽听不清王荣学说的什么，但知道他不满意，就大声说："告诉你，只要你做坏事，我就要管！"

1959年11月18日，这天刘文学参加了生产队里抢种抢收的夜战，已经是夜里10点多钟了。他一边往家里走一边唱着歌。当走到黄桷树时，忽然看到一个人影。谁？有人在偷集体的财产。刘文学忙凑过去看，原来又是坏分子王荣学。他问道："王荣学，你怎么又偷集体的海椒？"王荣学措手不及，惊惶失措地答："哦，哦，是队长让我摘　的……"刘文学不信，说："你胡编！"

王荣学看清面前的孩子又是刘文学，就骗他说："我这算什么呀！那边还有人摘柑子呢！不信，你跟我去看。"单纯的刘文学哪里知道，这是坏蛋的阴谋呢？他们来到了柑子林。刘文学看了看，并没有人偷摘柑子。王荣学说话了："刘文学，我骗你到这里，是因为这里僻静，好说话。这次，求求你，饶了我吧！我给你一块钱。"

刘文学十分生气说："收起你的臭钱，咱们找治保委员去！"

王荣学凶相毕露，说："刘文学，你要不放过我，我就整死你！"说着，就猛地扑上去，挥起拳头狠击刘文学的头部，然后又骑在已经被打昏在地的刘文学身上，用双手卡住了刘文学的脖子。一位为了维护集体利益，保卫国家财产的英雄少年停止了呼吸。

● 评点英雄

刘文学的事迹很快传遍了全国，当时担任团中央第一书记的胡耀邦同志亲笔为小英雄题写了墓碑："刘文学之墓"。人们为小英雄谱写了一首名为《歌唱刘文学》的歌曲：江水，弯又长，有颗红星放光芒。模范队员刘文学，英雄事迹传四方。

# 跨越世界之巅

● 小档案

年轻的中国登山队，于1960年5月25日清晨北京时间4时20分集体安全地登上了世界最高峰——珠穆朗玛峰，从而完成了人类历史上的又一壮举。他们只用了两个月的时间，就从西方登山界一直认为是无法超越的北坡登上了它的顶部。

雄伟的珠穆朗玛峰位于中国与尼泊尔的交界之处，它高矗入云，被誉为"地球之巅"。这座神秘的山峰，曾令多少探险家为之神往，也曾使多少人为之丧生。英国探险家们在吃尽了苦头以后，最终不得不悲哀地承认，想从北坡攀登这座"连飞鸟也无法飞过"的世界最高峰，几乎是不可能的。但是，就是这座被称为"不可征服的山峰"、"不可攀援的路线"、"死亡路线"的冰坡，却被年轻的中国登山队征服了。这一人类历史上的壮举，发生在四十多年以前……

1960年3月19日，珠穆朗玛峰山区风雷交加，中国登山队员们开始向珠峰进发了。贺龙元帅是这次登顶的总指挥，北京在等待着他们登顶的消息，祖国人民也在期盼着他们征服珠峰的喜讯。

5月17日，绒布河谷上空阳光灿烂，在中国登山队大本营的广场上，队员们升起了五星红旗。上午9点，突击珠峰的战斗就要打响了。在这庄严的时刻，担任突击小组组长的王富洲和队友顾银华等举起了右手，向党宣誓："只要我们的心还在跳动，就坚决为党的事业贡献自己的力量，为攻克珠峰奋斗到底。"

在欢呼声中，王富洲和队友们告别了大本营的战友，踏上了攀登珠峰的征程。为了抢在天气较好的时候登顶，登山队员们用了一天的时间急行军，登上了海拔6 400米的高度，并在第二天攀上了著名的北场冰坡。

5月23日中午，登山队员终于登上了海拔8 500米的高度。并在这里改造好了突击营地。5月24日，最后的登顶战斗开始了，担任突击小组组长的王富洲和他的队友顾银华、贡布，背起高山背包，结好主绳，绑上冰爪，扶着冰镐，同留下来做后援的队员们紧紧拥抱告别以后，开始向珠穆朗玛峰顶峰的冲击。

为尽量减轻负重，他们只携带了氧气筒、睡袋和登山队委托他们带到顶峰的一面国旗，一个高约二十厘米的毛泽东同志的半身石膏像，以及准备写纪念纸条用的铅笔、日记本和电影摄像机等。这些东西也使他们的体力消耗很大，所以，在他们出发后走了大约两个小时，才上升了约七十米，就在这时，"第二台阶"挡住了他们的去路。

1924年，英国登山界赫赫有名的马路里和欧文，就命丧于此。突击队员沿着前几次攀登侦察的路线，冒着摄氏零下30度的严寒，在陡滑的崖壁上爬行。

他们虽然穿着特制的镶有钢钉的高山靴，但仍很难踩稳。在接近"第二台阶"顶部最后约三米的地方时，岩壁变得垂直而溜滑。刘连满一连攀登了四次，都滑了下来。最后他们只好用搭"人梯"的办法攀上了"第二台阶"。

当他们到达海拔 8 700 米的地方时，一个严峻的现实又出现在他们的面前，他们携带的氧气所剩无几了。为此，他们一方面尽量节省氧气，另一方面决定让体力消耗过大的刘连满留下，其他人又继续前进了。

路是如此的漫长，仿佛没有了尽头。三名突击队员在这寒冷而险陡的冰峰上艰难地攀登着。深夜 12 点，三人的氧气全部用完了，他们毅然扔掉了氧气筒，开始了人类史上从未有过的无氧攀登世界最高峰的艰险历程。

由于高山严重缺氧，使他们感到眼花、气喘、无力，每走一步，都是异常的艰难。但是他们都尽力忍受着这一切，互相帮助、互相鼓励地前进着。

又过了漫长的四个多小时，当夜光表的指针指向北京时间 4 点 20 分时，勇士们终于走完了"世界上最长的里程"，把珠穆朗玛峰踩在了脚下。王富洲摸黑拿出日记本，用铅笔在上面写道："王富洲等三人征服了珠峰。1960 年 5 月 25 日 4 时 20 分。"在贡布的帮助下，这张载有一项人类历史新纪录的纸片被撕下来，放在一只白色羊毛织的手套里，埋进了峰顶的石堆中……

这样年轻的中国登山队在十几个小时无氧气、无食品供应和摄氏零下 32 度的气温条件下，经过顽强拼搏，从北坡登上了世界最高峰，开创了人类登山史上的一个新纪元。

● 小资料

珠穆朗玛峰为喜马拉雅山的主峰，位于中国与尼泊尔的交界处，海拔 8 848.13 米，是世界第一高峰。山顶终年冰雪，气候多变，人迹难至，人们把它同南北极并称为世界第三极。

# 为人民服务

● 小档案

雷锋同志（1940—1962）是中国家喻户晓的全心全意为人民服务的

楷模，共产主义战士；他作为一名普通的中国人民解放军战士，在他短暂的一生中却助人无数。伟大领袖毛泽东主席于1963年3月5日亲笔为他题词"向雷锋同志学习"，并把3月5日定为学习雷锋纪念日。

1940年雷锋出生于湖南省望城县一个穷苦农民家庭。7岁沦为孤儿，在穷乡亲的拉扯下，挣扎着活下来。1949年8月，雷锋的家乡湖南望城解放了，雷锋从此翻了身。在党和人民政府的关怀下幸福成长,他参加儿童团，进小学读书,并第一批加入了中国共产主义少年先锋队。1956年，他小学毕业后参加了工作。先后在乡政府当通讯员和中共望城县委当公务员。他工作积极，埋头苦干，被县委机关评为"工作模范"。1957年2月，加入中国共产主义青年团。此后,他相继在望城县沩水工程指挥部、团山湖农场和辽宁鞍山钢铁公司化工总厂当拖拉机手和推土机手，工作出色，多次被评为"红旗手"、"劳动模范"、"先进生产者"和"社会主义建设积极分子",出席了鞍山市青年积极分子代表大会。1960年1月，雷锋应征入伍，同年11月加入中国共产党。在部队的培养教育下，他进一步提高了政治觉悟，牢固地树立了全心全意为人民服务的思想和为共产主义奋斗终身的远大目标。他不忘阶级苦，懂得"怎样做人，为谁活着"，忠于党、忠于人民、忠于祖国、忠于社会主义；以"钉子"精神刻苦学习毛泽东著作和科学文化知识，不断提高为人民服务的本领；以甘当"螺丝钉"的精神，干一行、爱一行、钻一行，在平凡的岗位上做出了不平凡的事迹。连队分配他当汽车兵，他努力钻研驾驶技术，成为一名合格的汽车驾驶员。担任班长后，大胆管理，事事模范带头，带领全班成为部队先进集体。他热爱集体，关心战友，关心群众，把"毫不利己、专门利人"看成是人生最大的幸福和快乐，并身体力行，认真实践，"把有限的生命投入到无限的为人民服务之中去"。他把自己省吃俭用积存起来的钱，寄给受灾人民，送给家庭困难的战友。他经常在节假日和休息时间到部队驻地附近车站，扶老携幼，迎送旅客。他出差时，一上火车就为旅客端茶送水，打扫卫生。他曾担任校外辅导员，以自己的模范行动影响和激励少年一代健康成长。他谦虚谨慎，从不自满自炫，受到赞誉不骄傲，做了好事不留姓名。

1962年8月15日上午8点多钟，细雨霏霏，雷锋和他的助手乔安山驾车从工地回到驻地。他们把车开进连队车场后，发现车身上溅了许多泥水，便不顾长途行车的疲劳，立即让乔安山发动车到空地去洗车，经过营房前一段比较窄的过道，为安全起见，雷锋站在过道边上，扬着手臂指挥小乔倒车转弯："向左，向左……倒！倒！"突然，汽车左后轮滑进了路边水沟，车身猛一摇晃，骤然碰倒了一根平常晒衣服被子用的方木杆子，雷锋不幸被倒下来的方木杆子砸在右太阳穴上，当场扑倒在地，昏死过去……

战友们立即用担架把他送到附近医院抢救，各级首长闻讯之后立即赶到了医院，同时以最快速度把沈阳的医疗专家接到雷锋床前参与治疗，但由于颅骨损伤严重，导致脑机能障碍，雷锋同志牺牲了！

8月17日，在抚顺市望花区政府礼堂召开隆重的追悼会，近十万人护送雷锋的灵柩向烈士陵园走去……雷锋，这个光辉的名字，在我们的心中闪烁着不灭的光辉。他把自己旺盛的青春全部献给了党，献给了人民，他的高尚的理想、信念、道德、情操，必将在我们青少年一代身上不断发扬光大，他那不可磨灭的美好形象，将永远活在我们的心中。

● 启示

共产主义战士雷锋在实践中表现出来的是全心全意为人民服务的共产主义精神。其实质是：忠于共产主义事业，毫不利己专门利人，在各种不同的工作岗位上干一行爱一行，把有限的生命投入到无限的为人民服务之中去，在平凡的工作中为社会主义、共产主义的事业而奉献自己的力量。

# 烈焰翻腾的蘑菇云

● 小档案

邓稼先，杰出科学家，中国"两弹"元勋，参加组织和领导我国核武器的研究、设计工作，是我国核武器理论研究工作的奠基者之一，从原子弹、氢弹原理的突破和试验成功及其武器化，到新的核武器的重大原理突破和研制试验，均作出了重大贡献，作为主要参加者，其成果曾获国家自然科学奖一等奖和国家科技进步奖特等奖，被称为"中国原子弹之父"。

1964年10月16日下午3时，蓦地一声巨响，浩瀚的戈壁滩上冉冉升起了烈焰翻腾的蘑菇状烟云。这震撼世界的惊雷向人们宣告：中国人任人欺凌的时代结束了。有谁知道，在这烈焰翻腾的蘑菇云背后凝聚着多少科技工作者的辛劳啊，作为研制氢弹和新的战略核武器的组织者和参加者的邓稼先，对此无疑有着最真切的体会。

　　事情要从1958年秋季讲起。有一天，当时的第二机械工业部的一位负责人找到邓稼先说："小邓，我们要放个大炮仗，这是国家绝密的事情，想请你参加，你看怎么样？"说完，他又严肃地说："这可是光荣的任务啊。"这位中国核工业的负责人说完，邓稼先立刻明白了，这是要让他参加原子弹的研制工作。面对这艰巨、光荣、关系重大的事情，一时间，他不免有些惶恐、胆怯，说："呵，研制原子弹，我能行吗？"这天晚上，邓稼先回到家里一夜未眠。妻子许鹿希见他神情有些异常，问他发生了什么事。"没有什么，我要调动工作。"他平静地说。但想到以后，不能长年和妻子、孩子生活在一起，他不免有点紧张和激动，怀着深深的歉意说："鹿希，以后家里的事我就不能管了，我的生命就献给未来的工作了，做好了这件事，我的一生过得很有意义，就是为它死了也值得。"从这天起，邓稼先作为一个在国内外崭露头角的优秀青年物理学家便销声匿迹了。

　　他走进了筹建中的核武器研究设计院。这时，所谓的核武器研究设计院，还只是片庄稼地，而科技人员呢，也廖廖无几。他作为原子弹理论设计的负责人，不得不从头做起。报到后做的第一件事，是换上工作服当小工，同建筑工人一起砍高粱、挖土、推车、和泥、盖房子。

　　在中国的核工业起步不久，苏联人撕毁协议，撤走专家。邓稼先对年轻的大学生们说："研制战略核武器，是中国人民和世界人民的利益所在，现在我们只能靠自己了。"邓稼先还鼓励周围的年轻人："干我们这个工作，就要甘心当无名英雄，一没有名，二没有利，还要吃苦，做出的科学成果又不许发表论文。"

　　如果把原子弹比作一条龙，那么，搞原子弹理论设计的先行工作就是龙头。这件领先工作的好坏，关系到原子弹各种工程设计的成败。往往是邓稼先先读书备课，再讲给大学生听，有时备课备到凌晨4点多，在办公室里睡两三个小时，天亮了继续工作。在那些日子里，他把全部精力都用在工作上，一天到晚晕乎乎的，走在路上还想着原子弹，有一次竟连人带车掉到沟里。邓稼先他们含辛茹苦地工作到1959年，就把我国第一颗原子弹的理论计算的轮廓勾出来了。他们不放过任何一个细微的疑点，各种数据搞得扎扎实实。当时，我国还没有大型电子计算机，有一次，为了把一个问题弄个水落石出，他带领几个年轻人一天三班倒，用四台手摇计算机日夜连轴转地算了9次。

终于，第一颗原子弹爆炸成功了，邓稼先激动的心情还没有平静下来，一件难度更大的工作又落在了他和其他科技人员的肩上——研制氢弹。在艰苦困难的条件下，中国人要想用自己的智慧和双手掌握这些技术，除了国家给予支持外，邓稼先等人作为直接参加研制工作的科学家，付出了一般人难以想象的巨大代价。

一年到头，邓稼先风尘仆仆地四处奔波，哪里有困难到哪里去，哪个岗位的工作危险他出现在哪里。在特种材料加工的车间里，在爆炸物理实验场和风雪弥漫的荒原上，到处都有他的身影。

冬去春来，年复一年，他带领奋战在核试验研究第一线的科技人员忘我地工作，过了整整10年的单身生活。失败的风险，成功的欢乐，大戈壁的风霜刀剑，染白了他的鬓发，在他的脸上留下了深深的皱纹。终于，氢弹研制成功了，中国一跃成为了世界上少数几个能生产原子弹和氢弹的国家之一。

● 经典语录

千秋耻，终当雪，中兴业，须人杰。

# 相约北京

● 小档案

华罗庚，1910年生，江苏省金坛县人。他是新中国数学研究事业的创始人，也是中国在世界上最有影响的数学家之一。1979年加入中国共产党。1955年被选聘为中国科学院院士，曾任第一届至第六届全国人大常委会常委，第六届全国政协副主席。他创造性地让数学从书本里走出来，为国民经济服务，积极推广"优选法"和"统筹法"，解决工农业生产实际问题，被赞誉为"人民的数学家"。

20世纪40年代，华罗庚在国际数学界已经拥有举足轻重的地位。在美国，他常常被许多知名大学请去讲学。1948年，伊利诺伊大学把他聘为终身教授，并给了他相当优厚的待遇，希望他把那里建成世界级的代数研究中心。那一年，华罗庚把夫人和孩子们也接到美国团聚，奔波了半生，这是他第一次过上恬静的生活。然而，对于漂泊海外报国无门的游子来说，国外安逸的生活无法抚慰他内心时常涌动的孤独感。

大洋彼岸，祖国的前途仍然一片渺茫。华罗庚常常满怀激情地跟国外的同事说起自己的祖国："中国是一个大国，也是一个伟大的国家。为什么我们的数学总是这样落后呢？"1949年10月1日，中华人民共和国成立。华罗庚知道这一消息后，发表了热情洋溢的《致中国全体留美学生的公开信》：

"朋友们，道别，我先诸位而回去了。梁园虽好，非久居之乡，归去来兮。为了抉择真理，我们应当回去；为了国家民族，我们应当回去；为了为人民服务，我们也应当回去。朋友们，我们在首都北京见面吧。"

就这样华罗庚放弃在美国的优厚待遇，克服重重困难回到祖国怀抱，投身祖国的数学科学研究事业。1950年3月，他到达北京，随后担任了清华大学数学系主任、中科院数学所所长等职。1956年，他着手筹建中科院计算数学研究所。1958年，他担任中国科技大学副校长兼数学系主任。回国后短短的几年中，他在数学领域里的研究硕果累累：他的论文《典型域上的多元复变函数论》于1957年1月获国家发明一等奖，并先后出版了中、俄、英文版专著；1957年出版《数论导引》；1963年他和学生万哲先合写的《典型群》一书出版……

华罗庚因病左腿残疾后，走路要左腿先画一个大圆圈，右腿再迈上一小步。对于这种奇特而费力的步履，他曾幽默地戏称为"圆与切线的运动"。在逆境中，他顽强地与命运抗争，他说"我要用健全的头脑，代替不健全的双腿"。凭着这种精神，他终于从一个只有初中毕业文凭的青年成长为一代数学大师。他一生硕果累累，是中国解析数论、典型群、矩阵几何学、自导函数论等方面的研究者和创始人，其著作《堆垒素数论》更成为20世纪数学论著的经典。

在从事数学理论研究的同时，华罗庚努力尝试寻找一条数学和工农业实践相结合的道路。经过一段实践，他发现数学中的统筹法和优选法是在工农业生产中能够比较普遍应用的方法，可以提高工作效率，改变工作管理面貌。于是，他一面在科技大学讲课，一面带领学生到工农业实践中去推广优选法、统筹法，为工农业生产服务。

晚年的华罗庚不顾年老体衰，仍然奔波在第一线。他还多次应邀赴欧美及香港地区讲学，先后被法国南锡大学、美国伊利诺伊大学、香港中文大学授予荣誉博士学位，还于1984年以全票当选为美国科学院外籍院士。1985年6月12日，华罗庚应邀到日本东京大学做学术报告。原定45分钟的报告在经久不息的掌声中被延长到一个多小时。当他结束讲话时，突然心脏病发作倒在讲台上。他用行动实践了自己的诺言："最大的希望就是工作到生命的最后一刻。"

华罗庚这位"人民的数学家"，为他钟爱的数学事业奉献了毕生的精力与汗水。

● 经典语录

1. 在寻求真理的长征中，唯有学习，不断地学习，勤奋地学习，有创造性地学习，才能越重山，跨峻岭。

2. 时间是由分秒积成的，善于利用零星时间的人，才会做出更大的成绩来。

# 没有条件　创造条件也要上

● 小档案

王进喜是大庆人的杰出代表，中国石油工人的光辉典范，中国工人阶级先锋战士，中国共产党人的优秀楷模，中华民族的英雄。他为祖国石油工业的发展和社会主义建设立下了不朽的功勋，在创造了巨大物质财富的同时，还给我们留下了宝贵的精神财富——铁人精神。

1960年4月，王进喜率领1205钻井队从玉门到大庆参加石油大会战。当时，王进喜和钻井队面临着许多难以想象的困难：没有公路，车辆不足，吊车不够用，连吃和住都是问题。

在困难面前，王进喜没有退缩。他以"有条件要上，没有条件创造条件也要上"的拼命精神，带领钻井队的英雄们用滚杠加撬杠，靠双手和肩膀，奋战三天三夜，将38米高、22吨重的井架矗立在荒原上。要开钻了，水管还没有接通。王进喜振臂一呼，带领工人到附近水泡子里破冰取水，硬是用脸盆、水桶向井场运了50吨水。经过艰苦奋战，仅用5天5夜就打出大庆油田的第一口喷油井。油井打好了，王进喜的脚却被滚落的钻杆砸伤。他拄着双拐坚持指挥打井。突然，第二口油井出现井喷现象。在这万分紧急时刻，没有压井用的重晶粉，王进喜当即甩掉拐杖，带头跳进齐腰深的泥浆池，用身体搅拌。经过3个小时的搏斗，井喷终于被制服了，油井和钻机保住了，可王进喜却累得站不起来，他的身上手上，被碱性很强的泥浆烧起了大泡。目睹这一切的老乡被深深地感动了，他们夸赞道："王队长真是一个铁人啊。"从此，王铁人的名字传遍了祖国的大江南北。王铁人为发展祖国的石油事业日夜操劳，终致身心交瘁，积劳成疾，于1970年患胃癌病逝，年仅47岁。

● 评点英雄

王进喜干工作处处从国家利益着想，他重视调查研究，依靠群众加速油田建设，艰苦奋斗，勤俭办企业，有条件上，没有条件创造条件也要上，建立责任制，认真负责，严把油田质量关。他留下的"铁人精神"和"大庆经验"，成为我国进行社会主义建设的宝贵财富。1964年，毛主席向全国发出"工业学大庆"的号召。王进喜身上体现出来的"铁人精神"，激励了一代代的石油工人。铁人不仅是工人阶级的先锋战士、共产党人的楷模。他更是一个为国家分忧解难、为民族争光争气、顶天立地的民族英雄。

● 小资料

铁人王进喜同志纪念馆是为了纪念中国工人阶级的先锋战士——铁人王进喜而于1971年建成的。是铁人精神、大庆精神的传播基地和爱国主义教育的生动课堂。

铁人纪念馆原址位于大庆市解放二街8号，是1989年在"铁人王进喜同志英雄事迹陈列室"旧址上新建的。全馆总占地面积5.4万平方米，其中的绿地面积3万平方米，主馆建筑面积1 240平方米。2003年2月，由大庆地区石油石化企业、中共大庆市委、市政府共同协商，中共黑龙江省委、省政府支持，中国石油天然气集团公司批准，决定迁建铁人王进喜纪念馆。

新馆于2003年10月8日铁人王进喜诞辰80周年之际奠基。2006年8月10日，中共中央政治局常委、国务院总理温家宝到大庆油田考察工作时亲笔题写馆名。新馆历时近三年的建设于2006年9月26日大庆油田发现47周年纪念日开馆。新馆位于让胡路区世纪大道和铁人大道交汇处，在管理局办公楼和铁人广场对面。馆区占地面积11.6公顷，主体建筑面积2.15万平方米，展厅总占地面积4 790平方米，展线总长度917延长米。主体建筑外形为"工人"二字组合，鸟瞰呈"工"字形，侧看为"人"字形，象征这是一座工人纪念馆。主体建筑高度47米，正门台阶共47级，寓意铁人47年不平凡的人生历程。建筑顶部为钻头造型，它象征着大庆油田奋发向上，积极进取。

# 雷锋能　我也能

● 小档案

刘英俊（1945—1966），1945年生于吉林长春，祖籍山东省寿光市古城乡桥子村。1938年因家庭穷困，其父刘天禄带全家迁往东北长春谋生，在市郊落户。1962年参加中国人民解放军，在驻黑龙江佳木斯市某部重炮连任战士。入伍后，他处处以雷锋为榜样，严格要求自己，自觉地为连队、为人民群众做好事，甘当无名英雄。他工作积极，先后受到营、团6次奖励。

少年时的刘英俊学习刻苦努力，会安装半导体收音机、修理电灯、打大鼓，是学校的鼓手，还是学校"小小理发室"的义务理发员。

1963年，也就是刘英俊参军的第二年，正值毛泽东等老一辈无产阶级革命家发出"向雷锋同志学习"的伟大号召。刘英俊时时处处以雷锋为榜样，决心做一名雷锋式的好战士。刘英俊学习雷锋最大的特点就是言行一致，从点滴做起，从身边做起。在连队，他是"业余修理员"。在医院住院，他是"劳动休养员"，帮助重病号打水、端饭，协助医护人员打扫、洗刷痰盂。出差途中，他是"义务勤务员"，扶老携幼，急人所难，好事做一路。在部队驻地，他是附近小学校的"校外辅导员"，经常给小朋友们上政治课，还用自己的津贴费给学校买了许多宣传革命英雄人物的书籍。

刘英俊像雷锋那样闲不住，有空就为群众做好事，他像雷锋那样，做好事不留姓名。他在佳木斯西区经常帮助这家买粮，帮助那家挑水，可群众始终不知道他叫什么名字。

1966年3月15日，佳木斯还是一片冰天雪地。早晨，炮连三班战士刘英俊和战友们赶着三辆炮车，沿着市郊公路出去训练。在公共汽车站附近，刘英俊驾驭的那辆炮车的辕马，被汽车喇叭声震惊，突然调头猛跑。当时正是学生上学、职工上班的时候，公路上车来人往，川流不息。车马向人群冲去，情况十分危急。刘英俊用肩膀猛抗狂奔着的惊马的脖子，迫使惊马拐上公路左侧的小道，避免了一次可能发生的严重事故。惊马继续在两旁积满冰雪的小道上飞跑，刘英俊紧拉缰绳，身子被车马拖带着，处境非常危险。群众见此情景，高声大喊："快撒手！快撒手！"这时候，在炮车前面不远的地方，有六个孩子被吓呆了。孩子们的生命受到严重威胁。刘英俊坚定地回答："不能撒！不能撒！"在这千钧一发的时刻，只见刘英俊把缰绳在胳膊上缠了几道，猛力一拉，使战马前蹄腾空而起。紧接着，他不顾危险，手撑辕杆，把双脚从辕杆下面伸向马的后腿，用尽平生的力量踢去。马倒了，车翻了，六名儿童安然脱险。刘英俊同志自己却被压在突然翻倒的车马底下，身负重伤。

目睹这场舍己为人英雄行为的群众，又崇敬，又感动，一拥而上。居民组长杨淑敏大嫂等人急忙将刘英俊救起，立即把他抬送到附近纺织厂职工医院去抢救。这时，许多候车的乘客不乘车了，上班的工人不上班了，上学的学生不上学了，他们都被刘英俊的英雄行为激动着，关心地紧跟在后面。人们都急切地询问："他是谁？叫什么名字？"杨淑敏大嫂热泪盈眶地回答："他是咱的亲兄弟！"医院门前，立刻聚集了几百群众和战士，纷纷要求给英雄输血。他们说："一定要把他抢救过来！""要什么，给什么，只要把他救活就行！"

外科手术室里，开始了抢救英雄的紧张战斗。救护车载着血浆、氧气和急救药品，一辆接一辆地从市区各个医院开来。佳木斯市医学院附属医院、陆军某医院等三十多名负责同志和医生，也都陆续赶到。附属医院院长刚在本院做完手术，连衣服、靴子都来不及换，就赶来主持这场抢救工作。三个多小时过去了，由于伤势过重，抢救无效，刘英俊同志光荣牺牲。然而，守候在手术室外的群众还是不肯离去，外科医生朱云胜还是按着刘英俊的脉搏，总觉得英雄的脉搏还在跳动着。他激动地对人们说："这样的英雄是不会死的！"

● 经典语录

一个人无论是活多长时间，他的死，只要是献给党的壮丽的共产主义事业，那就是无限光荣的，有价值的。雷锋能，我也能。

# 积极与困难作斗争

● 小档案

焦裕禄（1922—1964），中国山东淄博博山县北崮山村人，中国共产党革命烈士。他幼年家贫，仅接受过4年小学教育。1939年，其父在抗日战争中被日军逼死，焦本人也被房去辽宁抚顺做苦工。1941年，他设法逃出，流落至江苏宿迁。抗战结束后，他方才回到家乡。1946年，焦裕禄在家乡加入中国共产党。1948年，随南下工作队前往河南尉氏。1950年，焦裕禄被任命为尉氏县大营区委副书记兼区长。1953年，焦升任中国共青团中央地委第二书记，同年调任洛阳矿山机器厂临时公路总指挥。次年8月起，相继在哈尔滨工业大学、大连起重机厂机械加工车间进修。1956年底，焦裕禄返回洛阳矿山机器厂，被任命为一金工车间主任、调度科长等职。在此期间，焦患上了肝病。1962年，焦升任尉氏县委副书记，年底，又升任兰考县县委书记。当时兰考内涝、风沙、盐碱三害猖獗，粮食产量全省倒数第一。焦裕禄率领全县群众展开生产自救，但由于身患肝癌，于1964年病逝于郑州，终年42岁。

1962年冬，焦裕禄怀着改变灾区面貌的雄心壮志来到兰考。焦裕禄深深了解，要制服内涝、风沙、盐碱这"三害"，必须进行大量艰苦细致的工作。他下决心要把兰考县1 080平方公里土地上的自然情况摸透。

根据这一想法，县委先后抽调了120名干部、农民和技术员组成一支三结合的"三害"调查队，在全县展开了大规模的追洪水、查风口、控风沙的调查研究工作。当时，焦裕禄的肝病已相当严重，许多同志劝他不要下去，在家里听汇报。他说："吃别人嚼过的馍没味道。"他背着干粮、拿起雨伞，和大家一起在兰考的原野上日夜奔波。追沙，他一直追到沙落地；查水，他又是查到水归槽。干旱季节，他亲自用舌头辨别盐碱的种类和土的含碱量。在同自然灾害的斗争中，焦裕禄忍受着严重疾病的折磨，在风里、雨里、沙窝里、激流里，坚持度过了120多个白天和黑夜，跑了120多个大队，跋涉5 000余里，终于摸清了兰考"三害"的底细，绘成了详细的排涝洪图。但焦裕禄还没有来得及去实现他的计划，就被病魔夺去了生命。

他临终前对组织上唯一的要求，就是死后"把我运回兰考，埋在沙堆上。活着我没有治好沙丘，死了也要看着你们把沙丘治好。"同年11月，中共河南省委号召全省干部学习焦裕禄同志忠心耿耿地为党为人民工作的革命精神。1966年2月，新华社播发长篇通讯《县委书记的好榜样——焦裕禄》，全面介绍了焦裕禄的感人事迹。随后，全国各种报刊先后刊登了数十篇文章通讯，在全国掀起了一个学习焦裕禄的热潮。焦裕禄成为各级干部特别是领导干部学习的榜样。

如今，焦裕禄为彻底改变兰考面貌所绘制的蓝图已成为美好的现实。往日的飞沙地、老沙窝、盐碱滩已被如今"林在田边，粮在树旁，农林结合，林茂粮丰"的繁荣景象所替代，焦裕禄的遗愿真正得以实现。

● 启示

焦裕禄被誉为县委书记的榜样，全在于他身上鲜明的亲民爱民、艰苦奋斗、科学求实、迎难而上、无私奉献精神。和焦裕禄所处的时代相比，我们的工作和生活条件有了巨大改善，衣食住行都不再像他那时那么艰苦，但困难和挑战依然很多，有如地震和旱涝灾害、金融危机等。战胜这些挑战，离不开吃苦受累，有时甚至会遇到危险，依然需要焦裕禄那样的艰苦奋斗精神。学习焦裕禄精神，也是新时期增强党性、改进作风的需要。45年过去了，焦裕禄就像一座丰碑屹立不倒；焦裕禄精神就像一面旗帜高高飘扬。无论过去、现在还是将来，永远是鼓舞我们奋进的强大动力。

# 祖国是我永远的家

● 小档案

钱学森，汉族，浙江省杭州市人。中国共产党优秀党员，忠诚的共产主义战士，享誉海内外的杰出科学家和我国航天事业的奠基人，中国两弹一星功勋奖章获得者之一。曾任美国麻省理工学院教授、加州理工学院教授，曾担任中国人民政治协商会议第六、七、八届全国委员会副主席、中国科学技术协会名誉主席、全国政协副主席等重要职务。

1949年10月1日，新中国的成立使客居美国的钱学森心潮澎湃，十多年的辛勤准备，终于迎来了报效祖国的时刻。这时的钱学森已是世界著名科学家，但祖国的召唤，使他毫不犹豫地放弃了优越的一切。1955年钱学森终于回到了祖国的怀抱。1956年中科院力学所正式成立，钱学森被任命为所长。周总理和中科院领导安排钱学森到东北参观，还特意让他到哈尔滨军事工程学院看看。东北三省发达的重工业给他以深刻的印象，但最令钱学森难忘的是与陈赓大将的会见。作为中央军委分管作战的副总参谋长兼"哈军工"院长的陈赓，素有"名将之鹰"的称誉，他求贤若渴，惜才如命，特意从北京赶来接待他。

陈赓为钱学森举办了晚宴，席间陈赓迫不及待地向钱学森提出了他思谋已久的问题："你看，中国人能不能自己搞导弹？""为什么不能搞呢？外国人能，我们中国人就不能搞？难道中国人比外国人笨吗？"钱学森爽朗地回答。"好，真是太好了！我就要你这句话。"真是"心有灵犀一点通"。钱学森终于将憋在心里几十年的这口气吐了出来，心情无比舒畅。这是祖国的需要，也是民族振兴的共同心声。从此，火箭、导弹事业成了钱学森工作的重心。1964年10月，我国第一颗原子弹爆炸成功。1966年10月27日，"两弹结合"首次试飞一举成功！喜讯像春雷一样传遍中华大地，举国欢腾，万人空巷，中国拥有核武器的大国梦实现了！在"东风2号"发射成功之后不久，鉴于我国弹道导弹已经取得了突破性的进展和国际上发展航天器的新情况，钱学森于1965年1月8日正式向国家提交报告，建议早日制订我国人造卫星的研制计划并列入国家任务。

　　钱学森的报告引起了党中央和国务院的高度重视，并立即付之于行动。在张爱萍将军的主持下，有关部门提出了第一颗人造卫星具体规划设想，重量100公斤，发射时间在1970或1971年。为此，国防科委1965年10月召开了人造卫星工程总体方案讨论会，对规划设想进一步具体化，要求人造卫星：成功地飞上去转起来，地面测量系统抓得住、跟得上，全球人民看得见、听得到。还提出了进度要求：1965—1966年完成技术方案论证，建成地面测量系统；1969年完成正式样品试制。

　　我国的人造卫星工程正式启动。领导研制发射人造卫星的神圣使命又落到了钱学森身上。周总理决定正式组建卫星研究院，纳入军队编制，由钱学森兼任院长。身穿绿色"防护衣"的中国空间技术队伍奇迹般地茁壮成长，顺利地完成各项任务。按周总理的命令，1970年4月24日下午5时30分，在戈壁大漠的试验场里，"长征1号"运载火箭喷射着橘红色烈焰，负载"东方红1号"卫星腾空而起，疾速地飞向太空。"箭星分离！""卫星入轨！"晚上9时50分收到了卫星发射的《东方红》激越的乐章。中国的人造卫星上天了！中国的声音响彻了宇宙，传遍了世界！中国是继美、苏、法、日之后，成为第五个自行研制并发射卫星成功的国家，重量100公斤。无论是卫星重量或发射周期，都超过了其余四国的第一颗卫星，这是举世瞩目的了不起的成就。钱学森对世界科学技术发展的贡献是开拓性的、巨大的。1989年6月29日，国际理工界授予他小罗克韦尔奖章和"世界级科技与工程名人"称号。对此，国家领导人特意在中南海紫光阁召开大会以表庆贺。

　　1991年10月16日，党和国家鉴于钱学森全心全意为人民服务以及他对中国科技发展的杰出贡献和对国防事业的伟大成就，特授他"国家杰出贡献科学家"称号和一级英模奖章。党和国家最高领导人特意为一位科学家举行授奖仪式，这在共和国的历史上还是首次。八十高龄的钱学森满怀深情地答谢说："我只是沧海一粟，渺小得很，真正伟大的是中国人民，是中国共产党和中华人民共和国。""人民满意是对我的最高奖赏！"

　　● 经典语录

　　我的事业在中国，我的成就在中国，我的归宿在中国。

　　我在美国前三四年是学习，后十几年是工作，所有这一切都在做准备，为了回到祖国后能为人民做点事——因为我是中国人。

# 摘掉"中国贫油"的帽子

● 小档案

李四光，1889年生，湖北省黄冈市人。1940年赴日本留学，并加入同盟会。1927年获得英国伯明翰大学博士学位。新中国成立后，他先后任地质部部长和中国科学院副院长、全国政协副主席等职。1958年加入中国共产党。他是我国冰川学研究的奠基人，他独创的地质力学理论，为我国的地质、石油勘探和建设事业作出了巨大贡献。

早在1922年，美国斯坦福大学教授布莱克威尔就断言："中国是缺乏石油资源的国家。"因此，中外不少科学家对中国石油资源的远景抱有悲观的看法。

新中国成立后，大规模的经济建设遇到了石油短缺的问题，所需石油80%—90%都依靠出口。毛泽东、周恩来等中央领导人把李四光请到了中南海。毛泽东十分担心地问："外国人说'中国贫油'，你对这个问题怎么看呢？如果中国真的贫油,要不要走人工合成石油的道路？"

李四光根据数十年来对地质力学的研究,从他建立的构造体系,特别是新华夏构造体系的特点,分析了我国的地质条件,肯定地回答："我们地下的石油储量是很大的。从东北平原起，通过渤海湾，到华北平原，再往南到两湖地区，可以做工作……"。周恩来笑着说：我们的地质部长很乐观啊!毛泽东也高兴地笑了。开展石油普查勘探的战略决策，由此作出。1955年，普查队伍开往第一线。在几年里，就找到了几百个可能的储油构造。1958年6月，喜讯传来：规模大、产量高的大庆油田被探明。地质部立即把队伍转移到渤海湾和黄河下游的冲积平原。以后，大港油田、胜利油田等其他油田相继建成。地质部又转移到其他的平原、盆地和浅海海域继续作战，从而摘掉了"中国贫油"的帽子，推翻了外国专家的错误断言。1964年12月，周总理在第三届全国人民代表大会的《政府工作报告》中指出："第一个五年计划建设起来的大庆油田，是根据我国地质专家独创的石油地质理论进行勘探而发现的。"李四光的工作得到了党和国家的充分肯定。

新中国有了油，还得有铀。1955年1月15日，毛泽东问李四光：中国有没有造原子弹的铀矿石？那一天，李四光随身带着他从欧洲特意带回来的探测器，和从中国境内发现的铀矿石，当场演示给领导人看。此后，李四光一直身居领导中国核工业事业的核心位置。他是1956年成立的国家原子能委员会副主任（主任为陈云），1958年成立的中科院原子核科学委员会主任。在李四光提出的三条东西构造带上，陆续发现了储量丰富、品位高的铀矿床。1964年10月16日，中国第一颗原子弹成功爆炸。

● 相关故事

李四光的家乡是湖北黄冈回龙镇下张家湾乡的一个穷山村。他14岁出国留学，凭的是自己勤奋努力得来的成绩。李四光先去日本学造船，后去英国学采矿，最后确定以地质学为终身事业，但也付出了不少实际代价。

在去日本学造船的船上，因为穷，买不起正式的铺位，只好白天窝在底舱，晚上在船顶过夜。不想受了风寒，大病一场，又因没钱医治，落下一个毛病——不能吃肉，一吃就犯病。此后他一生与肉绝缘。去英国留学，写毕业论文时，腿上长了一个脓疮，也因为既没钱又没时间，耽误了治疗，他索性用刮胡刀片自己把疮刮掉，腿上落下一个大疤。

李四光因为穷而吃过这样或那样的苦。但苦中有乐，他是个多才多艺的科学家。李四光不光散文写得好，旧体诗写得好，即便是地质学的论文，同样写得"有声有色"。他的音乐造诣也相当深厚，尤好小提琴。他在巴黎写的一首小提琴曲《行路难》，是中国人创作的第一首小提琴曲。李四光回国后曾请音乐家萧友梅过目提意见。这首提琴曲写于1920年，在近八十年之后的北大百年校庆的晚会上，第一次得到公开演奏。

晚年的李四光，生活很简单。饮食上不沾荤腥。衣着也很不讲究，得过且过，甚至补丁摞补丁。李四光去世后，工作人员想找几样遗物留下来，找来找去也没发现什么像样的值得保存的东西。李四光身兼多职，但除了必须出席的会议，他从不在类似晚会、纪念性活动这样的场合露面。他总觉得年岁越大，时间越紧，要尽可能地把有限的时间花在有用的地方。

# 奋不顾身救火车

● 小档案

　　欧阳海（1939—1963），中国湖南桂阳人，中华人民共和国革命烈士。欧阳海于1959年应征参军，在衡阳服役，同年加入中国共产主义青年团，次年加入中国共产党，并被升为班长。欧阳海在军队中多次因为勤奋劳动和刻苦训练而立功。1963年11月18日凌晨，欧阳海部在出发野营训练的途中遇到288次旅客列车沿京广线北上，一头骡子因受惊而拖着炮架冲上铁轨。在即将发生脱轨事故时，欧阳海舍身将骡子连同炮架推下铁轨，自己则被列车撞成重伤，同日牺牲。1964年，广州军区追认其为"爱民模范"，3月19日，朱德、董必武、贺龙、徐向前、聂荣臻、叶剑英人为其题词，号召全国人民向欧阳海学习。

　　欧阳海，1940年出生在湖南省桂阳县一个苦大仇深的穷人家庭。父亲重病缠身，母亲带着两个未成年的孩子沿街乞讨要饭。1949年，他的家乡来了解放军，把欧阳海一家从水深火热中解救出来。欧阳海对共产党怀有深厚的感情。13岁那年，他就报名参加解放军，因为年纪小，没有被录取。他在农村任记工员、会计，工作积极，热心助人，经常帮助没有劳动力的家庭干活，并用自己的粮食救济本村困难户。1959年3月欧阳海应征入伍。1960年5月加入中国共产党。入伍后，工作积极，训练刻苦，哪里有困难，哪里有危险，就往哪里冲，人称"小老虎"。曾两次抢救溺水儿童，一次参加灭火，并救出一位老人。三次荣立三等功，多次被树为标兵。

　　1963年11月18日，是一个阳阴的雨天。京广线上，一列北上武汉的列车，载着五百多名旅客，正刚北方奔驰。丛岭中，依稀可以看见远方的衡山白塔，前面即将进入峡谷了，司机精神一振，将身体探出窗外向前隙望，只见一队解放军骡马炮兵队正沿着铁路走来，远方一个醒目的"鸣"字飞速而来，列车拉响了长笛，飞进了峡谷。

　　突然，一件意外的事情发生了，火车临近炮队时受惊的骡马吼叫着窜上铁路站在路基上一动不动……司机拉下紧急制动闸，但是，列车依

107

着强大的惯性，向前冲去……，眼看着一场车毁人亡的悲剧就要发生了。就在这千钧一发的时刻，蓦地，从队伍中冲出一位战士，跃上铁路，就在列车向骠马撞去的一刹那，奋力将骠马推下了铁路……

列车在前面缓缓地停稳了，人们拥向出事的地方，呼唤着烈士的名字——欧阳海！欧阳海！烈士再也听不到人们的呼唤了。此刻，似乎一切都凝固了，风停了，雨住了。欧阳海慢慢地睁开了眼睛，嘴角露出一丝微笑，想说什么，头却无力地一歪，安详地合上了眼帘。欧阳海同志，为了人类最崇高的事业，献出了短暂的一生；他年轻的生命，放出无限的光辉。欧阳海，伟大共产主义战士的名字，将永远活在人民的心上。

战友在整理他的遗物时，发现他口袋里有一本《毛泽东著作选读》和一本被血渗透的笔记簿。上面写着这样的语句：“即使有一天，这个世界上没有了我，我也仍然衷心地相信：共产主义的理想必然胜利！一定会有更多觉醒了的人为它战斗！”

● 小资料

欧阳海烈士纪念碑位于新塘镇欧阳海村，是欧阳海壮烈牺牲的地方。1963年11月18日，共产主义战士欧阳海，为抢救人民列车和上千名旅客，挺身推惊马，献出宝贵的生命。1967年建碑，1972年列为省级文物保护单位。塑有欧阳海推马形象，碑旁建有陈列室，展出欧阳海成长的照片、画幅和实物，还有党和国家领导人董必武、叶剑英、聂荣臻等的题词。欧阳海烈士纪念碑在衡东县西北23公里的新塘镇，京广铁路一侧的丘陵上，纪念碑有欧阳海烈士推马救列车的水泥塑像，高10米，占地3 000平方米，旁有纪念馆，陈列有烈士的生平事迹与实物。

# 不畏艰难攀高峰

● 小档案

蒋筑英（1938—1982），浙江省杭州人，中共党员，全国劳动模范。1956年考上北京大学物理系。1962年，来到长春，考取了王大珩招收的研究生。经过导师王大珩的培养，开始了他光学界的研究。因劳累过度，于1982年6月15日下午5时3分去世，终年43岁。

1962年，当蒋筑英为了翻译一篇重要的法文文献而日夜攻读法语时，有人劝他花钱请人翻译算了，何必费那么大的工夫。可他却说自己通过努力可以解决的困难，就不要去麻烦别人。再说，咱们国家现在正是困难时期，能节约一分钱就是一分钱，党不是号召我们要勤俭节约，艰苦奋斗吗？现在正是该拿出实际行动的时候了。通过努力，他很快就掌握了法语，并把那篇文献全部译成了中文。这不仅为国家节约了开支，而且为他们的课题研究提供了方便。

　　1979年，长春光机所派他到西德去进修。蒋筑英到西德后，处处精打细算，如他经常中午在实验室吃点饼干之类的东西充饥，很少吃一顿像样的午餐。同他一起工作的西德朋友请他去吃饭，有时盛情难却，不得不去。可是，日子一长也得回请人家。下饭馆吧，花钱太多，他舍不得去。于是，他决定充分发挥自己的特别本领，设"家宴"请客。有一天，西德朋友们应邀来到蒋筑英的住处，当他们吃到蒋筑英亲手做的色香味俱佳的中国饭菜时，不约而同地翘起大拇指说："太棒了，您的手艺真不错。"就这样，他硬是从口中抠出一笔钱来。半年时间，省下的钱相当于他几年工资收入的总和。这时他写信给所领导，问需要什么器材。所领导劝他说：你在国外学习很辛苦，需要加强营养，保重身体，不要给所里买任何东西。

　　驻外机构的一位"老乡"对他说："老蒋，你应该给家里买一台彩色电视机，这是回去的人都带的。"蒋筑英说："我也真想买台电视机，不过买台黑白的就行了。"后来，他到一家旧货商店，仅用折合人民币50元的马克买了一台旧的黑白电视机。那位"老乡"得知这件事时，便埋怨他说："你真会省钱！"他却说："如果不是所里派我到这里来，连个黑白电视机恐怕也难买上，这就够意思了。"剩下的钱，他给所里买了一台英文打字机，一部录音机，19个电子计算器和一些光学器材部件。还有一些结余，回国后，他都交公了。1981年，蒋筑英第二次出国。这次是到英国和西德去验收所里要进口的设备。当他抵达伦敦时，去接他的同志，看他疲惫不堪的样子，知道他很久没有好好休息了，就去叫一辆出租车，却被蒋筑英拒绝了。到了驻地，那位同志知道他还没吃饭要去买菜时，蒋筑英拦住他说："不用了，这里有菜。""什么菜？"那位同志问道。"祖国特产——四川榨菜。你来这里好久了，一定很想尝尝家乡菜的风味吧！我打算这段时间自己开伙，省下的钱可以给实验室添购些东西。"

蒋筑英边说边从提包里取出一大包榨菜和方便面来。这次，他打算从自己口里再抠出一笔钱来，为所里多添置些器材。蒋筑英克己奉公，把省吃俭用留下的钱全部贡献给国家。是他的生活很宽裕吗？不是。事实上，自从他参加工作那天起，就一直闹"经济恐慌"。当时，家庭经济十分困难，母亲和弟弟、妹妹在家靠糊火柴盒度日。1968年，他和路长琴结婚时，没做一件新衣服，没添一床新被褥，没打一件新家具。他工作10年之后，连块手表也没戴上。结婚八九年了，家里仍然没有一件像样的家具。

蒋筑英克勤克俭为国家，究竟为的是什么？1982年1月20日，在他写给党支部的"思想汇报"里说出了自己的心里话："……每个人都要对社会尽自己的责任，这就是要为绝大多数人谋利益，吃苦在前，享乐在后，踏踏实实做对社会有益的事。只有每个人都这样要求自己，我们的社会才能进步，共产主义的远大目标才能实现。"

● 评点英雄

蒋筑英艰苦朴素的生活作风，刚正不阿的做人品格，勤奋严谨的治学态度，公而忘私的共产主义风格，生命不息追求不止的献身科学事业的精神，给所有为振兴中华、实现祖国四个现代化而拼搏的知识分子树立了光辉的榜样。

# 摘取数学王冠上的明珠

● 小档案

陈景润（1933—1996），福建福州人。中国著名数学家，1966年发表《表达偶数为一个素数及一个不超过两个素数的乘积之和》，成为哥德巴赫猜想研究上的里程碑。而他所发表的成果也被称之为陈氏定理。

1949年的一天，在福州市英华中学高二年级的教室里，同学们全都聚精会神地听着数学老师介绍一道著名数学难题——"哥德巴赫猜想"。
当时著名的大数学家哥德巴赫偶然注意到一个偶数可以表示成两个

素数的和，他一连举出几个例子，发现有同样的规律。于是，哥德巴赫猜测："任何一个偶数均可以表示成两个素数的和。"但是，当哥德巴赫试图证明这一猜想时，他却怎样也完成不了。哥德巴赫费尽心思，无可奈何之后写信向当时著名数学家欧拉求救，希望欧拉能帮他解决这个问题。欧拉知道这个猜想之后，一直到他去世，也未能将这个问题证明出来。这件事吸引了更多数学爱好者的注意，二百多年间，有成百上千的数学家想证明哥德巴赫的猜想是正确的，却没有一个人能将这个问题彻底证明清楚。

数学老师的生动讲述，深深打动了学子的心。坐在教室中间的一名少年陷入了沉思，他暗暗下决心要摘取数学王冠上的这颗明珠。从此，为这美好的愿望，他开始了不懈的努力，这名少年就是后来对数学领域作出了巨大贡献的数学家陈景润。

1950年，新中国成立后，陈景润以优异的成绩考入了厦门大学数学物理系。陈景润作为新中国第一批大学生他感到无比自豪，同时他也珍惜学习时光。他每天除了吃饭、睡觉以外，整天泡在图书馆里。1953年，陈景润因为成绩突出而提前毕业，学校分配他到北京的一所中学任教。

来到京城，陈景润没有留意大城市的美丽风光，一心扑在教育事业上。但是陈景润从小生活在南方，普通话说得不好，学生听不懂他讲的课，另外他体弱多病，讲课讲得时间长了，就累得气喘吁吁，学生考试成绩始终提不上来。陈景润是个工作极端认真的人，看到学生考不好，一着急，便住进了医院。一年之中他做了三次手术。善长数学理论研究的陈景润感到无可奈何了，少言寡语的他不适合教师这个职业。正当陈景润感到愁眉不展的时候，厦门大学的教师得知他的情况，便把他调进厦门大学，安排他当图书管理员。这对于陈景润来说，是最合适不过了。他可以博览群书，钻研数学中的奥秘。在这段时间，陈景润一连发表了几篇论文。当时有名的数学家华罗庚看到他的文章后，发现他有研究数学的才华与天赋，便建议他到中国科学院数学研究所当实习研究员。到北京后，陈景润接触到许多数学家前辈，了解数学研究的前沿问题。从此，他把自己的全部心血和精力倾注到数学研究中。

陈景润在进行数学研究时，常常忘记吃饭和睡觉，一心扑在研究上，闹出了不少笑话，人们称他为"数学怪人"。这个称呼不乏有别人对他不理解的成分，但是更多的是出自于人们内心深处对他的敬重。有一次，陈景润下班后到食堂打饭，可是大脑中仍然想着一个悬而未解的数学问题，走着走着，忘记了吃饭这回事，走了一圈，竟又回到了宿舍。就这样，陈景润用他的勤奋换来了丰硕的科研成果，引起了国内外数学界的普遍关注。特别是他在1973年发表的题为《大偶数表为一个素数及不超过两个素数的乘积之和》数学论文，把哥德巴赫猜想的研究工作往前推进了一大步，这项成果引起国内外强烈反响。数学界为纪念他的贡献，把论文的研究结果命名为"陈氏定理"。

陈景润出名了，但他没有在荣誉面前洋洋自得。相反，他的研究工作更加刻苦勤奋了。他常常工作到深夜，就连出国讲学、开会也不例外。面对取得的成就和人民赋予他的荣誉，陈景润认为，他不过是翻过了科学上的一座小山包，真正的科学高峰还有待他努力去攀登。他仍像从前那样勤奋努力，正如他说的那样，我要是不努力，就辜负党和人民的期望。可以说陈景润像老黄牛一样，不用扬鞭自奋蹄。

● 经典语录

攀登科学高峰，就像登山运动员攀登珠穆朗玛峰一样，要克服无数艰难险阻，懦夫和懒汉是不能享受到胜利的喜悦和幸福的。

# 永不停止的兴奋点

● 小档案

邹承鲁出生于1923年，20世纪40年代毕业于西南联大化学系，后到英国伦敦剑桥大学，师从凯林教授研究生物化学，获得剑桥大学博士学位。1951年回国后，在上海生化所从事酶的研究。他对呼吸链酶系的研究工作为我国酶学研究奠定了基础。50年代后期，他参加了中国胰岛素人工合成工作，在三个小组中负责A链和B链的拆合，从而确定了合成路线。他建立了蛋白质必需基团的化学修饰和活性丧失的定量关系公式和作图法，被称为邹氏公式和邹式作图法，被收入一些教科书。他的学术成果曾经多次荣获国家自然科学奖。1992年获得第三世界科学院生物学奖。

20 世纪 60 年代，我国人工合成胰岛素的消息，像一声春雷震惊了世界。作为主要负责人之一的邹承鲁自然也备受世人瞩目。1966 年，曾获诺贝尔奖的肯德瑞教授兴致勃勃地来华访问。他对胰岛素有着十分浓厚的兴趣，只可惜来的不是时候，随着"文革"的开始，邹承鲁的政治地位已经开始恶化。当他被派去给肯德瑞教授报告做翻译时，被告知不许暴露身份。

其实，邹承鲁这位 1951 年毕业于英国剑桥大学的生物化学博士，在剑桥读书时本来是和肯德瑞教授认识的，但他那天却穿了一身旧制服，风度朗朗的肯德瑞根本没想到邹承鲁就"近在咫尺"，他还真诚地问这个翻译："你在哪儿学了这么好的英语口语？"邹承鲁一本正经地说："学校咧！"

几番风雨，几度春秋，转眼又是二十多年过去了。这些年来，邹承鲁经历许多的曲折，却从没能阻止他高速运转的思维。从细胞色素到酶，从酶到胰岛素，再从胰岛素回到酶，又从酶跳到细胞色素……他的研究的兴奋点总是在不断地转移。"我天生就闲不住，闲下来就难受"，他常常这么说。攻克胰岛素难关以后，邹承鲁又回到酶的研究中。不久，他发现了"蛋白质必需基因化学修饰和活性丧失的定量关系"，并在 1962 年的《中国科学》上发表了有关论文。这就是后来享誉世界的邹氏公式、邹氏方法和邹氏作图法。正如其他的一些重大发现一样，邹氏理论一开始也没有受到重视，直到 70 年代以后，才越来越被人们所重视，并被收入到许多的教科书和专著之中。

有趣的是，1983 年，当邹承鲁在旧金山参加美国生物化学年会时被介绍认识了加州大学的芬尼教授。没想到芬尼教授的第一句话却是："原来你就是那个欠我钱的人啦？"说得邹承鲁大吃一惊，后来才弄明白是怎么一回事。原来，芬尼教授在他的书中详细介绍了邹承鲁的这项成果，但由于《中国科学》在美国许多图书馆都找不到，因此不少人都向他要复印件，为此芬尼教授"破费"了一笔钱，所以在见他以后，就忍不住跟他开了一个玩笑。

合成胰岛素和邹氏公式系列都是可以载入史册的重大成果，可是邹承鲁教授还常常说："过去的就过去了，我只对现在做的工作感兴趣。总之，越新越好。"现在他又有了新的兴奋点……由于邹承鲁教授在生物化学领域的工作中成绩卓越，1992 年他荣获了第三世界科学院奖，并被聘为第三世界科学院院士。

1965年9月17日，我国科学家完成了结晶牛胰岛素的合成，这是世界上第一次人工合成多肽类生物活性物质。蛋白质研究一直被喻为破解生命之谜的关节点。胰岛素是蛋白质的一种。而胰岛素的人工合成，标志着人类在揭开生命奥秘的道路上又迈出了一步。这一成果也是中国科学家与诺贝尔奖零距离接触的重要成果。

由于生物化学与分子生物学发展史上几个里程碑的工作都是以胰岛素为对象的，不少科学家因此而获得诺贝尔奖。例如，班廷和贝斯特于1921年发现的胰岛素为第一个蛋白质激素，可作为治疗糖尿病的特效药物，因此获得诺贝尔奖。1966年，胰岛素工作发表后，也在国际上引起极大轰动，有上百名著名科学家来信祝贺。英国电视台在黄金时间播出了中国成功合成人工结晶胰岛素的消息，《纽约时报》也用大篇幅报道了这一消息。它被认为是继"两弹一星"之后我国的又一重大科研成果。

# 学为报国　不求名利

● 小档案

张香桐，中国神经生理学家。中国科学院院士。1907年11月27日生于河北正定县。1933年毕业于北京大学生理系，1943—1946年美国耶鲁医学院生理系研究生，获哲学博士学位。历任美国耶鲁大学医学院讲师、助理教授，美国纽约洛克菲勒医学研究所联系研究员，中国科学院上海生理研究所研究员，中国科学院上海脑研究所研究员、所长，国际脑研究组织中央理事会理事，美国卫生研究院福格提常驻学者，比利时皇家医学科学院外国名誉院士等职。

1980年5月17日，世界茨列休尔德基金会决定授予中国科学院上海生理研究所神经生理学家张香桐1980年度茨列休尔德奖金。

张香桐在针刺麻醉机制的研究方面有很大突破，所以美国卫生部授予张香桐国际学者的最高荣誉。张香桐是怎样在科学领域中追求和探索的呢?

张香桐生于河北农村,小时家境贫寒,他常把自己比做仙人掌科植物,生存的能力很强,他一方面念书,一方面又挣钱养活自己和接济家庭,度过了极为艰苦的5年大学生活。

张香桐在大学本来学的是心理学,可是他却喜欢生物、医学。因此他跑到生物系听课,到协和医院当特别生。1933年大学毕业由于成绩优异,他被留在北京大学当助教,开始了他的研究工作。这期间,他写了许多论文发表在中外刊物上。1942年张香桐得到美国耶鲁大学生理学系教授伏尔敦的帮助,进入耶鲁大学,在世界著名的神经生理实验室学习研究,并攻读博士学位。

在读博士学位的几年时间里,张香桐虽然拿到了奖学金,但生活还是很清寒的。为了能维持生活,他不得不到殡仪馆去给死人化装,到实验室里做尸体检验工作,给教授的生理学书画插图。尽管生活困难,他还进行了创造性学习和研究,他把自己的全部精力花在科学上,他先后写成18篇论文,发表在美国的科学杂志上。1946年,张香桐获得博士学位并进入美国航空医学研究室工作。张香桐批驳了减压能使内耳出血,提出减压只能引起中耳出血。美国的航空医学家经过4个月的试验工作,证明张香桐提出的观点是正确的。

张香桐还研究了人的大脑,解释了脑电图的形成,另外他还首次发现了大脑皮层神经原的树突电位,并且他还研究视觉生理,给信号灯采用红色作了科学的解释。张香桐的研究成果一个又一个,这不仅反映出他有聪敏的智慧,而且有坚强的毅力。没有聪敏的智慧,就发现不了新的科学现象,没有坚强的毅力,即使发现了新的科学现象,也无法把它抓住而深入地研究下去。

张香桐在美国拥有优厚的物质待遇和良好的研究条件,但他始终眷念自己的祖国。1956年秋,张香桐终于借讲学的机会,由芬兰乘火车取道东欧经莫斯科回国。

对脑的研究,原来我国几乎是空白,既没设备,又没人才。张香桐建立了中枢神经系统生理实验室,带领一批青年开展脑研究工作。由于张香桐对脑研究提出过创造性理论,因此他的生理研究室常常有外国朋友参观学习。

20世纪60年代,针刺麻醉在我国许多地方开展起来,但针刺为什么能麻醉呢?在当时,中国对这种现象还没有肯定的、合乎实际的解释,他开始了对这个问题的探讨。为了体验针刺的感受，张香桐亲自进行试针。试针的那天，他像病人一样躺在手术台上，施行手术的医生像替病人开刀一样，为他消毒，为他扎针、量血压、测量痛阈……医生在他身上扎了几个穴位，经过提插、捻转，他体会到"酸"、"麻"、"重"、"胀"的感觉，像电一样向全身放射。这次试针为张香桐以后的研究带来极大的帮助。

张香桐领导并直接参加工作的针刺镇痛研究组，历经10年的研究，发表了一百多篇论文，对针刺镇痛的原理从科学方面进行解释和论述。他提出，针刺痛是一种脑功能，是不同感觉传入中枢神经系统内相互作用并进行整合的结果。并且他对提出的理论做了全面系统的论述。张香桐领导的针刺镇痛研究工作，受到国内外普遍重视，美国为此授予他茨列休尔德奖金。张香桐在医学生理研究上，走了一段漫长的道路，如今这位年逾古稀的科学家，带领他的助手和学生们，依然勤奋地工作着，这预示着我国脑科学研究有着美好的明天。

● 经典语录

我们要热爱党，热爱祖国，热爱科学事业。

# 用残缺的身体写就成功的美丽

● 小档案

张海迪，生于济南，中国著名残疾人作家，哲学硕士。现任全国政协常委，中国残疾人联合会主席，中国作家协会委员，山东省作家协会副主席。1960年张海迪五岁时因患脊髓血管瘤导致高位截瘫，1970年又随父母下放至山东聊城莘县，自学完成了小学、中学和大学的学习，并学习针灸，在当地行医。1982年7月23日同王佐良结婚。1983年中国共产党决定将张海迪树立为宣传偶像。张海迪得到了两个赞誉：一个是"八十年代新雷锋"，一个是"当代保尔"。张海迪历任第九、十届全国政协委员。2008年11月当选中国残联第五届主席团主席。

"活着，就要做一个对社会有用的人"，这是张海迪的人生信念。这个信念一直激励着张海迪以顽强的毅力和恒心与疾病作斗争，在知识的海洋里艰苦地探寻。

　　五十多年来，在经历了6次大手术、承受了常人难以想象的病痛折磨的情况下，她自学了小学、中学的全部课程，并自学了大学英语、日语、德语，攻读了大学和硕士研究生的课程。1991年张海迪患黑色素癌。手术后，她的身体状况差到极点，每两个小时就要上一次卫生间，但她依然坚持就读于吉林大学哲学系，获得了哲学硕士学位。

　　为了对社会作出更大的贡献，张海迪先后自学了《内科学》、《针灸学》，为群众无偿治病一万多人次。她经常去福利院、特教学楼、残疾人家庭，看望孤寡老人和残疾儿童，为灾区的孩子捐款六万余元。她热情洋溢的演讲和美妙的歌声，鼓舞着无数青少年奋发向上。

　　1983年，张海迪开始从事文学创作和翻译工作，先后翻译了英语小说《海边诊所》，编著了《向天空敞开的窗口》等书籍。其中，《轮椅上的梦》在日本和韩国出版，《生命的追问》在不到半年的时间里重印3次，是获中宣部"五个一工程"奖的第一部散文作品。她创作的长篇小说《绝顶》在2002年出版后，荣获6项国家级奖项。

　　张海迪用残缺的身体写就了美丽的人生。她以顽强克服自身障碍的精神，为残疾人进入知识的海洋开拓了道路。

● 启示

　　邓小平亲笔题词："学习张海迪，做有理想、有道德、有文化、守纪律的共产主义新人！"这就是我们学习"海迪精神"的核心内涵。新时期，我们仍要学习海迪有理想的精神，学习她不畏艰难险阻，不怕人生困境和不幸，自强不息，树立崇高和远大理想，并朝着自己的理想坚忍不拔，持之以恒，努力奋斗；学习海迪有道德的精神，在身体残疾的情况下，自觉克服各种常人难以想象的困难，大公无私，无偿帮助身边的孩子学习文化，无偿帮助村民治病，等等；学习海迪有文化的精神，虽然身体残疾，但仍刻苦努力，发奋苦读，学完了小学、中学全部课程，自学了大学英语、日语、德语，并攻读了大学和硕士研究生的课程；学习海迪守纪律的精神，自觉遵纪守法，在担任山东省作协副主席、中国残联主席等公职期间，克己奉公，清正廉洁，为党和国家的发展，为人民生活的幸福奉献自己的聪明才智。张海迪曾经说过："是颗流星，就要把光留给人间。"人生不论长短，但要看他为社会和他人都做了些什么，哪怕是颗流星，也要把那束光留在人间。每个人都要重新审视"海迪精神"，深挖其内涵和精髓，用"海迪精神"去创造财富，实现人生梦想。

学习"海迪精神"，当然不仅仅体现在这些，还需要我们认真理解，加深认识。学习"海迪精神"永无止境，新时期，让我们在学习"海迪精神"中自觉奏响新时代的精神强音！

# 茫茫戈壁的航空故事

● 小档案

高歌，男，汉族，1945年1月出生于江西省上犹县，在著名航空动力专家宁榥教授的指导下，完成沙丘驻涡火焰稳定器设计和研究工作，该项成果于1984年获国家发明一等奖。

1962年高歌考入北京航空学院。当时他认为从此能为祖国的航空事业出力了，可是"文化大革命"一场动乱袭来，他被改行分到青海工作，他的美好愿望成了泡影。

他工作的单位叫茫崖电厂，位于柴达木西部，戈壁滩沙漠的西南边，那里海拔三千多米，气压很低，高山反应严重，每年有八个半月最低气温在零下30度左右，夏天也得穿毛衣。高歌没有在恶劣的自然条件下屈服，也不顾当时那使人窒息的政治气候，抓紧时间，拼命学习，很快他就担负起了全厂动力设备的技术工作。他没有放弃自己所学的专业，每次探亲回来，他总是搜罗一些被人们抛弃的专业书，带回工厂，悉心研究。

历史正如人们所盼望的那样，严寒终于过去，明媚的科学春天又回到了人间。1978年5月，研究生招生制度刚一恢复，高歌又跨进了母校——北京航空学院参加研究生入学考试。

如果说上大学是出于对航空事业的好奇心，那么这次他是想铁心干一番事业，把自己的一切都献给所热爱的祖国。他在听着发动机系老师介绍可供研究生选择的科研方向，无巧不成书，当一听到"火焰稳定器"时，高歌心灵中的窗户一下打开了。那荒漠上的一个个沙丘，又浮现在他的脑海。他想沙丘稳定的自然现象，与火焰稳定器工程问题之间是否存在某些共同规律？一个疑团埋在了他的心底。他满怀探索这一奥秘的愿望，选定了火焰稳定器这一研究方向，考取了著名的航空发动机专家宁榥教授的研究生。

科研方向一定，高歌如追星赶月一般，疾速回到自己熟悉的沙漠地带。这浩瀚的沙漠一时成了他的天然实验室，他一会观察大量的大大小小的各类沙丘，一会在沙丘上抛撒碎草让风吹动，观察气流经过沙丘时的运动情况，一会用尽力气将一个个沙丘破坏一部分，看风吹过沙丘会发生什么变化⋯⋯

他带着在荒漠上收集到的感性认识来校报到学习，有着丰富经验的宁榥教授听到高歌对沙丘的描述，很快意识到此种自然现象对于研究火焰稳定器有一定联系，并联想到美国人曾研究过的"雪堆"问题。时至今日，世界各国为解决喷气发动机火焰稳定问题，付出了巨大的人力和财力，但是，三十多年来一直没有跳出老框框。他鼓励高歌要"发奋研究，有所建树，为国争光"。并将自己几十年用心血积累的二十多本有关漩涡方面的读书笔记和心得倾囊托出。并提醒高歌："要把注意力集中在对随涡的研究上，在计算方面，尽量寻找工程上易于使用的方法。"

高歌牢牢记住师的话。他潜心思索，刻苦钻研，在理论上首先得到了满意的结果。按照他提出的"漩涡局部稳定性理论"、从理论和实践方面纠正了几十年来人们认为"阻力越大，火焰越稳定"的片面结论。在这方面，他撰写的两篇论文，先后在国际学术会议上发表，引起了与会学者的很大兴趣。

理论的强大生命力，必须用工程实践来检验它，高歌开始了研究工作。因为是自选课题，缺少经费，开始他仅有一个研究生的研究费用，怎么办？他决心不坐等条件，要因陋就简，在工作中创造条件。他在别人的帮助下，买来了两大罐液化石油气，借来了流量表，开始了试验。试验十分顺利，结果与理论计算相当吻合。他非常高兴，老师和同学都为他庆贺。

1981年，高歌研究生毕业，并获得硕士学位。沙丘驻涡火焰稳定器的发明是世界航空喷气发动机部件技术研究方面的一大收获。高歌成功了，但这一切是他花了16年的准备和奋斗得来的。

● 评点英雄

著名航空专家吴仲华教授对高歌说："你在青海10年能有这个重大发现，值得！"1984年12月1日，国家发明奖评审委员会经过严格审核，决定给高歌等研究成功的"沙丘驻涡火焰稳定器设计理论及方法"颁发国家发明一等奖。著名科学家钱学森高度评价这一成果，认为它是一项"为中国人争气的、很有价值的重要发明，是一个很大的技术突破，是在航空发动机领域里的重大建树"。

# 活到老　学到老　工作到老　改造到老

● 小档案

唐敖庆（1915—2008），男，化学家。江苏宜兴人。1940年毕业于西南联合大学化学系。1949年获美国哥伦比亚大学博士学位。国家自然科学基金会名誉主任，吉林大学教授、名誉校长。复旦大学兼职教授，理论化学家、教育家和科技组织领导者。

20世纪80年代初，具有世界性权威的"国际量子、分子研究会"经过投票表决，接受中国科学家唐敖庆教授为该会第29名成员，并聘请他担任该研究会主办的《国际量子化学杂志》的顾问编辑，负责审阅或裁决关于群论、图论的量子化学方面的文章。

"国际量子、分子研究会"的成员均为世界一流科学家，在唐敖庆之前的28名科学家中有7名诺贝尔奖金获得者，唐敖庆是这个组织中唯一的中国化学家。他获得国际上的承认，绝非偶然，他所取得的成就是令人瞩目的。他的学术论文不仅多次在国内获得不同科学院和国务院的奖励，而且在国际上也有相当的影响。如果说英国科学家柯尔逊一生提倡理论化学，在英国奠定了理论化学这门学科的基石，那么中国理论化学的奠基人当推唐敖庆教授。

1950年1月对于唐敖庆教授来说，是极其难忘的。正是在那段难忘的日子里，已在美国哥伦比亚大学获得博士学位的中国留学生唐敖庆，面对美国议会通过的所谓救济中国留学生提案的诱惑，毅然冲破重重阻力，回到了祖国。

两年后，唐敖庆又服从工作需要，举家迁往长春，担任了东北人民大学(后改为吉林大学)物理化学教研室主任，并很快投入到了紧张的教学和科研之中。又是两年过去了，他的学术论文《分子内旋转的阻碍势函数问题》诞生了。这理论使几十年国际上进展不大的科学难题迎刃而解。论文发表后，受到国内外学术界的审视。苏联化学家沃肯斯在一个著作中，几乎用了一章的三分之二篇幅引用和阐述这篇论文的成果和价值。这项成果可以说是唐敖庆教授为开辟中国量子化学事业所埋下的第一块基石。20世纪50年代后期，唐敖庆转入"高分子动力学统计理论"的研究，又取得了一些新的成果。60年代，唐敖庆教授开展配位场理论研究，这项重大的成就被列为了1966年北京国际物理讨论会的优秀成果之一。

20世纪70年代，他开始研究分子轨道理论，对国际上三个学派的观点进行了评价，并建立了自己的计算方法、计算公式和新的理论，把分子轨道对称守恒理论从定性阶段提高到半定量阶段。1977年夏，唐敖庆在世界科学讲坛上公布了"分子轨道图形理论"，受到了国际化学界专家的好评。

1982年，唐敖庆教授领导和亲自参与的"配位场理论研究"，荣获了国务院颁发的自然科学奖一等奖。之后，他又开始重点钻研"分子动态学"和"原子簇比合物的结构规则"这两个新课题。

唐敖庆刚到吉林大学时，这所大学在全国排在第13名，而现在已成为全国重点大学。特别是它的化学系课堂教学水平是全国一流的，而唐敖庆任荣誉所长的理论化学研究所，更是成为了全国量子化学的研究中心和基地。

为开辟这块基地，唐敖庆在这里度过了三十多个春秋，除了在"文革"中被审查、下放几年外，他一直没有离开教学和科研第一线，三十多年的心血全倾注在了这里。如今，唐敖庆教授更是桃李满天下，他以前的许多学生都已成为中国量子化学领域的中坚力量。

唐敖庆教授为报效祖国，毅然放弃了国外优越的生活和工作条件，在祖国相对艰苦的条件下，取得一系列位于世界先进水平的科研成果。不仅得到了祖国人民的尊重，也得到了外国同行的肯定，难怪瑞典著名物理学家、国际量子分子研究会主席、瑞典皇家科学院诺贝尔奖评选委员会委员罗夫丁来中国访问后，也感慨地称唐敖庆为"中国量子化学之父"呢。

## ● 评点英雄

唐敖庆，理论化学家、教育家和科技组织领导者。他在组建理论化学队伍和研究机构中做出了突出业绩。他是中国理论化学研究的开拓者，在配位场理论、分子轨道图形理论、高分子反应统计理论等领域取得了一系列杰出的研究成果，对中国理论化学学科的奠基和发展作出了贡献。他还曾任国家自然科学基金委员会首届主任，创建了中国的科学基金制度。

# 美好的心灵

## ● 小档案

张华于1958年10月出生在黑龙江省虎林县一个革命军人家庭，上小学、中学时，一直品学兼优，连年被评为三好学生，曾出席县、地积极分子代表大会；在地方农场劳动时，是劳动模范、优秀共青团员干部，曾出席县共青团代表大会。1977年参加中国人民解放军后，多次受到奖励，是岗位练兵标兵。1979年加入中国共产党。

1979年秋，张华以沈阳军区空军系统第一名的成绩，考取了第四军医大学空军医学系。张华在学习、思想、作风、纪律、道德各个方面严格要求自己，时刻"以雷锋为榜样"，"做时代的英雄"。他在日记中写道："只要党的事业需要，我将视死如归。""我活着就要为人民群众解除痛苦，这是我最大的幸福。"他像雷锋那样关心集体，乐于助人。在学校，他是军人委员会副主任，利用假期办小报，宣传学校里的好人好事，给学员家长寄发喜报。在火车站，他看到有的旅客带很多行李步履艰难，便主动帮助搬扛。他像雷锋那样爱憎分明，见义勇为。一次在公共汽车上，张华发现一个小偷在行窃。他挺身而出，喝令小偷将偷来的钱包交还事主。他像雷锋那样关心国家利益，保护人民财产。一年，张华暑假探望父母，正赶上当地山洪暴发。张华只和父母打了个照面，转身就上了工地，参加抢险救灾。他凭着好水性，将一根根施工的木头、一件件建筑器材打捞出来，然后又找来麻绳、铁丝捆好。他打捞的东西，堆成了一座小山。直到第二天凌晨，他才回到爸妈的身边。他像雷锋那样发扬钉子精神，在学习上有股挤劲和钻劲，各门功课取得了平均80分的好成绩。被誉为军营里的好战士，校园里的好学员。

1982年7月11日上午，西安市灞桥区的一位农民在公共厕所掏粪时，被强烈的沼气熏倒掉入粪池，生命危在旦夕。刚刚下课路过此地的张华，听到了群众的呼救声后，立即跑到现场。他把背包往地上一扔，迅速脱下军装，一把拽住正要下去救人的个体裁缝李正学，坚定地说："你年纪大，不要下去，让我下去。"边说边跳入粪池。此时，掉入粪池的农民已经俯卧在粪水里，只有头发露在外面。张华一把将老汉拽起，顺手抱住他的腰间，大声向池边的人喊道："快放绳子，人还活着。"话音刚落，张华也被刺鼻的臭味熏昏，倒入粪池中。

在场的群众把张华救起来送到医院，但他终因吸入毒气太多窒息而不幸牺牲。当同学们为他洗净脸上的粪污，看到他安详、微笑的面容时，就像又看到他在农场劳动拦住惊牛救出女青年的惊险情景；就像又看到他在公共汽车上为老大娘擦净嘴里呕吐物的耐心样儿；就像又看到他刚刚跳进洪水中抢救群众财产喜悦归来的笑脸……

● 经典语录

我们不仅要在外表上像个大学生，更重要是在心灵上、道德上、知识上都是个大学生。

● 评点英雄

张华的英雄行为和高尚品格，在全社会产生强烈反响，引发了一场"人生价值如何衡量"的全国范围大讨论，对当代青年树立正确的人生观价值观产生了重大影响。1982年11月25日，中央军委发布命令，授予张华"富于理想勇于献身的优秀大学生"荣誉称号。总后勤部党委作出关于开展向张华同志学习的决定。教育部、卫生部先后发出通知，分别在全国高等学校和卫生系统开展向张华学习的活动。张华生前所在的学员大队，坚持以张华精神建队育人。1998年7月张华被中央军委授予"模范学员大队"荣誉称号。

# 舍己为人

● 小档案

韩余娟，女，1971年9月生。中国少先队模范队员。江苏宿迁人。宿迁县塘湖乡中心小学学生。1981年起坚持照顾一位七十余岁的孤寡老人。1983年8月14日晚与老人同住，在房顶水泥檩条突然断裂时，迅速将老人推到安全处，自己不幸牺牲。1984年共青团中央授予她"舍己为人小英雄"称号。

韩余娟，1971年9月13日生在江苏省宿迁县塘湖县的安圩村。她上学的第一天，就将自己画的雷锋叔叔像、张海迪大姐姐像夹在笔记本里，决心学习他们当一名有志气的好学生。

1983年8月14日，这是韩余娟12岁短暂的生命历程中最光辉的一天。这天早晨，她和往常一样，先给五保户的傅奶奶提水、烧饭、梳头。中午，放学回来，她割了一捆猪草。晚上，她从自己家里拿来了一些韭菜、粉丝，为傅奶奶包了两碗饺子。煮熟了，盛到碗里，端给傅奶奶。傅奶奶感动地说："余娟，要不是你，我一年也吃不上饺子啊！今天是这个月第几次包饺子啦？"韩余娟笑了，说："奶奶，不用管几次！您快吃吧，告诉我，好吃不好吃？""好吃，好吃！"老奶奶尝了一个，就不再吃了。韩余娟纳闷，问："奶奶，您不是说好吃吗？怎么不吃啦？"傅奶奶望着韩余娟，说："这第二个饺子，要你吃。你不吃，我就不吃！"韩余娟走上前，说："好，我吃。不过，只吃一个。"说罢，一老一小，开心地大笑起来。

她看着傅奶奶香甜地吃完了饺子，才回到自己家，吃了一碗面条。吃罢饭，她急忙来到韩余银家，为他补课。韩余银用商量的口气说："今晚有电影，咱们去看电影吧？"韩余娟摇摇头说："不行。傅奶奶还在家等着我呢。"她补完了课，就急忙回到了集体仓库，笑着问："傅奶奶，今儿个您还给我讲故事吗？"傅奶奶说："今天，不讲了。你明天还要早起，咱们就早点儿睡吧。"韩余娟答应了一声，接着打了热水，替傅奶奶洗了脚，就和傅奶奶一起躺下了。夜，渐渐深了，她和老人都进

124

入了梦乡。忽然，一阵沙沙沙沙的怪声音，将韩余娟惊醒了，她叫醒了傅奶奶问："您听，是什么声音？"老人听了听说："兴许是老鼠闹的。"韩余娟不放心，就坐起来，划根火柴，点亮了灯。她顺着声音寻找，忽然看到房上的水泥檩条已经断裂，正在吱吱呀呀往下弯。那房顶正摇摇晃晃坍塌下来。"不好啦——危险——"在这千钧一发之际，她使出全身力气，把刚刚从床上爬起来的傅奶奶往门口一推……轰隆隆的巨响，惊醒了村子的许多人。他们迅速循响声找来。第一个跑到现场的是生产队长王伯奇。他打着手电，发现仓库房子倒坍了，傅奶奶蜷曲在墙角，惊吓得说不出话来。屋里仿佛传出低微的喊声。"余娟呢？"队长问。

大家发现韩余娟躺在芦笆、瓦片和水泥檩条的下边在呻吟。"快救人！"老队长丁玉山和王伯奇轻轻抬起檩条，扒开杂物。吴良自大叔把韩余娟抱在怀里，迅速跑向卫生院。这时，韩余娟神志清醒。吴大叔问："小娟，别怕，我们马上去医院。你说，怎么回事？"余娟忍住钻心的疼痛，慢慢说："我看房顶要塌，就推了傅奶奶一把。后来，就什么也看不见了。" 到了县医院，一检查，发现韩余娟的小肚子上被砸了一个洞，左手掉了两个手指，右大腿上被撕下巴掌大的一块肉，整个下身血肉模糊……

在场的人没有不落泪的，都说："老天爷不长眼，怎么能伤害这么好的孩子呢！唉，可怜呀……"傅奶奶非要赶来医院看看小娟。她痛哭失声，老泪纵横，哀求医生说："她是为我才被砸成这样的，求求医生，无论如何也要救活她呀！"

但是，韩余娟的伤势过重，失血过多，到了9月2日，她已经是时而休克，时而醒来。她妈妈泣不成声，问她："孩子，你想要什么，尽管说，妈给你买。"是啊，小娟在世上活到12岁，上了三年级，她从没主动要过什么；长到这么大，就连照片都没照过一张。她微睁双眼，嘴唇动了动说："我什么也不要。妈，我不要您会伤心吧？那，我就要一朵小红花吧。"一朵小红花……

小红花买来了，给她戴在头上。她笑了，笑得很甜，很甜。9月3日下午，韩余娟离开了人世，戴着那朵红花走完了短暂的生命之路。

● 经典语录

党爱我，我爱她，我们从小就听党的话。党的温暖像太阳，党的关怀像妈妈。我是党的一朵小红花。

# 奥运第一金

● 小档案

　　许海峰，1957年出生于福建，我国著名的射击运动员，任国家射击队总教练和国家体育总局射击中心副主任。在第23届奥运会上，获男子手枪60发慢射冠军，成为该届奥运会首枚金牌得主，同时也是中国奥运会历史上的首位冠军得主，打破了中国奥运上金牌"零"的纪录。从教后，他培养出了更多的奥运冠军。许海峰是名副其实的金牌运动员和金牌教练。

　　1984年7月美国洛杉矶奥运会上，中国选手许海峰获得男子自选手枪金牌。消息一传出，中国的同胞们欣喜若狂，在场的老华侨热泪盈眶，所有炎黄子孙为之豪情激荡。是啊，中华民族期待这个时刻已太久了，这使中国奥运会金牌梦想变成现实，实现了零的突破。

　　1957年8月1日，许海蜂出生在福建省漳州市一个军人家庭，弹弓从小时候开始对他就有巨大的吸引力，甚至十六七岁了，他依然对这种拉弓、瞄准、击中目标的游戏乐此不疲。

　　后来，许海峰上了高中，一次学军课他第一次拿起枪，并真枪实弹地打过靶。空枪预习两天后，实弹射击他三发两中，得了个第一。从此，许海峰爱上了射击，并想做个军人。但由于种种原因许海峰的从军梦破灭了，这给许海峰留下深深的痛楚。为了慰藉一颗爱枪的心，他用几年节省下来的几十元钱买了一支气步枪，从此他的生活变得开阔起来。一有时间，许海峰就抓起枪来，树上的麻雀，田里的石头，路边的烟头，都成了他射击的靶子。射击给许海峰带来了无穷的乐趣。

　　由于他打枪出奇地准，有人把许海峰推荐到巢湖地区集训队。两个月后，许海峰代表巢湖地区参加安徽省第四届运动会，他获得了全省冠军，破了省纪录，这一年许海峰22岁，但他还是个业余射击队员。1982年冬天，年已25岁的许海峰被调到省射击队集训。许海峰一头扎进训练中，在他的时间表上，从此没有了休息日。功夫不负有心人，在教练欧得宝的指导下，他的射击技术水平有了全面提高。

1983年3月，许海峰参加华东协作区射击赛，他的成绩是587环，超过当时583环的全国纪录，许海峰获得这项比赛的冠军。也正是这个时候，国家射击队注意到他了。1983年的7月1日，许海峰被调到国家队，并作为中国射击队的一员，参加在印尼举行的第五届亚洲射击锦标赛。在这次锦标赛上他获得银、铜两枚奖牌。紧接着，在南京举行的中国和联邦德国射击对抗赛上，他又获得自选手枪金牌。11月，他又被召进国家队，参加23届奥运会集训。

　　国家队的自选手枪项目有六名集训队员，许海峰在其中资历最浅，但许海峰毫不气馁，在他的勤奋努力与有经验的名师指导下，他的技术水平又有了进一步提高。终于，许海峰在奥运会预赛中，以568环的成绩夺得奥运会预赛冠军，这更坚定了他在奥运会上夺取金牌的信心。

　　正式的奥运会比赛在1984年7月29日9点钟开始了，许海峰先打9发试射，情况正常。他要了记分射。记分组的前两组他打得相当放松，两个97环是一个良好的开端。许海峰没想到接下来的两组打得保守了，都是93环。这时，许海峰把枪搁在射击台上，离开赛场，静静心情。半小时过去了，许海峰回到自己的靶位上，开始第五组射击，心情已很平静。这一组他打了95环，对自选枪项目来说这是个不错的数字。还剩下最后的3枪了，许海峰的心在呼唤着：许海峰，拿出平日的精神，让人看看。最后的3枪许海峰打得很谨慎，他坚持没有十分把握不扣扳机，过了稳定击发期就重新举枪，终于决定性的3枪打出去了，两个10环，一个9环。

　　最终许海峰以569环的成绩获自选手枪比赛冠军。这是历史上第一次由中国人获得奥林匹克金牌的项目。站在五星红旗下，许海峰心潮起伏，他想起了平日里老师对他的帮助，想起了过去的几百个难忘的日日夜夜……国际奥委会主席萨马兰齐先生立即向全世界宣告："许海峰是中国人获得第23届奥运会的第一枚金牌。"许海峰终于圆了他的冠军梦，终于使中国人民扬眉吐气了。

　　● 经典语录

　　只要干，就要干好，这是我的人生哲学。

# 连接东西方文化的桥梁

● 小档案

王永民于 1943 年 12 月 15 日出生于河南南阳南召县，五笔字型汉字输入法的发明人，北京王码电脑公司总裁。

20 世纪 80 年代初期，曾经使中华民族引以为豪的、有着 5 000 年历史的汉字，遭到前所未有的挑战和冲击。代表西方高科技的产物——电脑，在挺进东方古国的进程中，汉字成了最大的绊脚石。在人类文明史上，文化工具和书写方式发生过几次大的变革，其中最显著的变革，也即现在兴起的这一次——电脑处理文字的技术。于是，对汉字的指责纷飞而至。有人说："中国几百年的落后应归罪于汉字。"有人断言："不废除汉字，中国就不能普及使用计算机。"似乎中国人要么不用电脑，要么废除汉字。电脑给汉字提出了历史性挑战，而汉字则面临着生死的抉择。

而此时有一个人却知难而上，他就是王永民。1978 年，他争取到一个省重点科研项目——汉字校对照排机，旨在设计一个性能优良的汉字输入键盘。为此，他放弃了报考研究生的机会。他不曾料想到，汉字输入这项事业使他的名字得以载入史册。但他极自信，正是这种自信，使他踏踏实实，不屈不挠地干下去。他知道自己的课题，远不只是一个照排机的问题，而是一个涉及面更广、影响更深远的崭新的科学领域，他决心在这个新的领域为中国人争口气。

汉字输入电脑，是举世闻名的难题。20 世纪 70 年代，世界上最大的电脑公司 IBM 公司，曾试图有效地解决汉字电脑化问题，耗费 6 500 万美元，最后徒劳无功，只好作罢。汉字输入究竟"难"在何处？中国汉字多达 47 035 个，但电脑的键盘上只有 26 个字母。成千上万个汉字如何高效率地输入电脑的问题，被世人称为最难突破的"关卡"。

因此，欲突破汉字输入电脑之"难"，必得从突破汉字之"多"入手。王永民定下了主攻方向，他一头扎进了浩如烟海的汉字中。王永民拜著名学者郑易里为师，把能搜集来的字典、词典都拿来分析，把每一个字都拿来解剖登录——仅此一项工作，抄写的卡片就有12万张，垛码起来足有三层楼高。王永民含辛茹苦，经过4年奋战，以拥有多学科知识的综合优势，把现代汉语常用的12 000多字用6 000多字根表示出来。然后他又和助手用了一年时间，把6 000多个字根精减并组合摆放在180键、140控、120键……36短、26控，最后是25键之内，形成只用100多字根，排列井然有序，编码方法构思巧妙，输入效率极高的电脑汉字输入法。

1984年，王永民带着他的五笔字型参加全美软件展览并应邀到联合国进行操作演示。演示结束了，开始计数，"每分钟120字"。现场的官员和电脑专家们目瞪口呆了。

"不可思议。"中国人在如此短的时间内，创造出如此神奇的方法，获得如此惊人的效果，输入速度居然超过了英文，实在是难以置信。

当日，英国的报纸和纽约的电视，报道了"五笔字型"。一些报纸赫然写道，"举世称难，今迎刃而解"，"中国软件大突破"。"五笔字型"已成为世界舞台上的佼佼者，但要把这项技术，让千百万人熟练掌握，这是一项艰巨的事业。为此，他又进行了极为艰苦的推广普及工作。

终于王永民的心血换来了丰硕成果。五笔字型已成为我国用户和装机种最多的汉字输入技术，并且走向世界，为祖国争得许多荣誉。英国、美国等一些公司纷纷购买了"五笔字型"的专利使用权。王码已风靡中国大陆，占据中国香港、新加坡、马来西亚市场。1992年王码又获"电脑软件蓝带金奖"，这是我国电脑技术产品迄今获得的最高荣誉。

● 评点英雄

如果没有王永民的苦心发明，古老汉字输入可能会走向另外一条道路。五笔字型避免了中国计算机发展走弯路的危险，避免了中国计算机畸形发展的可能。王永民的意义绝不仅仅在于发明了一种叫做五笔字型的输入法，他的历史意义在于，冲破了国内汉字形码快速输入须借助大键盘的思想束缚，首创26键标准键盘形码输入方案。这个意义比五笔字型本身的意义要深远得多，它开创了汉字输入能像西文一样方便输入的新纪元。

● 启示

未成年人也是社会的一份子，也要有社会责任感，号召青少年学习雷锋精神和赖宁精神，养成他们对社会的责任心和见义勇为的精神是必要的。

# 爱的奉献

● 小档案

吴登云，男，汉族，江苏省扬州市人，中共党员。1940年出生，新疆克孜勒苏柯尔克孜自治州乌恰县人民医院原院长。吴登云大学毕业后，响应党的号召，志愿来到祖国版图最西端的乌恰县工作。他热爱边疆，多次放弃回家乡或条件较好地方工作的机会，以高尚的医德和精湛的医术，忘我工作，无私奉献。他是中共十六大、十七大代表，荣获全国五一劳动奖章和白求恩奖章。

40年前的夏天，一个年轻的小伙子从扬州医专毕业，来到了"万山之祖"帕米尔高原。这里是我国版图上最西端的县——新疆维吾尔自治区乌恰县，这里生活着4.2万各族人民，其中柯尔克孜族占总人口的70%。

这个扬州小伙名叫吴登云。39年来，吴登云如一株坚韧的胡杨扎根在戈壁荒滩，把自己的全部心血和爱献给了那里的人民。

1966年冬天，一位患功能性子宫出血的柯尔克孜族妇女住进了乌恰县人民医院。她脸色苍白，双眸无神，没挪几步就一身虚汗。年轻的医生吴登云判断，必须输血治疗。然而，只有几间土坯房的简陋医院，哪里有血库呢？望着奄奄一息的病人，吴登云决定抽自己的血。300毫升的鲜血从吴登云的体内流进了柯尔克孜族病人的血管。病人的眼睛有神了，她惊喜地说："我的身上长力气了！"

第一次献血就这样开始了。看到自己献出的是一点血，而挽救的却是病人的健康和生命，吴登云认为自己做得太值了。三十多年来，他无偿献血三十多次，共计七千多毫升，相当于一个成年人全身血液的总量。

波斯坦铁列克乡牧民买买提明永远也忘不了吴登云为他儿子植皮的一幕。

那是1971年12月1日，买买提明两岁的儿子玩耍时不慎扑入火堆，全身50%以上的皮肤被烧焦。吴登云感到阵阵揪心。一连十多天，他全身心地投入抢救，幼儿终于度过了休克关、感染关，接下来就是创面愈合的难关了。但是，幼儿完好的皮肤所剩无几，怎么忍心过多取用那些细嫩的皮肤呢？

吴登云把目光投向了幼儿的父亲。买买提明听说要从自己身上取皮，吓得惊恐万状，连连说不行。吴登云决定从自己身上取皮。"什么？哪有医生取自己的皮，不行不行！"手术室护士拒绝配合吴登云。吴登云只好自己给自己注射麻药。他先从两条大腿上取皮，随后，又在小腿上注射麻药，果断下刀。10分钟后，他一共从腿上取下13块邮票大小的皮肤。接着，他拖着麻醉的双腿走上了手术台，把自己的皮肤植到幼儿身上。幼儿得救了，如今已是两个孩子的父亲。

1984年金秋，吴登云走上了乌恰县医院院长的岗位。当时面临最大的问题就是医务人员短缺。"必须培养一批土生土长的柯尔克孜族医生！"吴登云制订了一个"十年树人计划"，他到各乡镇卫生院物色柯族医护人员，白天上班，夜里帮助柯族同志学习汉语。然后把他们送到自治区医院去进修一年，进修回来，他又手把手地传帮带，使一大批柯尔克孜族医生成长起来，现在医院70%以上的业务骨干都是柯尔克孜族。过去这家连阑尾炎手术都做不好的医院，现在几乎所有的常规手术都能做，医疗水平在边疆县级医院中领先。

走进乌恰医院，六十多个花坛把医院装点得如同花园一般，在"生个娃娃容易，种活一棵树难"的帕米尔高原，实在是一个奇迹。1985年大地震之后，乌恰县城易地重建在戈壁滩上。为给病人创造良好的就医环境，吴登云又提出一个"十年树木工程"。没有土，他们就到7公里外的老城去拉，一个树坑一个树坑地垫土。没有水，他们就从雪山下挖了一条12公里长的引水渠。一年接着一年，硬是在戈壁滩上建起了一座园林式的医院。

2001年，吴登云从医院的领导岗位上退了下来，担当上了任县政协副主席的职务。但他仍牵挂着医院的建设和发展。每星期，他在政协上3天班，在医院值3天专家门诊。

● 经典语录

对于一个医生来说，就是要对患者抱有强烈的同情心，就是要像白求恩那样，对病人满腔热忱，对工作极端负责。自己受一点累，献出一点血、一点皮，换来病人的健康和生命，我觉得这是天底下最值得做的事情。

# 绿色革命

● 小档案

　　袁隆平，1930年9月1日生于北平（今北京），汉族，江西省德安县人，无党派人士，中国杂交水稻育种专家，中国工程院院士。被誉为"杂交水稻之父"。

　　20世纪60年代，一场震惊世界的"绿色革命"在东方文明古国爆发了。这场"革命"的发动者就是现今被誉为"中国杂交水稻之父"的袁隆平。

　　袁隆平祖籍江西省德安县，农学院毕业后到湖南省安江农业学校任教。作为农业科技人员，袁隆平开始探索水稻增产新途径。1960年空前罕见的天灾人祸所带来的严重粮食饥荒，更坚定了袁隆平"改良品种，战胜饥饿"的信念。

　　1960年7月的一天，袁隆平来到校园外的早稻试验田观察，发现了一株"鹤立鸡群"的稻子：共有十余穗，每穗有壮谷160—170粒。第二年，他适时将这些种子播到试验田里，结果分离变异现象严重，原有的优势没有发挥出来。面对这一事实，粗心的人很可能认为不足为奇，但善于思考的袁隆平却受到了启发。他马上想到孟德尔、摩尔根的遗传理论，顿悟到：那株"鹤立鸡群"的稻株是一株"天然杂交稻"。袁隆平更加坚定了进行杂交水稻的研究信念。当时，杂交水稻研究是世界上公认的难题，并且全世界都流传着"水稻是内花授粉作物，不良基因早已淘汰，既然自交不退化，那么杂交就没有优势"。但袁隆平没有因这些说法而退却，他坚信杂交优势是生物界的普遍规律，他精心设计着解决世界难题的具体方案：利用水稻不育性，培育出不育系、保持系和恢复系，通过"三系配套"，代替人工去雄杂交，来产生大量的杂种第一代种子。袁隆平的目标确定，便开始了他的漫长探索过程。

1961年6月，骄阳似火，正是南方水稻的扬花季节。袁隆平头顶烈日，脚踏烂泥，手拿放大镜，像猎手搜寻猎物一样，在安江农校农场的稻田里寻找水稻雄性不育株。第一天过去了，两手空空；第二天过去了，一无所获；第三天过去了，败兴而归……第十四天，他终于发现了雄蕊退化的水稻44育株。在9个月时间里，他前后检查了14 000余株稻株，找到了6株雄性不育株，并对它们的杂种第一代和第二代进行了研究，向世界吹响了"绿色革命"的进军号角。

然而，1966年开始的"文革"运动，给袁隆平的科研带来了灾难。他成了"白专道路"、"三脱离"、"在人民讲坛上贩卖资产阶级货色"的典型。他种的杂交试验材料被拔除，但他没有退缩，和助手南至广东、广西，西去云南搞繁殖育种。1970年1月他在云南元江县搞试验时，遇上大地震，他和助手坚持试验，在外露天住宿达3个月之久。

在党和国家的高度重视下，1975年，由袁隆平任技术总顾问的制种田第一次获得成功，为1976年在全国大面积试种推广杂交水稻生了大量种子。杂交水稻的研究成功，引起国际上产稻国家的瞩目，杂交水稻"研究热"在国际上"砰"然兴起。

1979年4月，袁隆平出席国际水稻科学年会。1980年，杂交水稻技术转给美国。1980年5月，袁隆平等赴美传授技术，他们途经旧金山下塌时，当地华侨、华裔高兴地说："这对我们居住在美国的中国人来说鼓舞很大，你们给中国人争了光。"1980年10月，袁隆平应邀去菲律宾国际水稻研究所进行杂交水稻合作研究，菲律宾农业杂志报道了袁隆平的事迹，并登了一幅袁隆平的照片，照片说明上写着："袁隆平——中国杂交水稻之父"。

1981年6月6日，国家科委、国家农委在北京举行杂交水稻特等发明奖授奖大会。之后，从1985—1988年，袁隆平又连续获3次国际性科学大奖：第一次获联合国世界知识产权组织颁发的发明和创造金质奖章和荣誉证书。第二次获联合国教科文组织1986—1987年度科学奖。人们称它的科研成果是"第二次绿色革命"。第三次，1988年在英国伦敦获国际让克奖。

● 小资料

从盘古开天辟地，人类诞生的那一刻起，摆脱饥饿，奋力生存便成了人类的主题。滚滚历史长河中的历朝历代，各君各王，虽在不同王国却拥有着同一个亘古不变的梦想——解决粮食问题。民以食为天，人类从未停止过对饥饿的抗争，从未停歇过对粮食的渴望。面对严峻现实，世界陷入了粮食恐慌，人们连连发问：谁来养活中国，谁来养活世界？20世纪70年代，中国通过对杂交水稻的成功研究，最终将水稻亩产从300公斤提高到了800公斤，并推广2.3亿多亩，增产200多亿公斤。

# 用人格力量去感化大家

● 小档案

孔繁森，1944年7月生于聊城市堂邑镇五里墩村，1961年8月参加工作，1966年9月加入中国共产党，开始了他的共产党员生涯。1994年11月29日，在带领工作组赴新疆塔城地区考察时，不幸以身殉职。

1979年，孔繁森第一次赴西藏工作，担任日喀则地区岗巴县委副书记。在岗巴工作3年，孔繁森跑遍了全县的乡村、牧区，与藏族群众结下了深厚的友谊。

1988年，山东省再次选派进藏干部，组织上认为孔繁森在政治上成熟又有在藏工作经验，便决定让他带队第二次赴藏工作。进藏后，孔繁森担任拉萨市副市长，分管文教、卫生和民政工作。到任仅4个月的时间，他就跑遍了全市8个县区所有的公办学校和一半以上的村办小学，为发展少数民族的教育事业奔波操劳；为了结束尼木县续迈等3个乡群众易患大骨节病的历史，他几次爬到海拔近五千米的山顶水源处采集水样，帮助群众解决饮水问题；了解到农牧区缺医少药的情况后，他每次下乡时都特地带一个医疗箱，买上数百元的常用药，工作之余就给农牧民群众认真地听诊、把脉、发药、打针，直到小药箱空了为止。

1992年，拉萨市墨竹工卡等县发生强烈地震，孔繁森在羊日岗乡的地震废墟上，领养了3名藏族孤儿——12岁的曲尼、7岁的曲印和5岁的贡桑。收养孤儿后，孔繁森生活更加拮据，为此他曾3次以"洛珠"的名义献血900毫升，900毫升的鲜血蕴含着孔繁森对藏族孤儿深深的爱。

1992年底，孔繁森第二次调藏工作期满，西藏自治区党委决定任命他为阿里地委书记，这一任命意味着孔繁森将继续留在西藏工作。面对人生之路又一次重大选择，他毫不犹豫地服从了党的决定、人民的需要。

阿里地处西藏西北部，平均海拔4 500米，被称为"世界屋脊的屋脊"。这里地广人稀，常年气温在0摄氏度以下，最低温度达零下四十多摄氏度，每年7级至8级大风占140天以上，恶劣的自然环境、艰苦的生活条件使许多人望而却步。

可是，1993年春天，年近五十岁的孔繁森赴任阿里地委书记后，在不到两年的时间里，全地区106个乡他跑了98个，行程达八万多公里，茫茫雪域高原到处留下了他深深的足迹。1994年11月29日，他完成任务返回阿里途中，不幸发生车祸，以身殉职，时年50岁。

在孔繁森的葬礼上，悬挂着一幅挽联，形象地概括了孔繁森的一生，也道出了藏族人民对他的怀念："一尘不染，两袖清风，视名利安危淡似狮泉河水；两离桑梓，独恋雪域，置民族团结重如冈底斯山"。

人们在料理孔繁森的后事时，看到两件遗物：一是他仅有的8块6毛钱；一是他去世前4天写的关于发展阿里经济的12条建议。这就是孔繁森留下的遗产，体现出一名共产党员的高尚情怀。

● **经典语录**

青山处处埋忠骨，一腔热血洒高原。

● **评点英雄**

在孔繁森的勤奋工作下，阿里经济有了较快的发展。1994年，全地区国民生产总值超过1.8亿元，比上年增长37.5%；国民收入超过1.1亿元，比上年增长6.7%。他为了制定把阿里地区的经济带上新台阶的规划，准备在最有潜力的边贸、旅游等方面下功夫。为此，他带领有关部门，亲自到新疆塔城进行边贸考察。1994年11月29日，完成任务返回阿里途中，不幸发生车祸以身殉职，时年50岁。他牺牲后，江泽民总书记于1995年4月29日亲笔题词"向孔繁森同志学习"，时任国务院总理的李鹏也题词"学习孔繁森同志热爱人民、无私奉献的精神"。

# 甘为孺子牛

● 小档案

徐虎，1950年12月生，汉族，现任上海西部企业集团物业总监。徐虎同志曾于1986年、1988年两次被评为上海市劳动模范，1989年、1995年、2000年三次被评为全国劳动模范，1996年5月和7月相继被评为全国优秀工人代表和全国优秀共产党员。1997年作为党员代表光荣出席了党的十五大。

1975年，徐虎从郊区农村来到上海城里，当上了房修水电工，徐虎记着父亲的话："阿拉是普通工人出身，干一行就要干好一行。"

一个大热天的上午，一位中年妇女急匆匆地赶来报修。一进门就嚷嚷开了。原来，头天晚上6点多钟，这户居民家的楼面上突然断电。3户居民家里的电扇、冰箱全都不能用。孩子点蜡烛复习迎考。白天上班没空报修，晚上报修又找不到人。她说："今天特地请事假出来报修，请你们无论如何要帮忙修好。"徐虎以前也碰到过类似情况。但是，那时总认为，维修工能做到"你来报，我去修"，并且保证维修质量，已经很不容易了。可是这次，徐虎却心头一震。他想，修修电线，捅捅马桶，对自己来说是举手之劳，对居民却是关系到正常生活的大问题。如果能在当天及时为居民们解决水电急修的困难，就可以给群众生活带来许多方便。徐虎从警民联系箱得到启发，萌生了业余时间为居民挂箱服务的念头。他把这一想法告诉了同在房管部门工作的妻子侯梅英，并得到了她的理解和支持。房管所所长徐裕鑫也热情地鼓励徐虎保持荣誉，更好地为居民服务。1985年6月23日是个星期天，徐虎在房管所以及区精神文明建设办公室领导的陪同下，来到光新二村、石泉路75弄和石泉六村，挂上了3只"夜间水电急修特约服务箱"，上面写着"凡属本地段的公房住户如有夜间水电急修，请写纸条投入箱内。本人热忱为您服务，每天开箱时间晚上7点。中山房管所徐虎"。打那以后，每天晚上7时，徐虎总是骑着"老坦克"，带着工具包，走向3个报修点。然后按照报修的纸条，挨家挨户上门修理。

打从挂箱服务的那天起，在徐虎的心里就没有了"星期日"和"节假日"，只留下"为民服务"4个字。

劳碌了一年，谁不想在除夕夜与家人团聚一堂，欢欢喜喜过个年。但是，这10年来，徐虎是怎样度过除夕的呢？他的工作记录上是这样记载的：1985年除夕，光新路人民浴室进水阀爆裂；1986年除夕，南黄海石油公司断水；1987年除夕，石泉六村27号，棉纺一村27号，石泉路75弄3户居民报修；1988年除夕，信谊新村34号18户居民家断水；1990年除夕，石岚三村48号居民家断水；1991年除夕，潘家湾123弄9号屋顶水箱断水；1992年除夕，管弄路61弄29号水管冻裂漏水；1993年除夕，石泉六村12号207室抽水马桶堵塞。

9个除夕，徐虎为居民贺年守岁，为群众排忧解难。1988年除夕，徐虎照旧在晚上7时去开箱服务。发现3只报修箱里没有一张纸条，就放心回家吃年夜饭了。女儿看到这么"早"回家的父亲，高兴得不得了。还和父亲约定12点钟一起放鞭炮。想不到夜里10点多钟，又有人敲门了，原来是信谊新村的18户居民家突然断水。徐虎二话没说，拎起工具包匆匆出门。他爬上断水居民家屋顶，冒着刺骨的寒风修理。家里人等到辞旧的爆竹声响了，还不见徐虎的踪影。女儿提着"八百响"，含着眼泪等待着父亲的归来。直到凌晨1时左右，徐虎才回到家里，带着女儿到阳台上点燃爆竹。后来，女儿在作文里写着："虽然父亲没有和我们一起好好过节，但在充满爱心的世界里，我始终感受到父亲伟大的爱。"

小小"报修箱"受到居民们的热情称赞，徐虎却谦虚地说："我是平凡人，只不过努力做好平凡事。"但是，受到徐虎服务的居民不这么认为。华池路35号居民陈敬泉说："徐虎在平凡的工作中做出不平凡的成绩。这平凡就是伟大。"

10年的风风雨雨，徐虎都坚持下来了。那些一开始对徐虎挂箱服务持怀疑态度的人，风言风语的人，也从中受到了教育，改变了态度。10年，本身就是一种磨练。徐虎挂在墙上的小木箱已经磨出了本色。

每当群众遇到困难，他都像"及时雨"，送去党和社会的温暖。群众说，如果每一个党员都像他这样为党分忧，为民解忧，就会在我们社会中形成一股凝聚力。

辛苦我一人，方便千万家。你不奉献我不奉献谁来奉献，你也索取我也索取向谁索取？

# 为人民服务没有终点站

● 小档案

李素丽，女，汉族，北京市公交总公司公汽一公司第一运营分公司21路公共汽车售票员。她自1981年参加工作以来，十几年如一日，在平凡的岗位上，把"全心全意为人民服务"作为自己的座右铭，真诚热情地为乘客服务。1996年被全国妇联授予"全国'三八'红旗手"。

21路公共汽车线路，北起北京北站，南至北京西站，走的不是多么繁华的地界，但南来北往的外地客人一下火车，往往就通过这路车接受北京人的第一次服务。这路车沿线10公里分布14个车站，34岁的售票员李素丽就在这平平凡凡的岗位上，用自己日复一日的劳动给人们带来真诚的笑脸、热情的话语、周到的服务、细致的关怀。她"岗位做奉献，真情为他人"的精神风貌，给乘客们带来美好的天地，给乘客们留下难忘的印象。

15年前，以12分之差没能考上大学的李素丽，到60路汽车当了售票员。由于开了一辈子公共汽车的父亲的教育，以及党团组织的帮助，使她渐渐爱上了售票员工作。特别是当她热情为国内外乘客服务，得到乘客赞扬时，更感到自己平凡岗位的不平凡。

"对内我代表首都，对外我代表中国。"对这句流行在首都窗口行业的话，李素丽有深刻体会。她常说，国内外乘客下了火车，接受北京的第一次服务，可能就是我这个售票员，服务的好坏直接关系到首都的声誉和中国的形象。我一定要让他们从一开始就享受到北京人的美好服务。"礼貌待客要热心，照顾乘客要细心，帮助乘客要诚心，热情服务要恒心。"这是李素丽为自己订的服务原则。"多说一句，多看一眼，多帮一把，多走一步；话到、眼到、手到、腿到、情到、神到。"这是李素丽对自己工作的要求。

李素丽售票台旁的车窗玻璃，一年四季进出站时总是敞开的。"这样我可以更好地照顾乘客。"即使下大雨，她也要把车窗打开，伸出伞遮在登车前脱掉雨衣、收拢雨伞的乘客头上。李素丽习惯在车厢里穿行售票。车里人多，一挤一身汗，可她说："辛苦我一个，方便众乘客。"她的车上设有方便袋，遇到堵车，就拿出报纸、杂志，让乘客看一会儿，缓解焦急；看到有人晕车或不舒服想吐，她会赶紧送上一个塑料袋；遇有不小心碰伤的乘客，她的小药箱里有"创可贴"；姑娘们夏天穿着长裙上下车，她忘不了提醒往上拎一拎，以免让人踩上摔跟头。李素丽售票台的抽屉里，放着一个小棉垫。这是特意为抱孩子的乘客准备的。小棉垫垫在售票台上，让孩子坐在上面。李素丽为她的岗位感到自豪。她说："是它给了我每一天都能向他人奉献真情的机会。如果我能把这十米车厢、三尺票台当成为人民服务的岗位，实实在在去为社会作贡献，就能在服务中融入真情，为社会多增添一份美好。即便有时自己有点烦心事，只要一上车，一见到乘客，就不烦了。"

公共汽车是一个流动的小社会，车上什么样的乘客都有。特别是在早晚上下班高峰期间，车厢拥挤、嘈杂，有时还会发生矛盾和口角。李素丽往往几句话就化解了一个个矛盾。李素丽处理与乘客之间的矛盾，更显示出服务水平。一次，李素丽查验下车乘客的车票，一个小伙子掏完衣兜掏裤兜，就是拿不出票来。李素丽看出小伙子没买票，说："您可能一时着急找不到票了，要不，你今天再买一张，下车后，你要是找到了，下次坐我的车就不用买票了。"小伙子不好意思了，拿出两元钱说："大姐，刚才我没买票，您说怎么罚就怎么罚吧！""按我们的规定，下车逃票才罚款，您及时补票就行了。下次上车要主动买票，这样就不耽误您的时间了。"事后，李素丽说：人人都有自尊心，售票员不能得理不让人。让乘客下台阶，我的服务就上了台阶。

对待一些不讲理的乘客，李素丽也是以礼待人，以情感人。有个小伙子上了车就往干干净净的地板上吐了一口痰。李素丽轻声提醒他不要随地吐痰。不想气呼呼的小伙子又吐了一口。这时，李素丽没有再说话，走过去，掏出纸把地板上的痰迹擦干净。在全车人的注视下，小伙子脸红了，下车时连连道歉："刚才全是我不对，请大姐原谅。"

● 经典语录

　　每一条公共汽车的线路都有终点站，但为人民服务没有终点站。我永远属于我的乘客，属于我的岗位。

# 八十年代新雷锋

● 小档案

　　朱伯儒，模范干部。广东茂名人。1953年进茂名垦殖所，先后任通信员、统计员，被评为劳动模范。1955年参加中国人民解放军。1962年毕业于空军航空学校。1969年加入中国共产党。历任空军航空兵空中通信员、团参谋，空军油库股长、副主任。长期刻苦学习马列主义、毛泽东著作。廉洁奉公，以雷锋为榜样，发扬解放军优良传统，竭尽所能为群众做好事。曾义务赡养家乡的一位孤独老人，接济过四十余名生活困难的群众和战士。关心教育青年，走上正道。先后21次立功受奖。被群众誉为"八十年代新雷锋"。1983年任军区空军后勤部副部长。同年被中央军委授予学习雷锋的光荣标兵称号。国家和军队领导人分别题词，予以赞扬。1986年毕业于解放军政治学院，后任军区空军政治部副主任，是第六届全国人大代表。

　　1970年初，朱伯儒因患耳疾停飞，被分配到远离部队的豫西山区某工地工作。偏僻的山区，艰苦的生活，妻儿的分离，他还是毫不犹豫地做出了选择：告别了刚调来三个月的妻子和不满两岁的孩子，打起背包奔赴新的战斗岗位。到了工地，展现在他面前的是贫穷的群山，简陋的工棚。每天的工作就是搬石头、装沙子，累得腰酸腿疼，汗水淋漓。被称为"天之骄子"的飞行员，从机场来到山沟，不论工作条件还是生活条件都有天地之差。

　　在各种困难面前，他没有退缩。他转战在各种临时性的单位，当过参谋、民工队长、管理员，一干就是九年，没有固定的工作。有人称他是"临时工"，他不在乎；有人怀疑他犯了错误，他不理会；有人要他走后门换个好工作，他不干。他在这个"临时工"岗位上，没请过假，没旷过工。

几年前，朱伯儒是背着一个背包上工地的；几年后，他还是背着一个背包离开工地。他被提升为空军某油库管理股长、副主任，地位变了，而且又负责管钱管物，但他从不利用自己的职位谋取特权。一事当前，先替群众打算。油库按成本出售一些家具，朱伯儒也没买。有一次，他哥哥给他带来四块进口表，说是给他家四个人一人一块，还说要给他买一台进口彩色电视机，都是便宜货。朱伯儒一样也没有要。他对哥哥说："你这些东西没上过税，不合法，再便宜我也不要。"他还教育哥哥不要做这些违法的事。

朱伯儒是个普通干部，薪金并不多。但他们全家生活克勤克俭，艰苦朴素，把省下来的钱，几十元，几百元，送给那些急需要用钱的人。多年来，朱伯儒不但在工作上踏踏实实地干，而且在生活中，他始终以雷锋为榜样，发扬党的优良传统，保持同人民群众的密切联系，竭尽所能地为群众做了大量排忧解难的好事。他义务赡养过10人，把7人从死亡线上抢救过来。他先后21次立功受奖，被人们誉为八十年代新雷锋。

一个失足的青年为朱伯儒的真诚信任和高尚情操所感动而痛改前非，是他给了这位青年生活的信心和希望。当群众遇到危险时，他挺身而出，舍身相救。朱伯儒曾在武汉东湖跳进冰冷的湖水，救起一个落水青年；又在隧道塌方的危急时刻，奋不顾身地把民兵推出险境；还在旅途中热心照顾一位突然犯病的华侨老太太，使这个海外生活多年的缝纫工感受了祖国的温暖……

### ● 经典语录

我们共产党人，要像一块不锈钢。保持不易生锈，不易被腐蚀，关键是增强自身抵抗力。

### ● 评点英雄

中央领导邓小平、李先念、陈云、叶剑英、彭真、邓颖超、徐向前、聂荣臻、杨尚昆都先后为朱伯儒题了词。1983年7月7日，中央军委发布命令，授予朱伯儒同志"学习雷锋的光荣标兵"荣誉称号。学习朱伯儒同志，做共产主义思想的坚定实践者。

# 我爱我的祖国

● 小档案

王乐义，男，1941年生，山东寿光人，中共十五大、十六大代表。现任潍坊市人大常委、寿光市孙家集街道三元朱村党支部书记、寿光市政协常委，高级农艺师。

1978年9月，三元朱村15名党员一致推举37岁的王乐义当村党支部书记。那年春天，王乐义被诊断得了直肠癌，公社出钱为他做了肛门改道手术，腰上挂了个粪袋子，生活起居不便。听说他要当支书，老母亲和妻子说什么也不同意。但王乐义心想：党组织信任我，全村人需要我，就是搭上命也得挑起这副担子。在第一次支部会上，他明确表态："水有源，树有根，党的恩情比海深！领导和大伙儿都这么信得过我，我就干。到底能活几年我说不上，只要身体能撑得住，活一天就为党做一天的工作；活一天就为老少爷们干点实事！"就这样，他拖着病残之躯，一干就是二十多年。

当时的三元朱村，还是一片贫瘠的土地，刚上任那几天，他领着村班子成员围着三个埠子岭转了一圈又一圈，制定了发展规划："东岭苹果西岭桃，南岭山楂带葡萄。"王乐义带领干部群众苦战三个春秋，使三个埠子岭披上了绿装，飘出了果香。到1988年，全村已发展果园430亩。昔日光秃秃的埠子岭成了"花果山"、"聚宝盆"，满山遍野的果树成了"摇钱树"。全村年人均纯收入由原来的几十元增长到1 200元。

群众的温饱问题解决了，但王乐义并没有满足。他意识到，要想让农民收入不断上台阶，还得围绕土地做文章，让土地生金！

冬暖式大棚的成功，使三元朱人尝到了甜头，但王乐义并没有因此而止步。为使大棚种植技术不断改进和完善，在他的倡议下，村里投资100万元，建起了集科研推广、物资服务、科普培训于一体的科技大楼，从中国农科院、山东农业大学等单位长期聘请专家教授进行技术指导，并派人到日本、荷兰学习引进新技术、新品种。几年时间，就有国外一百多个蔬菜新品种在大棚里安家落户。1992年，成功地进行了无公害蔬菜生产试验。1993年，大棚桃、葡萄、杏、甲鱼、螺旋藻开发获得成功，亩收入都在10万元以上。近几年，王乐义又瞄准了发展现代化农业。1996年，试验成功了集大棚滴灌、模板护墙、电动卷帘、钢架支撑、微机控制于一体的新一代高标准大棚。1997年，开始大面积开发绿色食品蔬菜。1998年，与哈慈集团合作投资1 000万元，对大棚保健菜进行了试验开发。2000年，三元朱村人均纯收入达到7 500元，全村户均存款达到10万元。

王乐义受到人们的爱戴，不仅因为他创造了蔬菜种植的奇迹，更因为他具有高尚的人格和无私奉献的精神。

王乐义成年累月传播大棚技术，但他家里却没种大棚。不是他不想种，而是他没工夫种。他说："我没有大棚，是想让大棚发展得更多、更好，让更多的老百姓尽快富起来。"为了选准蔬菜品种，他把自己的果园当成了试验田，从外面带来的蔬菜种子让老伴先试种，成功了传授给大伙，失败了自己承担损失。

王乐义常对村里的干部说："我掂量，光顾自己不能当支书。自己身不正，肚量不大，没有替别人着想的心，怎么能让人家服气？当干部的只有堂堂正正做人，心里时时装着大家，才有号召力。"有件事王乐义一直不愿提及。20世纪70年代末，公社里考虑到王乐义带病没白没黑地忙活，就把一个招工指标分给了他的大女儿，但王乐义想到村里的年轻人都眼巴巴盼着出去当工人，就把指标让给了别人。女儿知道后想不开，喝农药自杀了。面对亲人的责怪，王乐义既像是自责又像是辩解："谁家的爹娘不疼孩子？是孩子小，不懂事啊！""做人就要做王乐义那样的人。"这是村里家家户户教育后生们常说的话。

● 评点英雄

作为一名共产党员，王乐义在身患重病的情况下，一心为公，无私奉献，积极投身农业科技和为农服务。1989年首创了冬暖式蔬菜大棚，并将这一技术毫无保留地推广到二十多个省、市、自治区，引发了一场遍及全国的"绿色革命"，结束了我国北方冬季吃不上新鲜蔬菜的历史。在此基础上，该同志又把眼光投向发展无公害蔬菜生产上，率先进行无公害蔬菜的研究与开发。2001年，注册了"乐义"牌蔬菜商标，申请并取得了国家质量监督局颁发的无公害农产品标志证书，产品远销日本、俄罗斯、中国香港等二十多个国家和地区。

# 新时期的铁人

● 小档案

　　王启民，浙江省湖州市人，1937年出生。1961年毕业于北京石油学院地质专业，1978年加入中国共产党。历任大庆石油管理局勘探开发研究院技术员、开发室副主任地质师、院副总地质师、副院长、院长、局长助理、局副总地质师，教授级高级工程师，现任大庆油田有限责任公司总经理助理、副总地质师。1996年8月起，兼任中国地质大学、石油大学、大庆石油学院兼职教授。他以老铁人王进喜为榜样，以"宁可把心血熬干，也要让油田高产稳产"的英雄气概，被誉为"新时期铁人"。

　　为了大庆油田的高产稳产，王启民曾多次创新：20世纪60年代，他提出的"高效注水开采方法"，打破了当时国内外普遍采用的"温和注水"开采方式，开创出中低含水阶段油田稳产的新路子。20世纪70年代，他主持进行的"分层开采、接替稳产"开发试验，使水驱采收率提高了10%—15%。20世纪70年代，历经四十多年高强度开采的大庆油田已进入开发后期高含水阶段，油田综合含水率已高达90%，储采结构严重失调，成本攀升和效益下降矛盾突出，油田开发难度超过了以往任何时期。

　　面对大庆油田的这个难题，王启民经常用形象的比喻启示同伴："油田综合含水率达到90%，就好比人被水淹到了脖子；含水率达到95%相当于淹到了鼻子；含水率达到98%就要遭受灭顶之灾。"为此，他向国内外公认的难题——表外储层要油宣战。他凭多年的实践经验和理论基础，针对大庆油田的特殊性，把目光集中到这些单独看起来"瘦"、加起来很"肥"的油层，组织实施了"大庆油田高含水期稳油控水系统工程"，结构调整技术，创立了油田高含水后期"控液稳产"的新模式，仅"表外储层"开发研究成果，就相当于为大庆增加了一个地质储量7.4亿吨的大油田，按2亿吨的可采储量计算，价值两千多亿元。而国家要探明同等储量的石油资源，光勘探费就需投入一百多亿元。

20世纪90年代，大庆油田进入高含水开发期。如果沿用国外提液稳油的做法来继续保持5 500万吨稳产，油田要增加液量1.6亿多吨。要处理这些液体，将大幅度增加基建工程量和投资额，企业难以承受。1991年年初，在油田开发技术座谈会上，大庆油田科技工作者各抒己见，献计献策。王启民及时提出了"三分一优"结构调整原则和"挖液稳油"的新模式，经集体论证后，领导决定在全油田实施"稳油挖水"战略，并很快在全油田推广。它使大庆油田3年含水上升率不超1%，有效控制了产液量剧增的局面。与国家审定的开发指标相比，5年累计多产原油610多万吨。到2002年，大庆油田创造了连续27年年产原油5 000万吨以上的纪录，远远高于世界同类油田12年的水平。

近五十年来，王启民先后主持了油田8项重大开发试验任务，参加了四十多项科研攻关课题和油田"七五""八五""九五"开发规划编制研究等工作。现在，王启民又有了一个新的头衔——新型驱油剂驱油技术项目课题经理。他满脸幸福地说："这要是成功了，咱们的驱油技术可就又跑到世界的前面了。"

● 经典语录

谁说中国人靠自己的力量开发不了这么复杂的大油田？我们就是要跨过洋人头，敢为天下先。

● 启示

把艰苦奋斗的革命精神与坚持科技进步和不断创新有机结合起来，才是新时期"铁人精神"的真正内涵。王启民正是凭着"恨不得钻到地下把油层搞清楚"，立志"跨过洋人，敢为天下先"的豪情与奋斗才取得了辉煌成就。王启民是科技界的楷模。他身上体现了"铁人"的顽强拼搏精神，体现了"科学技术是第一生产力"这一思想，体现了我国新时期石油科技工作者的精神风貌。他那种敢为天下先、勇攀科学高峰的精神，值得我们每个人学习。王启民身上充分体现了中华民族和中国工人阶级的优秀品质，是对"爱国、创业、求实、奉献"为内容的中国石油企业精神的最好诠释。

● 知识点

注水开采是指油田开发过程中，通过专门的注入井将水注入油藏，保持或恢复油层压力，使油藏有很强的驱动力，以提高油藏的开采速度和采收率。

# 我的事业在中国

● 小档案

谭铁牛，男，1964年出生，研究员，博士生导师，1996年入选中国科学院"百人计划"，主要研究图像处理、计算机视觉、模式识别。1984年获西安交通大学学士学位，1986年和1989年分别获英国伦敦大学帝国理工学院硕士与博士学位，1989—1997年在英国雷丁大学计算机科学系工作并获终身教职。1998年回国，现任中科院自动化研究所所长、模式识别国家重点实验室主任，兼任中国图像图形学会常务副理事长、中国计算机学会和中国自动化学会副理事长、国家高技术研究发展计划（863计划）信息技术领域专家委员会副主任、国家基金委计算机学科评审组成员。他担任多个国内外著名学术期刊、杂志的编委和副主编。近十年来，他主持或主要参与了近二十项由国家基金委、国家杰出青年基金、国家973计划、863计划、国际合作计划和英国工程与物理科学研究委员会等资助的各类科研项目，至今已在主要的国内外学术期刊和国际学术会议上发表论著二百多篇（部），获准和申请专利15项。2003年获得中组部、科技部等六部委颁发的"留学回国人员成就奖"。

1985年，21岁的谭铁牛有幸获得教育部的资助，到著名的伦敦大学帝国理工学院求学深造，并顺利地获得了硕士和博士学位，于1994年获得了英国知名学府雷丁大学的终身教职。从那以后，在工作上，他有自己的研究助手、博士生，研究项目、研究小组，并拥有当时留学生中最好的住房和区位路段。妻子也在同一所大学有了一份专业对口的终身职位。但谭铁牛觉得，当时国家和人民并不富裕，却拿出大量的经费送其

146

出国深造，对其的关怀和爱护深如海洋。知恩图报是我们中华民族的传统美德。十余年来，自己对国家的建设和发展贡献无几，对祖国人民的养育之恩无所报答，因此常为此深感不安和内疚。1997年谭铁牛与妻子双双向雷丁大学递交了辞职书，并以最快的速度卖掉了房子、汽车和其他家当。1998年初，他和妻子带着刚满周岁的儿子，登上了回国的班机。回国后，谭铁牛被任命为中国科学院模式识别国家重点实验室主任和自动化研究所所长助理。在实验室，他和同事们一道，开辟了动态场景的计算机视觉监控，基于人的生物特征身份鉴别以及数字多媒体数据的水印处理等新的学科方向，从此打破了国外对这些国际上最前沿的领域、对国家发展具有战略意义技术的封锁与垄断。

2000年4月，谭铁牛接任自动化所所长。面对时代赋予的新的使命，谭铁牛义无反顾。虽然为此他要更忙更累，要占用自己更多的时间去从事管理，这对科研工作者来说是多大的"牺牲"啊，但作为共产党员，谭铁牛果敢地挑起了这副重担。

接任所长后，谭铁牛与领导班子其他成员一起，紧密配合，依靠广大职工，扎扎实实开展工作，对研究所的未来发展提出了具有前沿意识的总体思路。与此同时，在研究所大力倡导"摆正位子、放下架子、多动脑子、迈开步子、少想票子、一心一意为着自动化所这个院子"的工作作风，提倡干"顶天立地"的事业，做顶天立地的人。在不到一年的时间里，谭铁牛做了大量的调查研究，一方面积极推进研究所的民主参与、民主决策、民主管理的进程；一方面，积极推进研究所的电子所务管理平台，利用先进的手段，提升研究所的管理水平，为研究所的所务公开创造良好的基础。在蓬勃发展的事业中，谭铁牛百感交集，他说："回国后自己有一种前所未有的归属感和责任感。尽管路比在国外走得多了，觉睡得少了，但生活更充实了，心里也更踏实了。因为毕竟是在为自己的国家努力，毕竟是以主人翁的身份干事。一个青年科技工作者能在养育自己的故土上做自己想做的事情，最大限度地施展自己的聪明才智，将自己的人生价值和追求融入到祖国的大发展中去，是最大的幸福。"

● 经典语录

中国的发展和繁荣，只能靠我们中国自己。国运兴，事业兴，我的事业在中国。

# 坚持就是胜利

● 小档案

陈观玉，女，归侨，广东深圳人。曾先后荣获"全国三八红旗手"、"广东省精神文明建设标兵"、深圳市"文明市民"等五十多种荣誉称号。1996年被广东省政府授予"广东省学雷锋标兵"的光荣称号。

陈观玉为社会、为群众做了许许多多的好事。20世纪60年代以来，她义务为沙头角的大人、小孩理发多不胜数。陈观玉不但为活人理发，还为死者服务，每当镇内的老人过世后，她总是前去为死者擦身、换衣、理发，送老人入殓。她先后照料的"五保户"共有13户之多。

"五保户"邹来娇老人没儿没女。她长期因病不起，大小便常常失禁，整个屋子里臭气难忍。陈观玉每隔两三天就来到邹婆婆家，给她洗澡洗衣，还不时炖好鸡和肉，端到她的面前一勺一勺喂给老人吃。如今，这些"五保户"老人大都去世了。在他们人生的最后十几年，除了感受到党和政府的关心帮助外，更体会到陈观玉不是亲人胜似亲人的关怀。他们把陈观玉当作自己的亲女儿、亲妹妹，有的老人甚至是握着陈观玉的手静静地走完人生之旅的。

沙头角沙井头村有个村民叫李仕保，是个盲人，妻子有精神病，两个孩子又是先天性双目失明，家里缺少劳动力，穷得揭不开锅。陈观玉知道后，主动担负起照料两个盲童的工作。逢年过节，陈观玉总要给他家送去煮好的肉，给孩子们带去过年礼物。陈观玉帮助照顾李仕保一家三十多年。现在，李仕保的两个孩子已长大成人，他们视陈观玉比亲妈还亲："没有陈妈妈，我们一家就活不到今天。我们的眼睛虽然是瞎的，但心里清楚，陈妈妈是世界上最善良、最可敬的人。"

一位来自博罗的"打工仔"小郑，有一位七十多岁的老母亲瘫痪在床。1990年7月，陈观玉不顾自己体弱多病，亲往博罗看望小郑的母亲，并送去了七千多元人民币和三千多元港币。由于长期营养不良和过度操劳，陈观玉早在60年代就患上了癫痫病，有时一天就要发作五六次。陈观玉其实是最需要得到照顾的人，可她照顾了许许多多的人，却没有顾及自己。

1987 年，深圳发行首批股票。陈观玉听说是政府号召的，支援国家建设，她就毫不犹豫地将香港亲戚给她治病用的钱全部买了股票。1990 年深圳股市骤然升温，陈观玉意外地获得了 45 万元的巨额回报。陈观玉主持召开了一次家庭会议，商量如何用这笔钱。她说："这笔钱是国家改革开放的好政策带来的，应当把它还给社会，用于帮助有困难的人。"平时深受陈观玉乐善好施影响的家人，没有提出任何反对意见。大家七嘴八舌列出了一长串困难人家、学校、贫困山区、残疾人、解放军部队的名单，把钱 2 000、3 000 元地分好塞进信封，一直忙到深夜。第二天一早，沙头角镇的邮局走进了 4 个人，每个人手里都拿着厚厚一沓信封，每个信封都是鼓鼓的，说是要寄钱。邮局工作人员一看，每个信封上的收款人不是希望工程办公室、敬老院、福利院，就是贫困山区和灾区，总额达二十多万元，汇款单上却没有留下寄款人的地址和姓名。在邮局工作了几十年的老职工，也从未见过这样寄钱的。邮局领导出来一看，认出原来是陈观玉和她的家人。在繁华的中英街，富裕起来的陈观玉一家却过着俭朴的生活。沙头角的群众说：陈观玉的钱都是为别人准备的，她节约的每一分钱，都是为了帮助那些需要帮助的人。1996 年春节前，当陈观玉在电视中看到河北省张北县山村小女孩张素珍因家贫而失学的新闻时，她彻夜难眠。等不及天色放亮，陈观玉一清早赶到邮局寄出了一封信和 1 000 元钱给小素珍，期望她早日重返学校。两个月以后，陈观玉拖着孱弱的病躯，冒着严寒，同沙头角镇的考察组一道来到了她日思夜想的"坝上"张北县。在郑油坊小学茅顶教室前，陈观玉把已经复学的小素珍紧紧搂在怀里，颤抖地一件件地往外掏礼物：厚厚的毛衣、崭新的文具、课外读物，还有给小素珍妈妈治病用的药。此情此景，令人动容，小素珍父女和周围的人无不痛哭失声。从陈观玉的义举，引发了沙头角镇和张北县之间的"1＋1"助学活动。短短几天内，沙头角各界人士就捐献了一百四十多万元，准备兴建 4 所"沙头角希望小学"，并与张北县 519 名失学和面临失学的学生结成了对子。

● 经典语录

作为一名火炬手，我相信中国奥运在北京开的一定成功，在我们中国必将圆满的结束。

# 呕心沥血

● 小档案

王涛，东风汽车公司"调整大王"，全国劳动模范。他亲手装配调整的汽车达 15 万辆，从未发生质量差错。先后荣获全国机械行业职工楷模、全国"五一劳动奖章"、"全国劳动模范"、"全国十大杰出职工"等荣誉。先后出版了《东风八平柴的基本结构及其调整》、《东风三吨轻卡调试和常见故障排除》等 7 本书，完成了三十多项技术革新，总结出"王涛操作法"。

汽车调整是汽车生产的最后一道工序，是一项技术性很强的"特种作业"。每辆车由二万多个零部件组成，包含电路、油路、气路、水路等多个复杂系统，只有经过汽车调整工人动、静态试验和调整，检查合格后才能入库。一辆车仅常规调试项目就达一百余项。汽车调整工的技术水平直接影响到生产效率、新车的安全发交和使用。

王涛深知掌握过硬本领对于汽车调整的重要性。从 1984 年由汽车装配工转到调整工岗位那天起，他就立志做一名优秀的"金牌"工人。他向身边的老师傅学习，向书本学习，向工作实践学习，上大专班，系统学习理论知识，不断吸收岗位所需要的"营养"。

王涛身上常揣着一个小本子，在调车的过程中，每遇到一个问题，他就及时记下来。实在琢磨不透，就向身边经验丰富的老师傅请教。连零件协作配套厂家的驻总装厂服务人员，都成了他请教的对象。一有空，他还把解决问题的过程在大脑中"放电影"：分析故障的原因，归纳解决的方法。工余时间，再对照"诊断记录"，反复研习。没多久，他就摸透了东风车的"脾性"。

王涛还善于向书本学习，图书馆、书店是他业余时间去得最多的地方。一次，他看到一套进口汽车维修技术的书籍，爱不释手，三百多元的价格（相当于他当时半个月的工资），一咬牙就买回了家。家庭藏书中，汽车类的书籍就达二百多册。他还有个与众不同的爱好，集图——

收集各种汽车零部件产品的技术资料。1998年，王涛事迹报告团成员到襄樊做报告，趁午休间隙，王涛专程到东风电仪公司，索要了一套汽车仪表产品的图纸资料。勤于钻研、善于钻研的王涛，成了远近闻名的"汽车调整大王"。工友们称他为"王工（工程师）"。"电话问诊"、"来信答疑"更是在广大东风车用户中传为佳话。他调的车，被质检部门称为"免检车"、"放心车"。29年来，经他装调的新车累计逾16万辆，台台优质。如果把它们排成队，可以把车城十堰和首都北京连接起来。

王涛钻研技术，还有一种异乎常人的拼劲。他以豁出命来攻难关的精神，攻克了一个个制约生产的技术难题。为汽车行驶定向的方向盘安装在转向轴上，若装配不当，方向盘偏离正常位置（下沉），不仅影响汽车转向，还影响灯光系统的使用。汽车调整工最怕遇到这样的问题，因为有时费了牛劲，把方向盘拔出来了，相关部件却变形了。王涛根据杠杆原理及作用力与反作用力的关系，制作了安装在方向盘中央的一个小拉力器，稍一用力，方向盘就出来了。这一简易工具的使用，使此类故障排除较之以前提高工效10倍，同时每年可减少废品损失三十九万余元。

20世纪80年代，作为当时载货车高新技术产品的代表——东风八吨平头柴油车在总装配厂投产了。这一车型集成了美国、日本、德国等国的先进技术，技术含量高。由于新车型上马快，汽车调整工对新车型技术和结构、性能不熟悉。刚开始，每天下线的新车难以及时入库，造成经常大量压车。为了掌握新技术，提高调车速度，王涛刻苦钻研调试技术，利用两个多月时间，写出了十多万字的《东风八平柴基本结构及调整》一书，有效地指导生产工人操作，大大提高了工作效率，使八平柴的日产量由最初每天几十台，迅速提高到300台以上，极大地满足市场需求。

● 启示

王涛以振兴民族汽车工业为己任，脚踏实地，埋头苦干，只讲奉献，不求索取的主人翁精神；以企业为家，认真负责，尽心尽力，精益求精的敬业精神；钻研业务，孜孜以求，博采众长，勇攀高峰的进取精神；热爱生活，淡泊名利，严于律己，乐于助人的高尚品质，值得我们学习。

# 最后的胜利属于强者

● 小档案

　　许振超，1950年1月出生，山东荣成人。1968年当工人。1974年进入青岛港，当码头工人。1984年，被选为集装箱公司第一批桥吊司机。1989年，被公司评为最佳桥吊司机。1991年，担任桥吊队副队长，1992年10月任桥吊队队长。2001年，任青岛港明港公司工地总指挥。2004年2月，被聘为新合资的明港集装箱公司技术部固机部经理。2005年4月，被全国总工会评为全国劳动模范。

　　1974年，许振超初中毕业后到青岛港当了一名码头工人。他操作的是当时最先进的起重机械——门机。许振超勤学苦练，7天就学会，在一起学习的工人中第一个独立操作。1984年，青岛港组建集装箱公司，许振超当上了第一批桥吊司机。许振超又钻研上了。桥吊作业有一个高、低速减速区，减速早了装卸效率下降，减速太迟又影响货物安全。于是，他带上测试表反复测试，终于成功地将减速区调到最佳位置。以前一台桥吊一小时吊十四五个箱子，改革后能吊近二十个箱子，使作业效率提高1/4。一次，一场大雾使整个码头的装卸作业被迫停下，直到中午雾仍不散。货轮的船长急火火地找到许振超，请求马上把集装箱卸下来。原来，该轮装载的全是冷藏箱，不料供电电源发生故障，如不抢卸，一旦箱里温度升高货物变质，损失就是好几百万元。一台桥吊有十几层楼那么高，而集装箱上起吊用的4个锁孔，每个不过一块香皂大小。司机在四十多米高的桥吊上，要让重达十几吨的吊具的4个爪准确插入集装箱的锁孔中，好天气操作起来都不那么容易，何况大雾弥漫。

　　艺高人胆大。许振超一咬牙答应了。他在船上、岸边各安排两个经验丰富的老司机，通过对讲机随时报告集装箱位置，自己登上桥吊，精心操作。随着船上、岸边清晰的报告声，一个个箱子一钩到位，顺顺利利全卸了下来。许振超凭着过硬的功夫、娴熟的技巧，闯过了雾天作业禁区，为客户挽回了巨额损失。

　　1991年，许振超当上了桥吊队队长。他在工作中发现，桥吊故障中

152

有60%是吊具故障，而故障主要是由于起吊和落下时速度太快，吊具与集装箱碰撞造成的。他提出，这么操作不仅桥吊容易出故障，货物也不安全，必须做到无声响操作。

司机们一听炸了窝。"集装箱是铁的，船是铁的，拖车也是铁的，这集装箱装卸就是铁碰铁，怎么能不响呢？"说出口的道理很硬，没有说出口的道理更硬：桥吊队实行的是计件工资，多吊一箱就多挣一份钱。搞无声响操作，轻拿轻放，不明摆着要降低速度，减少收入么？

许振超没多解释，自己动手练起来。他通过控制小车水平运行速度和吊具垂直升降之间的角度，操作中眼睛上扫集装箱边角，下瞄船上装箱位置一点，手握操纵杆变速跟进找垂线。打眼一瞄，就能准确定位，又轻又稳。然后，他专门编写了操作要领，亲自培训骨干并在全队推广，以事实说服人。就这样，"无声响操作"又成了许振超的杰作、青岛港的独创。

2001年，青岛市和青岛港集团实施外贸集装箱西移战略，启动前湾集装箱码头建设。然而，由于种种原因，直到11月下旬，桥吊安装仍然没有大的进展。关键时刻，青岛港集团总裁常德传现场发布任命：许振超任桥吊安装总指挥，年底前完成桥吊安装。接下任务，许振超办了两件事：一是打电话告诉爱人，从现在到年底一个多月不能回去，让她放心；二是买了10箱方便面，往现场一扔。前湾码头当时还是一片荒地，现场办公就在工地上一个集装箱里。零下十几摄氏度的天气，集装箱里里外外一样冷。每天早晨脸盆里的水都冻成冰坨，穿上工作鞋先要跺几分钟。吃饭要到三里地以外，错过点只能干啃方便面、凉馒头；睡觉就在集装箱一角铺上硬纸壳加大衣。有一次许振超发烧，几天不退，身子像散了架一样，走路都发飘。经过四十多天的奋战，重1 300吨、长150米、高达75米的超大型桥吊，终于矗立在前湾宽阔的码头上。许振超和工友们激动地流下了热泪。而许振超的风湿病又加重了，走起路来左腿常常不敢吃劲。随着港口西移战略的顺利推进，一个念头在许振超脑海里越来越强烈：提高装卸效率，创造集装箱装卸的世界纪录！

● 经典语录

现代化大生产说到底最需要团队协作。仅凭我一个人，就是一身铁又能打几个钉。

# 满腔热血为中华

● 小档案

马永顺，1914年出生，劳动模范。1999年，在被授予全国"五一"劳动奖章后，他又获得全国十大绿化标兵称号。2000年2月10日，马永顺因心脏病突发在黑龙江省铁力市去世，享年87岁。

在祖国版图雄鸡昂首的地方，有一片惹人注目的绿色。那绵延苍茫的大森林以其丰厚的馈赠，不仅为国家贡献了栋梁之材，更哺育了许多壮士和英雄，马永顺的足迹从这里起步。

建国初期的黑龙江小兴安岭林区，作业条件十分艰苦。冬天，天寒地冻，气温经常在零下三四十度。西北风刮在身上，手脚冻得像猫咬似的疼痛；夏天，林子里一点风也没有，闷得人透不过气。林区工人上山采伐，吃的是高粱米，住的是地窖子。在这样艰苦的条件下，一个采伐期，马永顺就采伐木材1 200立方米，一个人完成了6个人的工作量。

马永顺不仅是个扎实苦干的人，还是个善于琢磨道道儿巧干的人。他把大肚子锯改成弯把子锯，工效提高了3倍。他总结创造出了"安全伐木法"、"四季锉锯法"，成为全国手工采伐作业的教科书。有一年秋天，暴雨倾盆，山洪暴发，通往林场的森林铁路有好几段被冲毁。马永顺当时静脉曲张病复发，小腿肿得碗口粗，正在家中休息治疗。听到消息，他忍着病痛从床上爬起来，冲进抢险队伍，大声喊道："抢险队员'小马'报到！"林区的秋天，河水刺骨凉，马永顺全然不顾。他用铁锹挖土堵缺口，用手挖泥块子，搬石头，腿上的伤口一阵阵钻心疼痛。干着干着，突然头昏眼花，一头倒在泥水里……他运沙石、修路，硬是坚持了7天，直到铁路通车。他把对党、对祖国、对人民的爱倾注在本职岗位，倾注在千里兴安大森林。

马永顺决心用自己的实际行动，为促进青山常在贡献力量。从1960年开始，每年春天造林季节，马永顺每天清晨上山，赶在正式上工前和下班后的时间植树造林。中午休息时，他也抓紧多栽几棵树。有一年，马永顺在鹿鸣林场造林，踩着一根倒木过一条小河时，脚下一滑掉进河里。他被水冲出十多米远才拼命游到对岸，手里拎着一条装满树苗的麻袋，却没撒手。

具有高度责任感的马永顺，不仅积极造林，还认真护林，看到树苗受到损坏，就像伤了他的心肝肺似的，立即采取保护措施。一次，马永顺乘车外出办事，途经建设营林所南山，想起一年前在这里栽了二百多棵树苗，就让停下了车。他上山一看，林地被挖了一个大坑，五十多棵落叶松小树被修路挖土给毁坏了。他既心痛又气愤，回到铁力，立即找到局长"告状"，制止了修路毁林的现象。

马永顺说："我已向大山许了愿，只要身子骨不散架，就要上山造林。"每年，他不仅亲自带领全家人上山造林，别的林场造林，只要他知道了也都赶去参加。这些年，仅他亲手在马永顺林场造的林子就有三百多亩。在他的精神激励下，马永顺所在的林场已累计造林一千多亩。"青年林"、"三八林"、"红领巾林"、"个体林"、"奉献林"、"老有所为林"遍布山脚下、山坡中、山头上。仅1999年，该场就造林4 700亩。马永顺的精神，已不仅仅在马永顺林场和铁力林业局开花，也在黑龙江省森工林区遍地传诵。

谈起森林资源减少，生态失去平衡时，马永顺心里就隐隐作痛。1991年夏，大兴安岭林区发生了百年一遇的特大洪灾，直接经济损失5亿元之巨。马永顺感悟到，人类不能总是向自然索取，应该把向自然的索取还给自然，以维护生态系统的平衡，维护自己的生存空间。他常说："可不能吃祖宗的饭，造子孙的孽呀！"马永顺望着一片伐光了的远山，感慨地说："虽不能要伐木工负责，可我总觉得我多伐木既是贡献，也是欠下了大山一笔'账'呀。我以前采伐了36 500多棵树，今后我要上山栽树，还上这笔账。"自1960年，马永顺四十多年种树不止。1991年，马永顺已是78岁高龄的人了。他掐指算了一下，还差近千棵树没有还上过去的采伐"欠账"。这年春节，他动员全家每年都要跟自己上山造林。5月1日这天，马永顺带领一家三代18口人组成马家军，来到荒山坡上植树造林。他既当指挥员、战斗员，又当质量验收员。经过全家人的努力，在荒山坡上栽下一千五百多棵落叶松树苗。马永顺栽树的数量超过了过去的砍伐数量，多年的愿望实现了。至今"马家军"上山造林已有九个春秋。到1999年，全家人在荒山上栽植树苗已达五万多棵。

155

生命不息，造林不止。

# 为了党为了祖国

● 小档案

范玉恕，中共党员，1952年3月出生，高级工程师，现任天津三建建筑工程公司项目经理、副总工程师。1995年、2000年两度荣获"全国劳动模范"称号，1996年获全国五一劳动奖章。1999年被全国总工会授予"全国十大杰出职工"称号，2000年被全国总工会授予"全国职工职业道德'双十佳'标兵"。2003年，被建设部评为"全国建筑业优秀项目管理者"。

在市场经济条件下，物质利益考验着人们的职业良心和敬业精神。范玉恕干的大工程需要把一些项目分包出去或外采购建筑材料，一些外分包、外采购单位，为了争揽分包工程，或把建筑产品打进工地，使出各种手段，五花八门。所以他必须随时保持着警觉。

一天晚上，一个外分包队负责人突然闯进范玉恕家，拿出一大把钱，还有大包礼物。范玉恕明白他的来意，无非是想让他多结点工程款，在工程质量上马虎点。老范没让坐下就把他推出了门。为了不让这些人打他的主意，第二天向项目班子宣布一条规矩：以后谁向外单位人透露他家的地址，就处分谁。民工们私下说："跟老范干，别想来歪的邪的，只有规规矩矩干好活。"

为了恪守不交付1平方米不合格工程的承诺，他不怕得罪甲方，不怕给自己找麻烦。这种高尚精神不仅教育了身边的职工，也深深打动了甲方。他负责的另一项工程使用的钢筋由甲方提供，有一批钢筋因存放时间较长生了一层浮锈。钢筋一到现场，范玉恕就提出有锈的钢筋不能用。但甲方考虑这么一大批材料废弃不用会造成很大损失，就恳求老范接收并使用。老范对甲方说，从工程质量考虑，这样不能用，非要使用，必须严格除锈。就这样，钢筋又被拉了回去，直到除锈合格后才使用。为此，甲方领导特意召开全体员工会议，号召职工向三建公司的范玉恕学习。范玉恕干的工程越来越大，从几千平方米到几万平方米乃至10万平方米以上，工程质量也越来越好。第43届世乒赛主赛场天津体育中心，是他施工生涯最为难忘的一项工程。该工程由主馆、大小练习馆、运动员宾馆等幢号组成。五万多平方米的建筑群要在一年零十个月内完成，工期紧、工艺复杂、质量标准要求高，是当时天津市的一号工程。工程建设中，有一个精度要求特别高的关键环节，这就是要把固定屋面网架用的384颗螺栓准确地预埋在96根柱顶上，而且要使预埋螺栓和网架上的螺孔一一对应，误差稍大，直径108米、重800吨的大型屋面网架就难以吻合。为了攻克这道技术质量难关，他和伙伴们付出极难想象的代价，精心进行了上万个点的测量，最后大型屋面网架分毫不差地架到了梁柱上，一次安装成功。范玉恕不负重望，把这项事关天津名声、国家声誉的工程建成了精品工程，获鲁班大奖。他把沉甸甸的爱播撒到一个个工程项目，融入一幢幢大厦，将无字的丰碑留给后人，以表率作用启动人们心中的良知和道德资源。他攀上了一座又一座高峰，始终保持一种执著的追求精神。正在承建的金皇大厦地下3层、深16米、地上47层、高188米，建筑总面积达10万平方米，是迄今津门第一厦。为了确保底板混凝土浇筑质量，他对提供混凝土的搅拌站一家家的考察，和技术人员一起确定计量控制，并制定一套严密的施工方案。在底板浇筑时，四天四夜没离开现场一步，直到打完最后一车混凝土。

老范懂得，一个人就是浑身是铁也打不成几颗钉，加强管理保证质量必须靠大家来做。他把"高招"、"绝招"都毫无保留地传授给别人。他认真总结多年施工经验，归纳出《8、5、15工程项目管理法》，提出"算、采、收、发、代、保、撤、结"八字诀，经济管理把"五关"以及施工质量"十五个控制点"。他的这一成果，很快被建设部收做全国项目经理培训教材。

范玉恕项目班子有7个新参加工作的大中专毕业生，他热心帮助他们学业务、长本领，还把锅炉房、汽车库、变电站这些小栋号工程交给他们，让他们在实践中锻炼。一名新分到企业的大学生，到范玉恕项目经理部"留学"，经过一两年培训后，返回单位就挑起了大梁，能独立组织项目施工，而且还创出了"三天一层楼"的成绩，优质快速，一鸣惊人。

老老实实做人，结结实实盖楼。

# 我为我是中国人而骄傲

● 小档案

秦文贵，男，汉族，1961年9月出生，中共党员，高级工程师，现任中国石油天然气集团总公司市场部副主任。1997年4月，秦文贵获得了首届"中国青年五四奖章"，被誉为"当代青年的榜样"。

秦文贵1982年从华东石油学院毕业后，被分配到青海油田。当时，他也有过犹豫，因为那里是石油行业人人皆知的全国海拔最高、生活最苦的油田。但他也深知，那里地域辽阔，油气发展潜力大，年轻人到那里一定会有所作为。于是，他怀着"头戴铝盔走天涯，昆仑山下送晚霞"的豪情走向了戈壁瀚海。

渐渐地，打钳子、甩钻杆、扶刹把、下套管……钻井的每一道工序，他都了如指掌。秦文贵在最艰苦的井队一干就是5年。5年中，他从不摆大学生的架子，和工人们一起摸爬滚打。硫酸钡重晶石粉能增加井压，但是要靠肩膀扛到井上。油田高价雇来的民工刚扛了两袋石粉，就不干了，卷起铺盖往戈壁里跑。钻工们追上去，这些甘肃山丹来的民工说："我们那儿驴子也不干这活儿。"秦文贵就和师傅们一起扛。6袋重晶石粉压在他的身上，鼻血浸透了胸前的工服，但他仍一步一步向井架挪去。3个月下来，他们硬是扛了一万多吨的重晶石粉，相当于　2 000辆解放卡车的运量。

渐渐地，秦文贵发现，柴达木盆地恶劣的自然条件和油田相对落后的技术装备严重阻碍了青海油田的进一步发展。要改变现状，出路只有一条，那就是实干。他深知，在艰苦地方苦熬不算真本事，只有自强创业，干出一番事业才有真正的价值。一种强烈的责任心、紧迫感促使他努力学习、刻苦钻研。

为学好英语，秦文贵自费订阅了英文《中国日报》、《北京周报》等报刊，长年坚持用英语记工作日记。劳累了一天后，别人已酣然入睡，他还就着昏暗的灯光学习。在钻井队，他还不断琢磨研究各种设备，练就了一套千里眼、顺风耳的本领：看板房的灯光明暗，就知道井上启动了什么电机设备；听钻机的异常声音，就可判断出井上哪个环节出了问题。毕业第五年，他入了党；第八年，他当上了钻井队队长兼工程师。

在油沙山一口井的施工中，为了防止把井打斜，他根据自己所掌握的专业知识，提出采用刚性满眼钻井技术和钟摆钻井组合工艺。他的建议被采纳了。实践证明，不仅井身质量合格，而且钻井速度提高了20%，节约成本二十多万元。这一成功，使秦文贵进一步认识到，油田的开发需要艰苦创业、吃苦耐劳的精神，更需要科学技术。作为一名年轻的科技人员，他应该在这方面发挥更大的作用。

1992年2月，经过严格的考试，秦文贵被选派到加拿大卡尔加里大学学习，为期13个月。在加拿大学习的日子里，他处处留心，事事观察，凡是觉得有启发、有价值的东西都一点不漏地详细记录下来。不间断的英语学习，此时派上了用场；几年的钻井实践，使他能迅速、准确地理解课堂所传授的新知识。秦文贵在这篇不足1万字的论文中，不仅论及这家石油公司的经验，更重点论述了钻井工程方面的四大问题并提出解决方案。正是这一点使董事长迈克感到震惊。一个科学家，能够提出问题已经算得杰出，还能够拿出解决问题的正确方案，那就是天才。而且，秦文贵在加拿大学习和实践的时间如此之短，竟能有如此敏锐的见识，迈克觉得这简直不可思议。这篇论文被指导教授作为范文分发给其他同学参考学习。

回国以后，他积极探索固井新工艺的推广应用，基本消灭了小钻具通井事故的发生，仅这一项全年节约数十万元；他精心设计推广双级固井和7寸尾管完井技术，通过两口深开发井的试验应用，每口井节约成本三十余万元；他优化改进井身结构，用八又二分之一英寸钻头替代十二又四分之一英寸钻头，缩小井眼，岩石破碎量降低一半，提高了钻井速度，大大降低了成本。他研制出可移式钻机水泥条形基础，不仅搬运、安装简单迅速，还可多次使用，使每口井节约五万多元；他采用"本塞纠正，对准套管，水泥固定"的措施，妥善处理了油井的深层套管断裂事故，为国家避免了重大损失。秦文贵组织研究和推广、运用的科技项目达十多项，大幅度提高了钻井速度，使2个月打成一口井的梦想变成现实。

如果，当时我们这些刚走出学校的大学生，受到一点挫折就消沉，遇到一点困难就抱怨，那么自我的天地就只会越走越窄、越来越封闭。自己服务社会、报效祖国的理想就会变成一句空话。

# 大漠愚公

● 小档案

唐八十，男，蒙族，1950年出生，乌丹镇查干希热嘎查党支部书记。于2002年10月被自治区授予"造林绿化十大标兵称号"。同年全国绿化委员会对唐八十同志颁发"全国绿化奖章"。2005年，被自治区人民政府授予"劳动模范"称号。

在内蒙古翁牛特旗（县）布力彦苏木（乡）的万顷沙海，有一个占地2 000亩的绿色庄园。

每当盛夏，人们走进这片庄园，鸟叫禽鸣好似一曲动听悦耳的交响乐；白杨、垂柳、桃杏、青松，组成一幅美妙绝伦的自然风景画。金秋时节，草丛间野鸡展翅、山兔飞窜、狐狸出没；林网中稻菽飘香，瓜果满园，又一派丰收景象。谁会料想，这个庄园是在18年前滚滚沙丘新的梦幻？创造这一人间奇迹的，就是今天庄园的主人——赤峰市翁牛特旗布力彦苏木查干希热嘎查干村共产党员唐八十，他被誉为"大漠愚公"。

布力彦苏木处于科尔沁沙地腹地，气候干燥，十年九旱。到上个世纪80年代，沙进人退，土地70%被沙化。恶劣的生态环境，严重制约这里牧民生产的发展和生活水平的提高。唐八十小的时候，家乡绿树葱郁，野鸡、狍子满地，给他留下了深刻的印象。看到现在的沙化状况，唐八十痛心疾首。他说："这沙子熊到我们门口上来了，我们不能坐以待毙，大家要行动起来，向沙漠要地、要树、要草场，为子孙后代负责。"

1987年春天，他率领全家老少六口人，抛弃刚刚建设好的四间砖瓦结构的新房和舒适的生活环境，顶着重重阻力，冒着极大的风险，毅然决然地迁进黄沙漫漫、寸草不生的沙窝子，开始了他战天斗地、治沙造林的漫漫征程。"为了治沙，他二十几天穿碎一双鞋，十几天穿烂一件背心！"他带领家人首先在沙漠里简单地盖了几间土房。他说，不能把钱用在盖好房子上，要用来治沙。唐八十先是在沙地开出两块菜地，一场风就把菜地刮得无影无踪。他又拿出自己多年积蓄的1万元，买回网罩。在住地四周围封600亩流动沙地，一场风袭来，围网罩的一米多高的木桩子就埋到了沙里，唐八十只好一个一个地把它再扒出来。有的树苗被连根拔起。为了抵御风沙袭击，唐八十给每个树苗都加高防风沙障。从县城乌丹镇河南苗圃用马车往回拉树苗。那时，布力彦苏木不通车，要往返一百多公里的沙漠，唐八十赶着毛驴车当天到不了乌丹，往返都要在半路上的白音汗住一宿，第三天穿越沙漠时，还要帮着毛驴拉车。经过几次，他才拉回树苗2.5万株。时至初春，正值北方地区造林的黄金季节，唐八十一家老弱病残开始上山植树。他早出晚归，风餐露宿，渴了喝口凉开水，饿了茶水泡炒米，春秋两季，月余下山。经过三四年的围封治理，终于在茫茫的白眼沙中见到了一片绿色。唐八十乘胜前进，不断扩大治沙战果，从他居住的地方第二次向外围封了六百多亩，第三次又向外围封了六百多亩，在他居住地周围，治理沙漠已达二千多亩。

花开花落18载，唐八十整整在沙窝里奋斗了18个春秋。一家人被带动起来，党员牧民也跟着参加治沙战斗。18年来，唐八十共自筹资金10万元，在茫茫沙丘上建起了八千多亩的草库伦，林木发展到十几个品种。他从苗圃引进200株樟子松树苗，在30米高的沙丘上安家落户。老唐精心管护，视如至宝，单独围封，每年浇灌水，树高已达0.8米，长势喜人。去年以来，他除在居住地治理沙漠2 000亩外，又围封沙地6 200亩，其中，造林面积已达六百多亩，营造杨树用材林80亩，沙棘、白柠条、黄柳等防护林500亩；人工模拟飞播小叶锦鸡儿、踏榔、沙打旺、沙蒿一千多亩，林草覆盖率已达95%以上。为了提高造林成活率，除利用泡子水外，他又自筹资金打5眼小井，机电配套，幼林平均每年浇灌3次，旱的时候，要5天浇灌一次。大沙丘上要车拉人挑，无论春夏秋冬，全家老少起早贪黑，披星戴月，天天劳作10个小时以上。

整整18年，唐八十一家没向国家要一分钱，汗水和心血换来了一个初具规模的林草相间、生态经济的沙漠小绿洲。现在，全嘎查一百二十多户已有六十多户牧民以他的封育区为模式和中心，在布力彦嘎查的村屯附近风沙源头围封治沙2万亩，不仅建设了一道绿色天然屏障，还使全嘎查三分之一的贫困户走上治沙致富的道路。有效地保护了1.5万亩草场，4 600亩农田，6个村庄。在他们的居住地以外，又围封治沙4万多亩。昔日黄沙滚滚，今日青纱一片。牧民们都赞不绝口称他是共产党人的楷模。

● 经典语录

不信绿色唤不回。

# 情系炎黄

● 小档案

王君，陕西省政协委员，著名的乙肝专家，首创"重建肝病免疫工程"这一新思路，新理论防治乙肝、总结出一整套独特的治疗方法，取得了良好的效果。并发表四十多篇有价值的学术论文，得到了国内外专家的一致好评，为此荣获了"国际科学与和平周特别奖"，及"联合国世界和平使者"的光荣称号。

1994年11月7日，第六届联合国"国际科学与和平周"颁奖大会在北京人民大会堂举行。因研制开发"白龙转阴"系列药物治疗乙型肝炎的突出贡献，王君院长荣获联合国"世界和平使者"光荣称号。

王君既非名医之后，也非名门出身。他是陕西周至县一个地地道道的农民的儿子。同许多的山区一样，王君的家乡荒凉闭塞、贫穷落后。1967年，年轻的王君对中医产生了兴趣。为了搞到几本中医方面的书籍，他找人借钱，上山扛木头挣钱。千方百计，他总算搞到了自己所渴望的《黄帝内经》、《本草纲目》、《四象脉学》、《千金方》等中医宝典。

既无高人指点，又无名师可问，年轻的王君除"望闻问切"之外，他还潜心收集民间单方。渐渐地在偏僻的家乡，王君有了点小名声。然而，父亲的死却深深地刺激了他。眼看病魔折磨着父亲，可自己又无能为力，他的心都要碎了。父亲的去世使王君立下了攻克肝病的决心。在割资本主义尾巴之风蔓延的年代，王君背井离乡，辗转流浪。然而，贫穷和困苦并没能动摇他攻克肝病的决心，在实践中他丰富着自己的医术。

正当他的事业有一些进展时，一件意想不到的大祸突然降临到他头上，当时他试验用野生独头蒜治疗肝病。此物根茎色白形困，其叶细长无味却含毒素，他将其捣拦如泥放于碗中，万没想到的是他那天真可爱年仅4岁的儿子误食了它。

当他回到家时一切都晚了。王君痛不欲生，妻子则几近精神失常。"既然孩子已经夭折了，我如果撒手不干，那我就更对不起为我的事业付出了生命的儿子。"

数年的不断探索和实践，他研制出了对乙肝有显著疗效的药物，使绝大部分的患者服过之后，从阳性转为阴性，也因为他姓王，于是"转阴王"在病人中不胫而走。在乙肝治疗过程中，有一个停药后反跳的现象，即"阴"又转"阳"，抑制反跳是治病中极为重要的一环。王君解决此难题的思路新异独到：治疗时以内服为主，巩固时以外敷外用为主，内外结合。他在整理前人经验的基础上研制出"阴阳调肝袋"，对肝炎恢复期的反跳有特殊的抑制作用，反跳率只有4%，但王君仍不满意，他说，他的目标是0.4%。1993年2月，凝聚着王君心血的西安炎黄中医专科医院隆重开业。对于医院的名字，王君解释说："我们都是炎黄子孙，炎黄血脉，每个人都有义务发扬传统美德，以仁爱之心兼济天下。"兼济天下使得王君不仅仅局限于在自己医院接待来诊的病人，他还常常天南地北到处义诊。成都、济南、北京等地都留下了他义诊的足迹。

病人之中，经济不宽裕的人占了多数，而乙肝又是一种"富贵病"，需要吃好喝好休息好。陕西泾阳一农民，一家三个小孩都是乙肝患者，为了看病，他变卖了全部家当。王君知道后，让医院只收半费，而且帮助尽快治愈。西北一位老教授患肝病，因为是"享受国家特殊津贴的科技人员"，王君给予全部免费治疗。

在王君的医院里，挂满了"德高望重"、"肝病克星、患者救星"等多种牌匾。而且王君也先后获得第五届国际科学与和平周"科学与和平特别奖"，首届中医医疗保健精品博览会金奖和第六届联合国"世界和平使者"光荣称号。王君把炎黄子孙的医药文化展示给世界，使世界人民认识到中医学的神奇，王君为古老的中华民族赢得了荣誉，为祖国争了光。

163

王君先生在文学领域也颇有成就，短短几年时间已发表了几百篇各类体裁的文章，出版发行了诗歌、散文、小说、杂谈等十几部著作。最近发行的长篇小说《商海》，受到全体社会和文学界的关注，并与国家外经贸北方执信影视中心签定了改编40集电视连续剧的合同。现在电视剧的拍摄工作正在紧张有序地进行，王君先生届时将以电视剧剧中主角的身份出现在银屏上。

# 将生命化甘泉

● 小档案

李国安，出生于1946年3月，四川省成都市人。1961年入伍，1965年入党，大专学历。历任战士、军医、卫生队副队长、后勤处副处长、处长等职。1990年10月任内蒙古军区装备技术部副部长兼北京军区给水工程团团长。李国安曾荣立三等功2次，二等功1次。1995年9月，被国家水利部评为全国水利系统模范。1996年1月7日，江泽民主席签署命令授予"模范团长"的荣誉称号。6月，中组部授予"全国优秀共产党员"光荣称号。是中共十五大代表，中共中央候补委员。被工程兵指挥学院、工程兵工程学院和南京河海大学聘请为兼职教授。

20世纪90年代，内蒙古2 200万人口中仍有六分之一未解决吃水问题。如此严重的缺水现状，令李国安心急如焚。1990年10月，李国安任团长以后，他带领他的给水团在千古荒原上一次次找到了甜水，把沙化了的草原变成了一块块充满希望的绿州……

草原上的蒙汉同胞对这位能带来"甜水"的英雄都致以难以言表的谢意。然而1993年12月4日，李国安病危被送进了医院。在呼和浩特市医院，他被怀疑患了恶性的"胶质细胞瘤"。在医院的几天中，他一直处于昏迷和半昏迷状态。12月12日，李国安被抬上了东去的列车，站在雪中为他送行的人们，久久没有离去……

在北京经过了三个多月的住院治疗，李国安的病情有所好转。然而

164

在这三个多月中，李国安没有闲着。他躺在病床上，在妻子等人的帮助下，他翻阅了三十多部水利专著，写出了厚厚一叠找水计划。1994年4月1日，李国安不顾各方面的劝阻，执意要出院，医生只好给他围上了一条15厘米宽的"钢围腰"，支撑几近瘫痪的腰肌和病体。

回到阔别4个月的团队，李国安恨不得把病榻上的时间都抢回来。每天，他让战士们架着巡视一处处打井工地，听汇报。他的手抖得连笔都夹不住，坐不了一会，头上就冒虚汗。上厕所，弯不下腰，只好在一张木椅上挖个大洞……因此，当他提出考察八千里边防水文情况时，几位团领导和技术人员都不同意。但是，谁也没能改变他的决定。

无法想象一个骨骼未合、伤口在身的病人征服荒原面对的是怎样的艰辛。为了减缓颠簸，他让司机用背包带把自己捆在座位上。即使这样，腰部仍然一次次被磨破。吉普车内闷得像蒸笼，血水和汗水一次次把军衣浸透，伤口和军衣又一次次粘在一起。每当夜深人静，李国安总是咬着牙用毛笔蘸上药水一点一点地往溃烂的伤口上涂抹。考察途中，他用完了40盒药水，扔掉了十多条沾满脓血的短裤。

李国安和司机马世胜在风里、雨里跋涉了整整4个月。10月24日早晨，当他们踏着朝阳走向内蒙古最东部的伊木河哨卡时，里程表上显示的数字是24 800公里。李国安这次超越生命的远征，使他完成了一项前无古人的壮举：掌握了八千里边防的详细水源分布，写出了22万字的边疆水文地质专题调查报告，确定了109眼井位，收集了12麻袋形形色色的玛瑙化石，建起了我军第一个水文地质博物展室。血水和汗水凝成的报告填补了国家空白。1995年2月，水利部拨款1 000万元支持边防打井，三年内完成。但按照给水团1995年的进度，这次代号"952"的重点工程预计提前一年便可完工。

任团长的5年，他率领给水团转战160万公里，打出的水，可解决128万城市人口或256万农村人口用水，可养500万头牛和羊。他们在被视为无水的沙漠戈壁找到了水，在矿化度很高的地区找到了饮用水，在北纬40度以北开创了我国冬季成井的先例，在大鹅卵石地层填补了采用孔内连续爆破成井的国家空白，成井率高达95%。他主持撰写的边疆水文地质报告，已被推荐参加国家科技成果一等奖评选……这一切，均被专家认为是水利史上的奇迹。

熟悉李国安的人都清楚，为了工作他到底做出了多大的牺牲。他忍着病痛考察，夫妻长期两地分居，孩子上学没人照顾……他始终想到的是国家。1995年，水利部给他的1万元奖金，他加上1千元，全部捐献给"希望工程"。水利部后来特地给他又追加1万，并专门规定，不能挪作他用，他才得以还清了多年欠下的7 000元债。

● 经典语录

为了党和人民，就是要活着干，死了算。

# 战士的英雄本色

● 小档案

徐洪刚，男，云南省人，1971年3月出生，1990年12月入伍，1993年7月入党。历任战士、班长、排长、副政治指导员、政治指导员、团保卫股干事，现任济南军区某部政治处副主任。

1993年8月17日，身为济南军区某红军团通讯连中士班长的徐洪刚从家乡返回部队。当他乘坐的大客车行至四川省筠连县巡司镇铁索桥附近时，车内的几个歹徒突然向一名青年妇女强行勒索钱物。当被拒绝后，歹徒一边对妇女耍流氓，一边把她往疾驶中的车外推。此刻，在角落里打盹的徐洪刚被惊醒了。见此情况，徐洪刚冲上前去，大吼一声："住手，不许这样耍横!"歹徒看到有人干预，便把注意力集中在徐洪刚身上。徐洪刚挨了两个耳光之后，脸上火辣辣的，嘴角渗出了鲜血。他为了保护车内其他乘客，没有马上还手。歹徒的气焰更加嚣张，继续把那位妇女往车窗外推。军人的天职使徐洪刚再也无法沉默。他一脚把后面的一个歹徒踢得不停地后退，又狠狠一拳打在另一个家伙胸口上。不料，从后面又窜出两个家伙，一个抱住徐洪刚的腿，一个死死地卡住他的脖子。最先寻衅的那个姓任的家伙掏出匕首，向徐洪刚胸口猛刺一刀。在这生死关头，徐洪刚只有一个念头：和他们拼了!狭窄的车厢里，拳脚施展不开。四个歹徒把他团团围住，穷凶极恶地挥刀猛刺徐洪刚的胸、背、腹……

鲜血染红了他身上的迷彩服，也染红了座椅、地板。肠子从受重伤的腹部流出。

司机把车刹住。歹徒纷纷逃窜。此时，身中14刀，肠子流出体外达50厘米的徐洪刚，奇迹般地用背心兜住往外流的肠子，紧跟着跳下车来，用全部的力气往前追出了五十多米，然后一头栽倒在路旁……

英雄救人民，人民爱英雄。当事情发生后，当地的各政府机构、医院及广大群众纷纷行动起来：筠连县税务局副局长詹本方等火速把徐洪刚送到医院；县医院全力抢救；县公安局出动精悍队伍，在不长的时间内将四名罪犯全部抓获归案；每天前往医院探视英雄的人们成百上千……1994年春节前后，中央各新闻机构对徐洪刚的英雄事迹广为报道。徐洪刚舍己为人、勇斗歹徒的壮举在全国军民中引起强烈反响。2月5日，江泽民、李瑞环、刘华清、胡锦涛等领导同志接见了见义勇为的英雄战士徐洪刚等来自全国各地的双拥模范代表。江总书记指出："徐洪刚等人的事迹，体现了我们共产党的传统，也体现了中华民族的传统美德。"徐洪刚获得了"见义勇为青年英雄"、"全国新长征突击手"的称号。

徐洪刚1990年12月入伍，在一个具有光荣传统的红军团服役。他处处注意高标准、严要求，力争当一名优秀战士。虽然他十分渴望成为侦察兵，但当被分配到通信连后，依然刻苦训练，被评为"全优学员"、"硬骨头战士"。徐洪刚关心、体贴同志，用自己学过的按摩针灸专长为训练工作劳累过度的战友解除病痛。星期天、节假日，他抢着上岗，让别人休息。当了班长后，他更是以身作则，处处走在前面。他的生活虽然不算富裕，但当战友家中有困难时，徐洪刚便慷慨解囊。由于他的出色成绩和政治上的逐渐成熟，1993年7月，徐洪刚光荣地加入了中国共产党。

徐洪刚尽管已经成了一个"名人"，但他保持了普通一兵的本色。伤愈归队后，他坚持住在班上，参加正常的训练、学习。他在日记中写道："荣誉越多，越要多看自己的不足。多看不足，才能再立新功。"

徐洪刚始终保持着英雄本色，不断在新的征程上建功立业。1998年8月长江出现特大洪讯，徐洪刚所在部队防守的乌林镇青山段长江大堤出现特大险情，他主动请缨担任突击队长，带领全连官兵迅速投入抗洪抢险第一线。在冰凉雨水的浸泡下，他身上的刀伤隐隐作痛，但他下定决心：就是倒也要倒在抗洪第一线。他不怕苦、不怕累，以饱满的热情，自觉的行动，出色地完成了任务。抗洪结束后，他被集团军评为"抗洪抢险先进个人"，参加驻地抗洪抢险英模事迹报告团。1999年赴北京参加全军第九次青年工作会议。2005年、2006年，他两次被集团军表彰为"优秀共产党员"。

荣誉不是终点，奉献没有止境。作为一名先进典型，应该自觉与时代同步伐，与人民同呼吸，与祖国共命运。

# 为人民服务是我们的天职

● 小档案

邱娥国，男，汉族，江西省进贤县人。他荣获全国先进工作者、公安部一级英模、全国五一劳动奖章、全国优秀共产党员、全国第三届当代雷锋、全国敬老爱老金榜奖等一百多项荣誉称号，并荣立个人一等功一次、二等功两次。他是党的十五大代表，十届全国人大代表。

管治安防范，家长里短，户籍民警干的是最基础、最琐碎，也是直接关系千家安危的工作。

邱娥国明白，这工作一头连着党和政府，一头牵着居民百姓，做好了，为党和政府赢来的是一片民心；做不好，群众骂的不光是自己一个人。十几年来，邱娥国走街串巷，上千家门、认千家人、知千家情、办千家事，苦练"片儿警"基本功。

二十中盖楼，来了一大帮民工。邱娥国带着照相机到工地为他们拍相片，办暂住证。辖区里有好几所学校，邱娥国给孩子们上法制课，成了孩子们知心的老师、朋友。每周一下午，筷子巷街道办事处召集居委会主任们开会，邱娥国准要参加。会上，他总要反复宣传他的"三熟"理论，要这些老太太、老大爷们摸熟街区的电路、水路、道路情况，以便出现紧急情况时能从容应付。对辖区内的"两劳"回归人员和违法青少年，邱娥国一一上门和他们谈话、交心，帮助他们解决各种具体困难，从思想和生活上关心他们。

邱娥国在部队干的是炮兵，现在又像当年一样画起了方位图。他认真摸清情况，为辖区内每栋楼、每处院落都画了方位图，上面记载着每个方位在辖区中所处的地理位置，每户的具体位置、户主姓名、家庭住址、居住楼层、面积、结构等。除了方位图，邱娥国还设计了十多种本子，如特征本、工作记录本、暂住人口登记本、重点人口登记本等等，分门别类记载着管段的人口情况，辖区内重点工作对象的姓名、绰号、年龄、体貌特征、经济状况、业余爱好，什么人有什么特长，哪家店面卖哪种东西，几门几号有消防隐患，还有哪家夫妻闹离婚、哪家有精神病患者等等。

一天，居民们发现兴隆巷9号的裁缝失踪了，二十多位居民的衣料全部被卷走。大伙聚在一起，跺脚大骂，但大家只知道此人姓谢，其他情况一概不清楚，看来只好自认倒霉了。恰巧，邱娥国下管段经过此地，一听立刻记起，裁缝叫谢建平，是高安市石脑乡溪桥村人。原来，谢建平的店一开张，就引起邱娥国的注意，很快摸清了谢的情况，记录在工作本中。两天后，邱娥国与本所民警一起从高安原籍将谢抓获，并追回还没来得及销赃的2000元布料。

1981年国庆前的一天晚上，邱娥国检查辖区的防火安全。途经翘步街时，一居民跑来报告说，附近香平巷有两伙流氓打群架，眼看就要出人命了。邱娥国当即赶往现场。昏暗的街灯下，只见几十个人挥舞鱼叉、尖刀、棍棒，狂呼乱叫，杀成一团。必须制止他们，邱娥国猛冲上去，拦腰抱住一个拿鱼叉的家伙，大声警告："我是公安，住手!"看见只有邱娥国一人，一个穷凶极恶的歹徒大叫："就他一个人，打死他。"顿时，刀、叉、棍棒雨点似地落在邱娥国的肩上、手臂上，邱娥国奋力抵挡着歹徒，鲜血抛洒在小巷中。医生检查发现，邱娥国的肩头、右臂一共被砍了7刀，右臂骨折，神经、肌腱被砍断。邱娥国在南昌、上海的医院里住了4个月的医院，动了三次手术。右手终于保住了，但却落下了终生残疾，五指不能伸直并拢，小臂无法自如抬起，有三十多年军龄和警龄的邱娥国再也不能敬规范的军礼。

邱娥国满可以换个轻闲工作，但他实在割舍不下这方群众。出院了，邱娥国悄悄藏起上海华山医院出具的伤残证明，又回到熟悉的街街巷巷。在筷子巷派出所户籍民警中，邱娥国有三个最多，获得信息最多，提供线索最多，破获案件最多。深入群众、关心群众，使邱娥国与辖区群众建立起鱼水相依的亲密关系，为辖区的治安奠定了可靠的基础。

群众就是我的父母、亲人，他们有难处，我一个党员、人民警察不去帮，谁去帮？

# 为农民办实事

● 小档案

姜云胜，全国优秀党委书记，大连瓦房店人。1946 年 9 月 15 日出生，中共瓦房店市委委员，炮台镇党委书记。1970 年 8 月加入中国共产党。自学获得大学本科学历。1997 年，中共大连市委、辽宁省委先后授予他"优秀乡镇党委书记"称号，并号召开展学习姜云胜活动。1998年，中纪委、中组部、中宣部将他作为勤政廉政典型向全国推出，授予"全国优秀乡镇党委书记"称号。

从 1984 年担任炮台镇党委书记至今，姜云胜一心一意带领群众致富奔小康，把这个拥有 5.2 万人口的辽南小镇建设成为一个闻名全国的明星乡镇。2003 年，全镇人均收入 5 800 元，今年人均收入突破 7 200 元。富裕起来的农民都说："我们有一个好书记，有一个为农民办实事、拉着我们致富的好班子！"

"实践'三个代表'的关键在哪？在基层。"姜云胜说，"乡镇是最基层的一级政府，如果我们还停留在口头上空谈'三个代表'，让老百姓去实践'三个代表'吗？"打开姜云胜办公室里那个铁皮保险柜，是一摞发黄了的"账本"。这不是普通的账本，是姜云胜自 1984 年担任镇党委书记以来的工作日记。随便打开任何一本，扉页上是他当年写下的"誓言"，里面工工整整地记录着他在这一个年头 365 天的工作内容。"每天不管多晚，没记完工作日记，一天的工作就没结束。"姜云胜说，"每天记工作日记不是形式，是工作的内容，记下这些，是个回顾，也是个思考，知道做了什么，还有什么没做，还要想想怎样做会做得更好。"在炮台镇，每一个班子成员都要记这样的工作日记，这是姜书记给大家定下的规矩；每个季度，班子成员要坐下来，互相交流工作日记，互相评议。这也是姜书记定下的规矩。

炮台镇每个班子成员和全体干部，都包片到村到户，年初这些干部要深入到自己包片的农户家中，与农户商议一年的发展计划，内容包括种植或者养殖什么品种、有多少面积、使用什么样的技术、生产的每个环节和周期、销售订单、预计收入目标等等，落实在统一的表格上，表格经农户和包片干部签字后一式三份，农户一份，包片干部一份，另外一份统一装订成册交镇里存档。包片干部按照每一张表格上的生产环节和周期，按计划深入到农户家中，或者田间地头，或者种植大棚和养殖棚舍，参与农户的生产，解决农户技术、资金等生产中出现的实际困难。"我是地地道道的农民，我知道农民的习性，老百姓都想过好日子，有的人知道怎么样能致富，有的人不知道怎么样能致富。做父母官的，就是要拉着他们往富裕路上走，帮着他们去靠劳动致富。"姜云胜感慨地说，"这样老百姓才欢迎你，从他们嘴里说出一个好字，比什么样的荣誉都高。"

炮台镇富裕起来了。1999年11月，瓦房店市政府决定将炮台镇临近的邓屯乡合并到炮台镇。消息传出后，邓屯乡一些干部怕丢了"饭碗"，极力反对，有些不明真相的农民还到市里上访。本来还在犹豫合不合并的姜云胜得知这个情况后，当即向市领导表了态："炮台镇愿意与邓屯乡合并，只要还要我担任书记，我就会带着邓屯乡的老百姓一起致富。"两个乡镇合并后，原邓屯乡的6个干部调整进入合并后的炮台镇班子，本来带着情绪来的，工作了几个月后，个个都融入了这个积极向上的集体："姜书记的这一套打法，我们服！"3年来，炮台镇财政先后拿出五千多万为原邓屯乡一些落后的村修路、铺管线，进行基础设施建设，带动这些农民一同致富。富裕起来的农民高兴地说："并入炮台镇，才知道好日子是什么样，这是我们的福分呀！"

在炮台镇政府大院里，有两排大樱桃树。到了夏季，樱桃熟了，红彤彤的大樱桃挂满枝头，煞是诱人。"瓜果梨枣，谁见谁咬"，这是农村古老的风俗。但是，这个风俗在炮台镇机关大院里却改变了，天天出来进去的人们，谁也不伸手去摘一颗。"姜书记定下了规矩，集体采摘，集体分享。"王德世说，"姜书记教导我们，干部是为群众干实事的，不是占小便宜的，今天贪吃一个樱桃，明天说不定会贪了不该拿的钱物。"炮台镇的14个班子成员，连续多年没有一个人违法违纪，他们像一台动力十足的机车头，齐心合力，勤政为民，拉动炮台镇的百姓在通向小康社会的轨道上加速前行。

● 经典语录

为官一任，造福一方。

# 艰苦奋斗是宝贵的财富

● 小档案

李向群（1978—1998），海南琼山人，1996年12月入伍，广州军区某集团军"塔山守备英雄团"九连一班战士。1998年8月5日，他随部队赴湖北荆州抗洪抢险，14日在抗洪抢险一线光荣加入中国共产党。在公安县南平镇堤段的抗洪保卫战中，他带病坚持抢险，先后4次晕倒在大堤上，终因劳累过度，抢救无效，于1998年8月22日壮烈牺牲，年仅20岁。

中共中央总书记、国家主席、江泽民签署命令，授予李向群"新时期英雄战士"荣誉称号，并亲笔题词："努力培养和造就更多的李向群式的英雄战士"。

1998年夏，从南到北，从长江到松花江，我们国家发生了历史上罕见的洪水灾害。灾区人民奋起抗洪，全国人民无私支援。特别是，成千上万的解放军和武警官兵闻水而动，火速赶往灾区，扛沙包堵决口，用汗水、用鲜血，甚至用自己的生命与洪魔搏斗，谱写了一曲曲惊天地、泣鬼神的抗洪之歌。在千万个抗洪英雄当中，出现了一位年仅20岁、军龄20个月、党龄8天的家富不忘报效国家，舍生忘死为民献身的抗洪英雄李向群。

李向群是继雷锋之后，我军涌现出的又一个具有鲜明时代特征的先进典型。江泽民主席称赞李向群"用生命谱写了壮丽的人生凯歌"，还签署中央军委命令授予李向群"新时期英雄战士"荣誉称号，并于1999年3月18日亲笔题词："努力培养和造就更多李向群式的英雄战士"。中央军委副主席张万年、迟浩田也分别为"新时期英雄战士"李向群题词。张万年副主席的题词是：当代青年的榜样，优秀战士的楷模。迟浩田副主席的题词是：人民军队的英雄战士，改革时期的优秀青年。

李向群入伍的第一个月拿到了35元津贴。35元钱与他在家的一个月收入相比，可以说是微不足道。但是，他觉得这35元钱意义不一般。刚入伍时，李向群还露出一点富家子弟的派头，吸烟、吃零食，花钱有些大手大脚。入伍前更厉害，和朋友吃一顿饭就要花掉好几百元，吸烟喝酒更不用说，馒头吃不下就随便扔了。

参军后，部队开展了"四不一有"（不抽烟、不下馆子、不进发廊、不要家里寄钱、有存款）的活动。李向群在部队的教育下，觉悟提高很快。李向群领到35元津贴以后，到军人服务社买了几样日用品，一瓶洗发精3元钱，香皂也是最便宜的。买完东西，李向群在服务社门口看到有一部电话机，心想远方的母亲一定在惦念着她，打个电话问候问候吧！可一想，打长途电话要花不少钱，至少得五六元。他把手里拿着的话筒又放了回去，返身又到服务社买了一本信纸和10个信封，花了两三元钱，可以用一个月。

李向群牺牲后，在一个日记本里发现了一张每月开支10元的计划：每月只花10元钱，其中买牙膏1.5元，香皂2元、洗衣粉1.5元、卫生纸1.5元，其他开支3.5元。李向群牺牲后，指导员胡纯林在整理李向群的遗物时，竟然发现李向群没有留下一分钱，同志们都非常惊讶。大家给他算了一笔账：李向群当兵20个月，总共领津贴费830元，入伍时从家里带来900元，共计1 730元。这些钱是怎么开支的呢？日常用品每月10元，函授学费360元，累计捐款共1 030元，加起来一共花了1 590元，除此之外，其他开支仅140元。指导员胡纯林替李向群算完这笔账以后，感慨地说："李向群真的是'贫穷的富家子弟'啊！"

● 启示

李向群精神将影响当代中国青年的生活方式和价值观念的形成。在他们身上，不仅有美好的理想和坚定的信念，同样蕴含着丰富的情感和亲情。他们心系祖国和人民的利益，把生命献给了人类最壮丽的事业。正是有了李向群、李德清等千千万万抗洪军民，才有了凝聚民族精神的九八抗洪的伟大胜利。他们身上闪烁着崇高的精神和人格魅力，他们不愧为精神文明的楷模。时代需要李向群精神。

艰苦奋斗是一面精神旗帜。谁养成了艰苦奋斗的优良作风，谁就拥有了一笔宝贵的财富。

# 我听党指挥　不受钱指挥

● 小档案

丁晓兵，男，汉族，1965年9月出生，1983年10月入伍，丁晓兵同志入伍二十多年来，牢记使命，献身国防，以伤残之躯续写人生辉煌篇章，先后被人事部和中国残联授予"全国自强模范"称号，被武警部队评为第八届"中国武警十大忠诚卫士"，被中组部授予"全国优秀共产党员"荣誉称号，荣立一等功1次、三等功2次。

丁晓兵1983年入伍。1984年，他是侦察大队的一名侦查兵，在一次侦察和抓捕战斗的过程中和敌人交上了火。

丁晓兵说，夜里我们潜伏到敌方阵地前沿执行侦察和抓捕任务，凌晨突然发起攻击。我们4个抓捕手，高地上驻了四十多名敌人，我们准备虎口拔牙强行抓捕。应该说行动还是比较顺利的，敌人还没有反应过来的时候我们已经得手了。

但是在撤退的时候，丁晓兵等人遭到敌人疯狂的火力报复。他说，当时三个高地的火力同时向我们进行火力压制，把我们的撤退路线给封锁了，突然一枚手雷就从高地上砸过来了，那时候也没来得及多想，因为抓住了一个俘虏，把俘虏一把压在地下右手抓着手雷就想往外扔，但是已经来不及了。

他回忆道，当时一下子有一个大火球就炸了，那一瞬间还不知道手臂没了，因为有一个炸弹的冲击波，我醒来以后就发现俘虏在往回跑，我就把他一下子扑倒了，当时本能地就要按他的脖子，但是一下子就歪倒了，才知道手臂肘关节已经没了，大臂的骨头一下子就插到土里面去了。丁晓兵说，等我爬起来一看大臂这块只有一点点皮了，当时一点也不痛，完全已经麻木了，而且大臂的血管也一下子往外喷血；我压着那个俘虏就开始喊，"连长、班长你们赶快过来，我胳膊断了。"丁晓兵回忆道，战友们过来以后就把俘虏压住、用手铐铐起来，然后用止血带给我做了一个非常简单的止血包扎。之后他们就冒着敌人的枪林弹雨向后撤退，撤退的时候灌木很多，后来还牺牲了一名同志，而且还要把这名牺牲的同志背回来。可以说当时的行动非常困难，敌人的火力也非常猛。他说，断裂的地方当时只有一点皮挂在上面，所以手臂老是被树枝挂住，扯得皮很痛，"最后没有办法我就用匕首把这个手割掉了。当时怕手丢掉，想着带回来缝一缝还能用，我就把我的断臂给别在腰上了。"

丁晓兵说，当时中间有好几次都快不行了，我的老班长一边走一边掐我的人中，他跟我说"晓兵你不能倒下去，再过一会儿我们就到了，你坚持一下"。那时也是一种一定要完成任务的信念，另外人也有一种本能的求生的欲望。可以说完全是一种信念的支撑，撑了三个小时，一路滴着血走过来的。结果一看到我的战友们抬着担架从老远往这儿跑，大概还有一里多路，我一看担架往这边跑我就不行了，一头就栽到地下了。后来我才知道他们还给我用了心脏起搏器，用强心针，当时都以为我不行了，昏睡了三天。

丁晓兵说，当时我都不相信我自己活了，因为我往下倒的瞬间的意识和想法可以说是刻骨铭心的。人往下一倒的时候我当时就觉得我的生命结束了，我还好年轻啊，还有好多事没有做。也可能是因为这种意识过于强烈了，所以醒过来的时候看这个天花板就觉得是不是真的活了，然后才想起来要去抓一抓自己，结果一抓真的有感觉了。当确信自己活过来的时候我都不知道用什么语言来形容当时的那种心情。他说，后来有人叫我总结一下，我说怎么总结，生命真的是很宝贵的，活过来的感觉真好。虽然当时只有十八九岁，但是那时候自己已经不是一个孩子了。穿上这身军装以后，就是一个肩负着责任和重托的中国军人。

2001年，丁晓兵所在的团赴上海、江苏、浙江等地执行协助海关监管任务。浙江方向拒腐防变形势严峻，需要加强一线领导，当时任政治主任的丁晓兵主动向团党委请缨。有人劝他，那个地方艰苦，风险又大，你当主任已经四年多，处在关键时候，万一有点闪失，会影响提升，前车之鉴不能忘啊。其实，丁晓兵完全可以不去担这个风险，他一不是团领导，二来胸膜积水在上海住院治疗才几天。丁晓兵却认为：党员干部，不能一事当前先想自己保险，应该越是艰险越向前，让党的事业保险。于是，他坚决要求到了打击走私的风口浪尖上把好国门。人生关口的这一次次选择，丁晓兵失去了很多，但他痴心不改，无怨无悔。

● 经典语录

社会再怎么变，使命没有变。

# 一半是老师　一半是父亲

● 小档案

　　刘让贤，青海省互助土族自治县东山乡什巴小学校长，1941年6月出生，1985年10月入党。他扎根山高坡陡的干旱地区——什巴，一干就是25年，用一颗诚挚的心为繁荣民族教育事业作出了贡献。1998年获全国"五一"劳动奖章，被评为全国"十大"师德标兵。

　　在地处青藏高原的青海省互助土族自治县东山乡的大山里，有一个五星红旗高高飘扬的地方——什巴小学。几十年间，什巴小学校长刘让贤每天在这里和五星红旗如影相随，和土家孩子们朝夕相伴，成为山乡教育的一面旗帜。

　　1956年，15岁的刘让贤随家人从天津移居青海，安家落户在互助县陶家寨。热情的土乡人民筹资送他念完了初中。为回报土乡人民的恩情，刘让贤毕业之后留下来，成为一名小学教师。1977年，他被派到离家二十多里之外的什巴小学担任校长。

　　光秃秃的山顶上，几段残垣断壁围着几间破落不堪的教室；两面窗户没有一块玻璃，课桌也就是一排土台子；经过了解他还发现，很多一年级的学生不会数数，不会说汉语，连"老师"也不会叫。望着自己的学校和68名灰头土脸的孩子，刘让贤心里百感交集。第二天一早默默地下了山。有人说："外乡人就是外乡人，来了半天就吓跑了！"但是天刚擦黑，坎坷的山路上就出现了身背行李卷、手拎干粮袋的刘让贤。从此，几十载寒来暑往，刘让贤吃力跋涉的身影就成了这山沟里一道永远的风景线。为动员群众送子女上学，每天下午放学后，草草地用茶水就干粮填饱肚子，刘让贤就揣个手电筒，匆匆奔上山路。为了能使一名女孩子入学，刘让贤曾拉着村干部11次登门。经过他的努力，学校入学率从原来不足50%，很快就达到了100%。学校条件艰苦，缺乏可供孩子们阅读的课外书。每次出去开会，刘让贤总惦记着这件事。有一回，在一个机关收发室里看见半本没人要的《人民画报》，他如获至宝。凡是有字有画的东西，都变成了他的教材。他用通俗浅近的话对孩子们讲：壹元人民币背面印的是万里长城，贰元的背面则是海南名胜"南天一柱"……

"一半是老师，一半是父亲"，这是土乡人对刘让贤从教几十年的评价，也是刘让贤教师生涯的真实写照。刘让贤爱学生从点点滴滴做起。几十年来，他把自己的工资拿出来，为学生过生日，为学生洗冻伤、理发，为家庭困难的学生买文具，为失学的孩子慷慨解囊。为学生购买图书和文体活动器材，开展了一百五十多项创造性班队活动，有三十多项在全国少先队活动中获奖，7次夺得金杯，成为全国唯一的"七连冠"学校……

刘让贤爱学生胜过家人。1985年，他获得400元资金。当时，妻子有病，女儿在师范学校读书，大儿子在吉林上大学，每个月只能收到30元的生活费。为了维持学业，孩子们只好利用星期天打工。在这样的情况下，刘让贤为了让学生能够看到外面的精彩世界，用这笔资金为学校添置了一台黑白电视机。多年来，他把被评为全省、全国劳模晋升的工资款捐出来，设立了"什巴小学德育奖励基金"。他撰写的《大山的冬花》一书出版后，又用1万元稿费设立了"东山乡教师奖励基金"。他将累计所得的二十余万元资金全部捐献出来。

2001年刘让贤退休了，但他当上了一名志愿教育者。他时刻牵挂着什巴小学，坚持步行到离家10公里外的大山里。他的大部分时间是在农家小院里归纳教学心得，写作教育论文，希望再做十年志愿教育者。如今，这位年近古稀的老人依然奉献着余力，尽己所能为什巴小学义务种菜，办石展，参与编写小学素质教育纪实丛书，用行动践行着一位老教育工作者永不停歇的生命承诺。

● 经典语录

爱就奉献，奉献是老师的天职。

● 评点英雄

2009年9月22日，"时代领跑者——新中国成立以来最具影响的劳动模范"评选活动揭晓，60位当选者的闪亮登场，奏响了"劳动光荣、创造伟大"的豪迈乐章。刘让贤就是其中的一位，全国师德标兵，坚守高寒山乡的"孺子牛"。刘让贤用他的大半辈子，倔强地做了一件事——站在山乡的讲台上，日复一日、年复一年地教书。有人粗略地算过，近三十年的时间里，这位执着的教师用他那辆"永久牌"自行车和他的双脚，"丈量"出七万多里崎岖的山路。他被人们发现并广泛关注，一直要到他执教二十多年之后。他先后荣获全省十大杰出校长、全国师德标兵等光荣称号。原国家教委创设的首届"柏宁顿孺子牛金球奖"杰出奖名单上，就有他的名字。

# 人民的公仆

### ● 小档案

　　牛玉儒同志1952年11月出生于内蒙古自治区通辽市一个革命干部家庭。1996年11月任内蒙古自治区包头市委副书记、市长。2001年2月任内蒙古自治区副主席、政府党组成员。2003年4月任内蒙古自治区党委常委、呼和浩特市委书记。牛玉儒同志是第九届全国人民代表大会代表。

　　1952年11月牛玉儒出生在内蒙古自治区通辽市，兄妹6人，他排行老三。6岁那年，母亲突然病逝，是他的二叔在艰苦的条件中把他养大。

　　17岁时，牛玉儒到通辽农村插队。他干活特别努力，工作非常负责任。那时，生产队的粮食经常被偷，牛玉儒和同伴一起看地。秋天经常下雨，但牛玉儒一直坚持着，从不回屋避雨。第二年，牛玉儒当上了米粮加工场的场长，当时粮食实行供给制，每个人一个月只有28斤粮食，粮食经常到了月底就不够吃。同一宿舍的人就托身为场长的牛玉儒多带点回去，但他从来不拿。

　　后来牛玉儒担任了呼和浩特市委书记。有一次，呼市发生了一次小地震，由于震级很小，震源也很远，有关部门没有重视。当夜，牛玉儒就在电话里把负责同志批评了半个多小时。春节前夕，牛书记到残疾人孙震世家，亲切地关心老人的生活起居，问老人有没有米面过年，朴实的老人说有粮食，但是牛书记还是不放心，亲自打开柜子察看，发现里面只有一袋面，说，这怎么够呢？得知孙的女儿上大学有二万多的外债，他给老人送上了3 000元的慰问金，自己随后又捐了300元。

2003年12月，牛玉儒看到一篇关于贫困家庭的报道，家里大人治病急需钱，小孩面临辍学。牛玉儒就从工资里拿出1 000块钱，让秘书去调查一下情况是否属实，如果是真的，就把这1 000块钱给他们，并叮嘱一定不要透露姓名。一家人感动得热泪盈眶，但却一直不知道这位好人到底是谁。

这样的好事对牛玉儒来说简直太多了。牛玉儒在百姓心中留下了不朽的丰碑，为百姓做了无数好事，可是对自己的亲戚他却有点不近人情。

这么多年，他没用职权为亲属安排过工作，没有亲属靠他升迁，做生意。牛玉儒的5个兄妹至今仍在通辽老家，两个妹妹和妹夫在几年前先后下岗。妹妹牛宇红家里有两个孩子，丈夫下岗，大孩子毕业3年了，一直没有找到工作，全家只靠牛宇红一个人支撑。当初丈夫下岗时，牛宇红跑到包头，想通过哥哥找个工作，但是牛玉儒很坚决地拒绝了妹妹的要求。

牛玉儒曾经说过："我手中的权力是人民给我的，不属于我自己，我不能随便支配。"

他告诫家人，凡是同事或政府的人来敲门一律不开，有事到办公室谈。家里人一直严格遵守这个规矩，除了秘书和司机，政府里的人很少有进过牛家的。有时牛玉儒看到有人在楼下等着，连招呼也不打，直接坐车到办公室，到了办公室后才打电话通知到办公室里谈。

牛玉儒的父亲非常理解支持他，从小严厉的家教也让牛玉儒不敢有一丝松懈。在他调任自治区纪检委秘书长时，父亲曾给他写过一封信：玉儒，你现在在自治区工作，咱们家的亲属多，有的可能找你办这样那样的事，你一定要拒绝。他们可能会骂你六亲不认，不要怕骂娘，骂声越大，人民赞扬你的声音越高……

多少年来，牛玉儒同志一直把父亲的教诲铭记心间！他坚持党性原则，廉洁清正，事事以人民为重，坚持为群众办实事。他用自己一生的实践，实现着自己的理想和信念，履行着一位优秀党员领导干部的职责，直到生命的终结。

牛玉儒同志是党的优秀民族干部，有较高的马克思主义民族理论和政策水平，善于运用马克思主义民族观和党的民族政策观察、处理民族问题，旗帜鲜明地维护党和国家的利益，维护党的团结和各民族的团结。

牛玉儒同志自觉坚持全心全意为人民服务的宗旨，作风深入，注重实效，竭尽全力为群众多办事、办实事、办好事。他经常深入到企业、街道、社区、农村牧区等基层一线，深入到下岗职工、困难居民、贫困农牧民之中，体察民情，了解民意，直接解决涉及老百姓利益的实际问题，深受广大干部群众的信任和爱戴。他廉洁奉公，严于律己，对家属子女从严要求，为各族干部树立了良好的公仆形象。

# 永恒的彩霞

## ● 小档案

任长霞，1964年2月8日生于河南省睢县。1983年加入公安队伍，作预审工作13年，在郑州公安系统、市政法战线及省预审岗位练兵大比武中均夺取过第一名，协助破获大案要案1 072起，追捕犯罪嫌疑人950人。1998年被任命为郑州市局技侦支队长后，她多次深入虎穴，化装侦察，亲自抓获了中原第一盗窃高档轿车主犯，先后打掉了7个涉黑团伙，抓获犯罪嫌疑人370多名，被誉为警界女神警。2001年调任登封市公安局局长，为河南省公安系统有史以来的第一位女公安局长。她始终把人民群众的疾苦和安危放在心上，解决了十多年来的控申积案，共查结控申案件230多起。带领全局民警共破获各种刑事案件2 870多起，抓获犯罪嫌疑人3 200余人，有力地维护了登封社会治安和稳定的政治大局。2004年4月14日晚8时40分，在侦破"1·30"案件中途经郑少高速公路发生车祸，因受重伤随即被送往郑州市中心医院抢救，虽然经过4个小时紧急抢救，但是伤势过重，不幸因公殉职，年仅40岁。2004年6月，被公安部追授为全国公安系统一级英雄模范称号。

在任长霞任河南省登封市公安局长之前，登封市曾是社会治安最乱的一个地方。全市常住人口63万，每年这里的流动人口却多达百万。这里大案要案接连不断，积案越来越多，公安局在全市评比中总排在倒数第一，被百姓戏称为"粮食局"，意思就是白吃饭办不了案。

任长霞一上任就感到压力很大。她吃不下饭，睡不好觉，心里老是琢磨怎么把这里的社会治安搞好，让百姓过上安生日子。

想来想去，任长霞觉得还是首先要把队伍整顿好。全市六百多名警察，有一部分人整天混日子，不办事，老百姓意见很大，再加上装备条件差，有时候工资还不能按时发，士气低落。

办法是人想出来的，女局长决定微服私访，调查情况，再找出解决的办法。

一天天黑以后，任长霞脱掉警服，打扮成一个农村妇女的样子，来到一个派出所。派出所里没什么动静，可是，屋里有值班的人员。任长霞举手敲了几下门，没有动静，又敲了几下，只听里面有人不高兴地喊道："干什么的？"任长霞装作很着急地说："我要报案！"

只听值班的人生硬地喊道："报什么案，天这么黑，我上哪给你找人破案，快走！"任长霞假装更急地提高嗓门说："我报的案很重要！"那个值班的人还是轰她走。任长霞只好用渴求的口吻说："要不然，你告诉我你们所长的电话号码吧，我自己给他打电话。"里边的人有些不耐烦地说："我们所长的电话能随便告诉你吗？快走吧！"任长霞最后还是被轰了出来。

任长霞了解到，郑庄检查站的交警在处罚超载车辆时不给开票。任长霞决定亲自看看到底是怎么回事。

任长霞打扮成农村妇女的样子拦住一辆超载的运煤车。司机问道：你要上哪去？任长霞说，要去郑庄检查站看看那里交警的情况。司机不让她上车，说："算了，算了，你的好意我领了。"没办法，任长霞只好说明了自己的身份，司机才让她上了车。

任长霞坐在驾驶室里，从后视镜里发现自己不像是一个运煤跟车的，她就伸手从车门上抓了一把煤灰，在自己脸上抹了几把。

汽车来到了郑庄检查站，任长霞跳下车去交钱。检查人员问道："开票，还是不开票？"任长霞问："开票怎么讲，不开又怎么讲？""开票的话，每辆车罚160元，不开票每辆罚80元。"任长霞求情说："大热天，挣点钱也不容易，不开票每辆车50元中不？""少一分也不行！"超载的运煤车一共两辆，任长霞又说："两辆车不开票150元行不？"回答还是不行。任长霞自己掏钱交了160元罚款。交钱的时候，任长霞掉了眼泪。

任长霞还听群众反映，打110报警经常没人管。任长霞装成普通妇女的口气拨打110，结果真的不管用。任长霞又带着督察大队半夜到荒郊野外设置警情，试着看看110报警后几分钟到达现场。后来，110接线员都熟悉了女局长的声音，不敢再怠慢，出警时全都在5分钟内到达现场。

任长霞到任半个月，通过微服私访掌握了大量实际情况，大刀阔斧地开除了15名不负责任和违反纪律的警员，引起了强烈的反响。同时，任长霞又在全市警察队伍中实行了严格的竞聘上岗，提拔了一批思想作风好，有较强能力的人。这样一来，整个队伍振奋起来，激发了大家的积极性，破案率迅速上升，110报警后都能在5分钟内到达现场，社会秩序大大好转，警察队伍在百姓心中的形象大大改观，公安局在全市评比中也上升到第五名。

## ● 相关故事

### 真情紧系下一代

有一天晚上，任长霞来到一个小煤窑。这里发生了塌方事故，十几名矿工遇难。

忽然，任长霞看见一个十来岁的小女孩，死死地趴在一口棺材上哭个不停。任长霞走过去向人打听，才知道这个女孩叫刘春雨，她的妈妈三年前因患癌症去世，这次矿难中，她的爸爸又不幸丧生。任长霞落泪了，她不假思索地走上前，从兜里掏出100元钱交到小女孩的邻居手中，说："这点钱给孩子买点吃用的东西吧，我叫任长霞，我的电话是……，以后有什么事可以找我。"

任长霞认养了刘春雨，做了小女孩的妈妈。她经常给春雨打电话了解她学习的情况，给她交学费和伙食费，3年里每到孩子的生日都送去礼物。有一次，任长霞给春雨买了一双旅游鞋，并亲手给她穿上，发现孩子的袜子破了一个窟窿，任长霞又很快给她买来了新袜子。

任长霞不幸殉职后，刘春雨痛不欲生，三天三夜披麻戴孝为妈妈守灵。她还写了一篇题为《我心中不灭的灯》的文章，悼念亲爱的妈妈，文中最后写道：我会沿着妈妈的足迹，学好文化科学知识，走向社会，用行动告慰妈妈的在天之灵，报效祖国和人民，做一个无愧于妈妈的好女儿。

2003年12月，在石破窑村抓住了一个强奸杀人的犯罪嫌疑人。警车要开走了，一个女孩怀抱一个3岁的孩子紧追。任长霞一问，这女孩是犯罪嫌疑人的妹妹，那个3岁的孩子是犯罪嫌疑人的儿子。女孩跑着，小男孩哭着。任长霞走上前，让民警打开了犯罪嫌疑人的手铐，说："让他见见孩子吧！"犯罪嫌疑人抱着儿子嚎啕大哭。任长霞从衣兜里掏出100元钱，对犯罪嫌疑人的邻居说："这钱给孩子买点吃的，以后孩子有啥困难就去公安局找我，我叫任长霞！"

还有一次，任长霞到崔乞挞村办案，这是一个穷山村，天下着雨。

任长霞路过村小学的时候，发现孩子们都在漏雨的教室里上课，学生们的两只脚都泡在雨水里。任长霞的心一酸，大声喊道："停课！停课！"她一不是村长，二不是村干部，但她不忍心看着孩子们泡在雨水里上课。她回去千方百计筹集了一笔款，帮助崔乞挞村小学翻修了教室，学生们再也不用泡在雨水里上课了。

任长霞还发动全市的民警搞了一个"百名民警救助百名贫困学生"的活动，有126名贫困儿童得到了帮助。任长霞还把这126名贫困儿童带到郑州参观了科学博物馆。

女公安局长任长霞一生为民，不幸以身殉职，年仅40岁。她的高大形象将永远活在亿万人民心中，英名不朽。

# 攀登天梯

## ● 小档案

杨利伟，男，汉族，辽宁省葫芦岛市绥中县人，大学文化程度，1965年6月21日生，身高1.68米，中国共产党党员。中国人民解放军少将军衔，特级航天员。现任中国航天员科研训练中心的副主任。他是中国培养的第一代航天员，在中共十七大上当选为中央候补委员。杨利伟在原空军部队安全飞行1 350小时。2003年10月15日北京时间9时，杨利伟乘由长征二号F火箭运载的神舟五号飞船首次进入太空，是中华人民共和国第一位进入太空的太空人。

1996年初夏，身高1.68米、体重65公斤的杨利伟接到通知,赴青岛疗养院参加航天员初选体检。初检合格，他又接通知到北京空军总医院参加临床体检。杨利伟心里高兴，提前3天就来了。护士和他开玩笑："你也太积极了吧！" 再接下来，他来到北京航天医学工程研究所，参加"特检"，也就是航天生理功能检查。

人类第一个飞上太空的前苏联航天员加加林，曾这样描述他当时参加航天员选拔体检时的情景：除检查健康状况外，医生们在每一个人身上寻找是否有潜伏的缺陷。他们借助于一切可能的生化的、生理的、脑电的和心理的方法和特别的功能试验进行检查。在各种非常稀薄的空气压力舱内检查我们，在离心机上旋转我们。所有这一切用了几周时间，淘汰了不少同伴。

中国航天员的选拔也要"过五关斩六将"。医学临床检查，要对人体的几十个大大小小的器官逐一检查。随后的航天生理功能检查更是苛刻，要在离心机上飞速旋转，测试受试者胸背向、头盆向的各种超重耐力；要在低压试验舱使受试者上升到 5 000 米、10 000 米高空测试耐低氧能力；要在旋转座椅和秋千上检查受试者前庭功能。几个月下来，八百多名初选入围者已所剩无几。

杨利伟顺利地过了一关又一关。他做的最后一项检查是"万米缺氧低压检查"。这要先在舱外吸氧排氮，然后坐进模仿万米低压的舱里。当从模拟的万米高度下降时，他心想："总算都通过了"，心里不由一阵轻松，下意识地摸了摸头。结果把医生给弄紧张了，下来后忙问他："你是不是在上面很难受啊？" 杨利伟是最幸运的，也是最优秀的。他的临床医学和航天生理功能各项检查的指标都达到优秀，征服了评选委员会全体专家。1998 年 1 月，作为中国首批航天员中的一分子，杨利伟带着他的梦想与追求，来到了北京航天员训练中心。

奋力攀登"上天的阶梯"。第一道阶梯是基础理论训练。《载人航空工程基础》、《航天医学基础》、《解剖生理学》、《星空识别》……十几门课程要从头学起。杨利伟每天都像准备高考的学生一样在背功课，晚上12 点前没睡过觉。

第二道阶梯是航天环境适应性训练。这是一项非常艰苦的训练。以其中的"超重耐力"训练为例，在飞船处于弹道式轨道返回地球时，超重值将达到几十个"G"，人要承受相当于自身重量十几倍的压力，这很容易造成人呼吸极度困难或停止、意识丧失、黑视甚至直接危及生命安全。杨利伟通过了训练。

被专家组确定为首席人选后，杨利伟全身心地投入了强化训练。大部分的时间，他都在"飞船模拟器"中。功夫不负有心人，杨利伟成功地攀登了飞上太空的一个个阶梯：在5次正常飞行程序考试中，他获得了2个99分、3个100分的好成绩，专业技术综合考评排名第一。

## ● 启示

科学技术是第一生产力。一个国家只有坚定不移地推进科技进步，才能在国际竞争中取得主动。我国在社会主义现代化建设中，要大力实施科教兴国战略，把经济建设转到依靠科技进步和提高劳动者素质的轨道上来。作为青少年要肩负着铸造民族辉煌的重任，要努力学习科学文化知识，立志用知识报国，用科技强国。

## ● 经典语录

实现中华民族千年飞天梦想是一个神圣的使命。我们无论是谁去执行这次任务，都代表着祖国和人民去实现这一理想。我们现在想得最多的就是飞行程序和操作以及如何全力以赴地去完成任务。

# 尖刀部队

## ● 小档案

汶川特大地震一发生，四川公安消防总队成都市支队迅速反应、科学施救，成为重灾区都江堰市第一支成建制到达现场并展开救援的部队，并成为救出幸存者最多、救出被埋者最多的"尖刀部队"。千余名参战官兵激战十昼夜，在一线成功疏散群众13 252人，营救高楼围困和被埋压人员2 766人，其中生还者981名。

地震刚刚发生，成都消防支队突发事件应急预案就立即启动。两分钟内，位于重灾区的都江堰市消防中队抢险救援班，即开始就近垮塌现场施救。在通讯突然中断的情况下，支队长孙国利通过无线电台命令都江堰中队派出足够力量进行全城摸底，为大部队到达施救赢得先机；5分钟内，抗震救灾总指挥部和现场指挥部成立，支队政委、现场总指挥田国勇立即调出5个小组、30余台车、400余名消防官兵陆续奔赴灾区。

震后3个小时，困在危楼的2 191名群众和在各类垮塌废墟中被埋在表层的受伤群众被成功营救出；不到10个小时的时间，冒着夜间倾盆大雨，救援官兵就从废墟中救出218人，其中从新建小学废墟内救出被埋师生150余人，生还35人；从聚源中学救出被埋师生170余人，生还21人；从中医院救出被埋者78人，生还9人。

在重灾区的10天时间里，全体官兵都是超负荷运转，每天平均休息时间不到2小时。依托成都市消防特勤二中队建立的四川省地震灾害救援队，相继转战都江堰中医院、绵竹市汉旺镇，16名队员连续102小时没有休息。

大灾大难面前，成都消防官兵们用实际行动诠释着"大爱"的内涵。获得公安部"抢险救援尖兵"、全国二级英模的刘汇海，带领三中队官兵9天转战7个现场，成功营救43名被埋者，生还5人；作为四川省地震灾害救援队副队长的齐春生，与队友3人徒步50多公里，翻山越岭进入汶川重灾区，为大部队进入营救提供重要的第一手情报；直属队战士肖元浩在都江堰中医院救援中，20多个小时连续战斗，没有休息，和队友配合，救出10多名被埋者。

成都消防参战官兵80%来自四川，其中60%以上来自重灾区，其中有不少官兵的亲人失踪或被埋，有的家里房屋垮塌，但在灾难面前，没有一名官兵向组织提过任何特殊要求。

● 知识点

### 地震逃生十法则

虽然目前地震是人类无法避免和控制的，但只要掌握一些技巧，也是可以从灾难中将伤害降到最低的。

1.躲在桌子等坚固家具的下面。

2.摇晃时立即关火，失火时立即灭火。地震的时候，关火的机会有三次。第一次机会在大的晃动来临之前的小晃动之时；第二次机会在大的晃动停息的时候；第三次机会在着火之后，即便发生失火的情形，在1—2分钟之内，还是可以扑灭的。

3.不要慌张地向户外跑。地震发生后,慌慌张张地向外跑,碎玻璃、屋顶上的砖瓦、广告牌等是很危险的。

4.将门打开，确保出口。钢筋水泥结构的房屋等，由于地震的晃动会造成门窗错位，打不开门，曾经发生有人被封闭在屋子里的事例，请将门打开，确保出口。

5. 户外的场合，要保护好头部，避开危险之处。务必不要靠近水泥预制板墙、门柱等。在楼区时，根据情况，进入建筑物中躲避比较安全。

6. 在百货公司、剧场时依工作人员的指示行动。在发生地震、火灾时，不能使用电梯。万一被关在电梯中，请通过电梯中的专用电话与管理室联系、求助。

7. 汽车靠路边停车，管制区域禁止行驶。为不致卷入火灾，请把车窗关好，车钥匙插在车上，不要锁车门，并和当地的人一起行动。

8. 务必注意山崩、断崖落石或海啸。在山边、陡峭的倾斜地段，有发生山崩、断崖落石的危险，应迅速到安全的场所避难。

9. 避难时要徒步，携带物品应在最少限度。避难的方法，原则上以市民防灾组织、街道等为单位，在负责人及警察等带领下采取徒步避难的方式，绝对不能利用汽车、自行车避难。

10. 不要听信谣言，不要轻举妄动。在发生大地震时，人们心理上易产生动摇。为防止混乱，每个人依据正确的信息，冷静地采取行动，极为重要，可从携带的收音机中，把握正确的信息。

# 决不放弃一丝希望

● 小档案

没有组织安排，没有领导命令，总参通信部训练基地二级士官李明明在第一时间主动加入武警青川县中队抗震救灾突击队，与武警战友们一道鏖战三昼夜，从废墟中抢救出九十余条生命。

2008年5月11日晚，李明明休假回到家乡青川县城，第二天午后正赶上地震，他迅速拉着母亲和姐姐往楼下跑，边跑边喊："地震了，快往外跑！"李明明发现前方建筑工地上有一个被飞石砸伤的工人，背起伤者就朝中医院跑去。

到了中医院，李明明安顿好受伤的工人，迎面过来一位老大爷，怀里抱着一个小女孩,头部和脸部多处受伤。李明明帮老大爷把小女孩送上救护车,见青川县武警中队的队长陈波带着几名战士把一个伤员运到临时救助点,便跟着陈波火速赶往桥庄镇山珍市场展开救援。

山珍市场四层高的居民楼已变成废墟。李明明和队员们挖开堆积的碎石砖块,砸开变形的门窗。由于抢救及时,山珍市场四十余名群众得以脱险。12日下午5时,李明明他们前往木鱼镇中学营救。"解放军来啦!"废墟上的人群激动地喊着。循着声音望去,废墟边上围满了寻找孩子的家长,求救声、哭声在空中弥漫。大家都在寻找自家的孩子。李明明和他的战友们迅速展开营救。"救命啊!"一声微弱的呼救从废墟里传来,李明明冲上去,扒开砖石。透过长长的狭缝可以看到一个小女孩下半身压在石板下,脸色惨白。他叫来几个队友,合力挖掘。

"不管有多危险,也要把孩子们救出来。"李明明的话鼓舞着身边的每一位战友。当天晚上,他们靠着微弱的车灯和双手,又挖出十多条生命。13日上午8时许,吊车赶到,小女孩得救了,李明明心中悬一夜的石头终于落地。连续作战,李明明和队友们身体已十分虚弱,起初两个人抬一个遗体,后来,六个人才能抬得起。

"只要有一线希望,就要尽百分之百的努力",李明明和队友们不遗漏一个生命信息。5月14日上午10时,废墟中突然传来微弱的呼救声。"还有活的,是一个女孩。"为确保万无一失,他们反复斟酌方案,经过4个小时奋战,终于将女孩救出来。在一次余震后,李明明发现运动鞋被磨出一个大窟窿,脚底已经渗出血迹。简单地处理后,一瘸一拐的他又投入了战斗。经过3天3夜连续作战,李明明和战友从废墟中救出幸存者九十余人,挖出遇难者遗体三百多具。

● 启示

从五千年的历史上看,中华民族有不少时期物资贫乏,但从未有过英雄匮乏的时候。汶川地震,有多少可歌可泣的感人英雄事迹。在这里我们要对抗震救灾的英雄表示崇高的敬意,尤其是英勇的军人们。

● 知识点

汶川地震是中华人民共和国自建国以来影响最大的一次地震,震级是自 1950 年 8 月 15 日西藏墨脱地震（8.5 级）和 2001 年昆仑山大地震（8.1 级）后的第三大地震，直接严重受灾地区达 10 万平方公里。这次地震危害极大，共遇难 69 227 人，受伤 374 643 人，失踪 17 923 人。其中四川省 68 712 名同胞遇难，17 921 名同胞失踪，共有 5 335 名学生遇难，1 000 多名失踪。直接经济损失达 8 452 亿元。 经国务院批准，自 2009 年起，每年 5 月 12 日为全国防灾减灾日。中国是世界上自然灾害最为严重的国家之一，灾害种类多、分布地域广、发生频率高、造成损失重。在全球气候变化和中国经济社会快速发展的背景下，中国面临的自然灾害形势严峻复杂、灾害风险进一步加剧、灾害损失日趋严重。 国家减灾委办公室有关负责人表示，"防灾减灾日"的设立，有利于唤起社会各界对防灾减灾工作的高度关注，有利于全社会防灾减灾意识的普遍增强，有利于推动全民防灾减灾知识和避灾自救技能的普及推广，有利于各级综合减灾能力的普遍提高，最大限度地减轻自然灾害造成的损失。

● 小资料

### 地震诗歌

孩子别怕，

这次的黑屋子实在太大，

但不是你儿时妈妈的惩罚，

关在里面的有你也有妈妈。

孩子别怕，

妈妈的胆子其实也不大，

经历黑暗中的惊悸和恐惧，

我后悔当初对你教育的犯傻。

孩子别怕，

妈妈还有好多心愿和牵挂，

愧未成为一名合格的妈妈，

今后不会为成龙成凤层层加码。

孩子别怕，

妈妈已听见外面的喊话，

虽然妈妈的声音传不出去，

愿生命奇迹在危难时助我一把……

# 大爱无疆

2008年5月14日7时30分，这是令北川县第一中学教师刘宁永远悲恸的时刻。念初三的女儿终于从水泥断块下被"掏"出来，但却永远离开了他。这个在5月12日大地震中失去女儿的教师，却在地震发生时刻，机智勇敢地保护了自己班上59名学生，使他们安全脱险。

刘宁这个外表粗犷的坚强汉子，在睹见女儿遗体的一刹那，突然情绪失控，放声大哭。悲怆之情，令包括记者在内的周围人潸然泪下。

刘宁是北川县第一中学初一六班班主任。地震发生的时刻，刘宁正带领自己的59名学生在县委礼堂参加"五四"青年庆祝会。"礼堂突然在晃动，而且越晃越厉害。"经验丰富的刘宁马上意识到发生了地震。他招呼同学们不要乱跑。"县委礼堂的椅子离地较高，我叫学生立即就地蹲进结实的铁椅子下面，千万不要乱动"，刘宁说。正是刘宁老师在关键时刻的冷静，全班59名同学中只有两个受了轻伤。当时的情形是，礼堂发生部分坍塌，沉重坚硬的横梁和砖头水泥雨点般地向下砸，"学生们躲在椅子下面，牢固结实的铁椅子起到了非常关键的保护作用。"刘宁回忆说。

初一六班一名学生心有余悸地向记者描述当时场面：我蹲在椅子下面，听见屋顶垮塌掉下来的横梁砖头砸在铁椅子上面发出的砰砰声，非常害怕，护在我身上的铁椅子每被砸一下，我的心都要剧烈地抖一下，"我好害怕铁椅子被砸穿哦"，几分钟之后，屋顶坍塌的重物终于停止向下砸。地震暂时过去了。就这样，59名学生奇迹般得救了。但刘宁老师在救援学生时，双手被坚硬的水泥划得鲜血淋漓。刘宁说，我们跑出县委礼堂时，发现整座县城几乎被夷为平地，往日的高楼现在成了一个巨大的水泥瓦砾垃圾场。到处是呻吟的声音，满目是被砸倒在地的人群。"学校肯定也出事了，我们赶紧往学校方向跑。"

跑回学校时，刘宁惊呆了。两座教学楼垮塌，其中一座被地震完全"粉碎"。刘宁说，要知道，这个校区有二千六百多名学生。后来刘宁才得知，被压在废墟下面的学生有 1 000 名左右。刘宁的宝贝女儿刘怡，在北川县第一中学念书，她当时也被压在废墟下面。幸存下来的教职员工投入紧张的救援工作之中。刘宁在抢救其他学生的同时，每次经过女儿被困的废墟时，都感觉一阵阵巨大心痛袭来。女儿被压在巨大的水泥板下面，由于缺乏大型吊车机械，暂时还无法救援。女儿刘怡所在的初三一班，在二楼，地震发生后，她被压在课桌下面。"据同样困在里面的同学喊话，女儿还活着，只是脚受了伤。"刘宁说，但形势很快发生变化。由于这两天余震不断，女儿被困的空间已经被新塌下来的东西挤占，可爱的女儿永远回不来了。

● 小资料

新北川中学已于 2009 年 5 月 12 日正式开工建设，并定于 2010 年 5 月 12 日竣工，2010 年 9 月 1 日交付使用。据了解，新北川中学位于北川县永昌镇，建筑面积达 7.2 万平方米，占地面积为 225 亩，抗震强度为 8 级。学校采取住宿制，可同时容纳 5 200 名学生学习、寄宿，拥有千人会议室及初、高中两部分教学楼。"新北川中学将设立纪念标志。"据悉，根据方案，新北川中学除融合羌族特色外，校内还将设立"多难兴邦"题词建筑、北川中学遇难学生的照片墙等。同时，针对不少师生在地震后成为残疾人的特殊情况，新北川中学的教学楼、宿舍、食堂等各种建筑均设计了残疾人无障碍通道等便利设施。

中国侨联先后邀请了香港大学和美国麻省理工大学、清华大学、同济大学等团队提供了 3 个高水准的设计方案。在此基础上，北京市建筑设计研究院又结合北川重建的整体规划，最终形成了现在的设计方案。新北川中学将由在抗震救灾中获表彰的中铁二局负责施工。

● 相关链接

旧北川中学：位于北川县曲山镇任家坪，全校师生 2 900 多人。5 月 12 日地震发生后，学校两栋五层教学楼垮塌，1 000 多名学生在地震中遇难，随后 1 300 余名幸存师生被转移到绵阳安置。温家宝总理先后多次看望北川中学师生，并为他们题字"多难兴邦"。

新北川中学：新北川中学位于北川县永昌镇，占地 225 亩，建筑面积 72 000 平方米，预计容纳人数为 5 200 人，建筑抗震强度为 8 级。校内将设立"多难兴邦"题词建筑、北川中学遇难学生的照片墙等。